平原的密码

著

北京时代华文书局

图书在版编目（CIP）数据

平原的密码 / 许辉著. — 北京：北京时代华文书局, 2021.12（2022.8重印）
ISBN 978-7-5699-4458-7

Ⅰ. ①平⋯ Ⅱ. ①许⋯ Ⅲ. ①散文集－中国－当代 Ⅳ. ①I267

中国版本图书馆CIP数据核字（2022）第007723号

平 原 的 密 码
PINGYUAN DE MIMA

著　　者	许　辉
出 版 人	陈　涛
策划编辑	周海燕
责任编辑	周海燕
责任校对	薛　治
封面设计	尚燕平
内文设计	孙丽莉
责任印制	訾　敬

出版发行｜北京时代华文书局 http://www.bjsdsj.com.cn
　　　　　北京市东城区安定门外大街138号皇城国际大厦A座8层
　　　　　邮编：100011　电话：010-64263661　64261528

印　　刷｜三河市兴博印务有限公司　电话：0316-5166530
　　　　　（如发现印装质量问题，请与印刷厂联系调换）

开　本	880mm×1230mm　1/32	印　张	10	字　数	215千字
版　次	2021年12月第1版	印　次	2022年8月第2次印刷		
书　号	ISBN 978-7-5699-4458-7				
定　价	59.00元				

版权所有，侵权必究

目录

平原的四季 001 — 平原上的兵车 129 — 平原上的白日梦 171 — 平原上的庄周 213 — 平原上的小麦 228 — 平原上的河流 242 — 平原上的国家 297 — 后记 315

平原的四季

立春的到来总是让人心生欢喜的。

不管阴晴雨雪，立春这一天，我都会挑一本书，今年这一本是《麦作学》，泡一杯金银花茶，到东边的房间，面朝东，坐在椅子上，读上半天。东方太阳升起，是植物和动物苏醒的起点，东方又是浩瀚海洋的方向，总是让人期待的。面朝东的方向，能通过事物的变化看到太阳正向北回归线方向飘移，东窗早晨的太阳由窗户的北部升起，气温总体向暖，阳台和飘窗里冬天太阳能照晒到的地方逐渐向南萎缩，有些地方在夏至到来以前再也照晒不到了。拿着书，虽说是读，但往往只是半读半想，有时候沉湎于冥想，有时候和自己脑袋里一个叫庄周的古人对话，有时候做白日梦，直到妻子敲敲敲开的门说"吃青萝卜啦"，我才从自己的境界里惊醒。

今年新冠肺炎疫情期间，我时常与妻子分开。有时候她在南城新居和我在一起，我需要一点独处的空间时，就放一盆花在敞开的门口，她就不会随便过来，打扫卫生的机器人也过不来，互不干扰。有时候她去老城，老城的房子有一块大露台，种着各种蔬菜，还有一些果树和花草，还有一些散养的乌龟，那里是她放心不下的地方。因此她这边住住，那边住住，住在那边的时候，她在大露台上拔草种菜，不觉半天便过去了，身心的愉悦似不可尽言，还能记录许多园子里的欢喜时刻，写成一篇篇"果蔬记"。她在楼上引吭高歌，别人也不知歌声出自何方。我们每天通过微信联系，也经常通过语音说一些荤素相搭的话。但终于两边的小区都实行严格管控了，要求出门测温戴口罩不说，每家每两天只允许一人外出，采买物品，妻子和我分困两居，度过了孟春的最初时光。

青萝卜曾经是平原上最流行的水果，生吃青萝卜，然后喝些热香的茶或白开水，是平原人的最爱，也是平原人强身健体的秘诀之一。有一年冬天我跟一辆小货车下乡，到一个叫高滩的地方去拉青萝卜。高滩之所以叫高滩，不是因为那个地方姓高的多，或最早住的是高姓人家，而是因为高滩的地势略高于周边，那里又是沙土地，因此最适合种植球根类植物，如青萝卜、红萝卜、胡萝卜、红芋、花生、土豆，都长得特别好。

高滩街上有一些土屋茶馆，茶是南方茶区人家嫌弃的茶梗子，茶桌只有小板凳高，桌面板之间的裂缝能掉下去一个小孩，桌子腿是锯下的几根刺槐树棍胡乱钉上的，茶碗是粗瓷刮嘴的大碗，一摞一摞反扣在茶桌上，茶壶是歪嘴、拧把、肚大、口小的残次瓦糙壶。冬天或初春，高滩左近的老年男人，泡一壶茶梗沤浸出来的酽茶，裹着黑黢黢的大棉袄，坐在茶馆面南的墙根，晒着太阳，听大鼓书或柳琴戏，掰一块切成米字花的青萝卜，放在嘴里咬一小口，水滋滋甜丝丝的，再喝一口茶，剥一粒花生扔在嘴里，用保养欠妥的板黄牙慢慢磨碎。

村庄人家的院子里,有三个大地窖,一个储藏青萝卜,一个储藏红芋,一个储藏大白菜和胡萝卜。打开地窖盖,下到地窖里,地窖里有点湿热,掂起一个青萝卜看,只见那青萝卜表层有水汽,润湿润湿的,根部起了少许白毛,跟刚从地里起出来时基本一个样。"都是好的,没有一个孬的,还是红心的嘞。"这一家的男人打包票说。他把"的"字说成"地"字,"心"字说成卷舌音,表示他的实诚。于是起窖、装车、运走、进城,有一部分进了菜市,有一部分进了餐厅,有一部分进了澡堂。

这人家当时只有男人,没有女人,女人都结伴成群,到街上的澡堂子洗澡去了。街上的澡堂子,从初秋开放,一直到仲春才熄火。一般每个集日开,连续开两天,头一天男人洗,第二天女人洗。头天到当天下午,池子里的水已经稠得像稀饭了,就那还得在澡床旁边等,等洗好的浴客穿上衣服走了,才能占到一个床位。在澡堂子里,冬天人们泡过热水澡后的终极享受,就是躺在床上,身上裹着浴巾,泡一壶热茶,买一个切成十字花或米字花的青萝卜,朋友相对,说着闲话,嘎嘣嘎嘣地吃青萝卜,喝热茶,度过一个下午或一个晚上的舒心时刻。女人们洗过澡,没有在澡堂里逗留的,都热气腾腾、五官分明、面若桃花,一路出来,一路掰开青萝卜分食。生吃的青萝卜,须得直接用手抓,用手掰,才是黄淮平原的习俗,才显得过瘾,才觉得得劲。

但是过了淮河,到长江流域,人们就不吃生青萝卜了,也基本不吃生萝卜,不管是青的,还是红的、白的,许多人甚至不知道生萝卜能吃。跟南方的朋友聚会时，切了一盘青萝卜，端到桌上来，南方的朋友不知道这是做什么的，半天没有人上手抓，最后弱弱地问一句："生萝卜还能吃呀？"大伙儿这才小心翼翼地分了，小口小口地吃了，用手扇着嘴、嗞着气说："真辣，真辣，吃不来，吃不来。"不过喝口热水，立马便好了。

在澡堂里，吃过青萝卜，喝过热茶，提上鞋，出门，往东方的田野里去走一走。一直走出去，一直走到沱河拐弯的地方。沱河拐弯的地方是一大片湿地。沱河是可以拐弯的，淮河也会拐弯，濉河也会拐弯，浍河也会拐弯，唐河也会拐弯，涡河也会拐弯，泉河也会拐弯，颍河也会拐弯，黄河也会拐弯，沙河也会拐弯，奎河也会拐弯，北淝河也会拐弯，泗河也会拐弯，但是汴河不会拐弯，因为汴河是人工河。城市和智慧消失在身后不见了，初春的平原，主角是冬小麦，厚绒绒的毯子一样，铺盖在略微有点起伏的平原上，只是风还挺凉，昏惨的阳光也不暖和。

小麦从地中海沿岸传进中国不知道有多少年了，这样的平原景象也不知道有多少代了。《诗经》里说"丘中有麻，丘中有麦"，又说"硕鼠硕鼠，无食我麦"，但不知道丘中有麦的麦，是大麦，还是小麦，老鼠要吃的麦，是春小麦，还是冬小麦。虽然《诗经》里男女的心态多为冀望渴求之态，而缺敲定之实，但那些诗句里描摹的物象却是假不了的。到了三国曹操的时代，冬小麦在黄淮平原粮食中的占比，恐怕已经很不小了，不然曹操也不会下达行军令说："士卒无败麦，犯者死！"

有几头黄牛散落在麦地里，不时低头啃一口趴在地皮上的冬小麦。这是可以的，只要小麦还没返青拔节，牛吃一吃没有关系。牛和马都可以吃一吃，但羊不能吃，羊的嘴小，贴着地皮啃，就把麦根啃掉了。有一个人开着手扶拖拉机，拖拉机后面拉着一个铁磙子，在麦地里来来回回碾压，可能今年气温偏高，冬小麦提前返青会遭受冻害，因此镇压一下阻止它们提前返青拔节，午季就会有好收成。

初冬的河流浅显易懂。冬天和初春都是枯水期，雨水少，水面瘦削，水体羸弱。大量干枯的蒲草倾倒在湿地上和浅水里，酱色蒲棒上的种子早已被风吹得七零八落，风把带绒毛的种子带到哪里，开春后它们就在哪里经营出一个新的族群。

初春时节黄淮平原的风向飘忽不定。有时是西北风，高纬度的寒流会匆忙杀到，把生命急切迎春的心态死死摁下，不让它萌芽。有时候是东北风，虽然东北风大多偏凉，但总体而言它们是平和的。

从平缓的堤坡上往浅水湿地里看，有一个健壮的男人，穿着紫红色连体橡胶服，身上背着一组电瓶，用一根竹竿绕上电线，在水里电鱼，用另一根竹竿绑上丝网，在水里打捞触电昏迷漂浮到水面上的鱼。他看上去很是辛苦，冷风还没退尽，穿着冬衣还有些凉意，他却下到小腿深或半腰深的水里，全神贯注地在水里电鱼。但我却对他很反感。我想扔一块碎石击中他的头部，等他抬头察看的时候，我早已跑得看不见人影了。可我已经过了做恶作剧的年龄了。我想过去跟他谈一谈，不过他不会听我的，做实事的人不会接受别人的空谈，哪怕是智者的空谈。于是我在堤坡上的枯草地上坐下，面向电鱼人，从地上掐了一根黄背草，把黄背草的一头劈出一些毛茬来，我举起它，让西北风把毛茬吹乱。这时我闭上眼说，如果被风分离出的毛茬是单数，这个人就电不到鱼；如果被风分离出的毛茬是双数，只好让这个人电到少量的鱼。我睁开眼睛细看，分离的毛茬是双数。我又想，不管怎么说，经我这么发功一弄，鱼大都跑掉了，他最多也只能电到个位数的鱼。

这个月的野菜当推野荠菜。由城里到原野上去挑野菜，总要有一点仪式感。选一个太阳天，准备一个杞柳篮、两把家庭养花用的小铲子，如果家里有抹腻子用的小铲子也是很好的。去找一个临水而无人的田埂或土堤，最好是尚未开始耕种的撂荒地或晒垡地，那里是野荠菜喜欢扎堆生长的地方。两个成年人，一个人提杞柳篮，另一个人手里拎一把小铁铲，相跟着前往临水的荒地。忽然眼前就幻化出童年或少年时期，一个很小的人，跟着最宠爱他的大姨，一大一小两个人，到滩河的河坡上去挖野菜的情景。

初春暖阳照晒在滩河北坡上。大姨在挖野菜，孩子在那里则只是玩。孩子跑到坡顶上，看见一个背粪箕子拾粪的老头，从去年秋收过的红芋地里走过。老头突然停下脚步，把粪箕子从左肩膀上拿下来，搁在红芋垄子上，从粪箕子里拿过来一个粪耙子，在已经收获过的红芋垄子上这扒扒、那扒扒，忽然扒出来一个浑身通红的红芋，忽然又扒出来一个大的，比茶杯口还粗的，但是被老头扒成两截了，皮是红的，心是黄的，老头把它们都拾起来，扔进粪箕子里去。孩子惊呆了，赶紧跑回来告诉大姨，说："大姨，大姨，有个老头偷人家红芋。"大姨直起腰，对孩子笑笑，说："俺去看看。"大姨跟着孩子爬到河坡的坡顶上，大姨眯着眼，用手搭了个凉棚，不让太阳刺眼。她看了又看，然后转脸对孩子说："老头在耪红芋呢。"大姨温软的手抚摩着站在她身边的孩子的头，又对他解释说："那不是偷的，是耪的。"

　　孟春露天菜地里的蔬菜，黄心乌和黑心乌总还是显眼的。随便挨近平原上的一个村庄，只见村头已经拆迁的一户人家，房子拆得只剩半米高的一圈墙框子了。不知道是哪一个，不想叫一块空地闲着，把墙框子里的地面翻垦起来，施上肥，种成了一块菜地。人类驯化蔬菜已经不知道有多少个千年了，蔬菜于是习惯了傍人，有人气的地方，蔬菜便长得好。就像这样拆迁以后剩下的破墙框子，种粮食、种蔬菜，都长得好。这里的黄心乌和黑心乌，都长得棵大秆壮，叶片黑厚油亮。但是季节已经到了，它们抽出了脆嫩粗实的花莛，人们叫这些花莛为菜薹。菜薹是初春最好吃的时令菜之一。把粗嫩清香的菜薹冲洗一过，不用刀切，只用手掰断，放在热油锅里翻炒一过，便是一道接近原生态的美味。像炒茄子、炒萝卜一样，菜薹也吃油，因此用油不可吝啬。用刀切断和用手掰断的菜薹，味道也大不同。

　　孟春时节，可在室内做些四肢和胸部的扩张运动，以迎候春天的到来。

　　河边垂拂的柳条已然鹅黄，村庄外围的树木似乎还看不出动静。但是金银花在人家菜园的围篱上已经吐出了淡绿紫晕的新芽。怪不得金银花又叫忍冬呢。在城市里也是一样的，哪怕你把它种在北边绝少见得阳光的阳台上，寒冬西北风肆虐，春暖遥远无期，看上去它已经冻得瑟瑟发抖，它好像不行了，叶片也落得差不多了。但是没有关系，它都扛得过去，而且还绰绰有余，每年也会最早萌芽，在你最不留意的时刻，常常是一夜之间。

孟春的"孟"字，是初始的意思，也是排位老大的意思，古人常用孟、仲、季来指称月份，因而孟指四季中各季的第一个月。这个月应该对家人更宽厚些，因为收敛的冬季要去未去，生长的春天说来未来，寒暖也仍在反复进行拔河比赛，尚未见定论。

孟春与家人在一起，嗅到金银花叶片的清鲜气，又最要习得忍冬的品性。只因忍得严冬，才可先得春气。忍不得严冬却又急于发芽抽叶，定难过春寒料峭这一关。一个人遇到些挫折也不完全是坏事，可以让他"横盘整理"，不过于急躁，不过于躁进，要悠着点，通过晃动和震动，把根基晃实、震牢，才好像忍过严冬的金银花一样，在初春率先绽芽发叶。初春时节，真是要悠着些的，说话且慢声细语些，走路且稳重轻柔些，做决定时且目光长远些。

这个月，宜放松心境，无所负载，以待春光的展开。

原野上的飞鸟还是喜鹊更多。这倒不是说喜鹊在冬天多，或者在夏天和秋天少，或者现在气温升高，候鸟减少，显得喜鹊变多了，其实喜鹊一年四季都是多的。喜鹊不是候鸟，它们整年都生活在这里。有一段时间我在善水轩写书，喜鹊们常会在一天中的任何时段落在窗台或阳台上。它们体形较大，体重较沉，但反应灵敏。由于受"喜鹊叫，喜事到"的俗语影响，当喜鹊落在窗台或阳台上时,我就一动不动,仔细地观察它们,怕一有动作把它们吓跑了。喜鹊咣的一声落在窗台上,它们总是扭动头颈,往窗户里看,有时还把头凑近窗玻璃往里看,好像因为玻璃反光看不清似的。当喜鹊落在阳台上时,它们就在阳台上大步跳,从栅栏上跳到花盆上,再从花盆上跳到地上,再从这个花盆跳到另一个花盆上,再从花盆跳到栅栏上,再一屈腿,一欠身,展翅飞去。古书里有所谓"獭祭鱼,鸿雁来"之类的说法,但大雁等标志性的候鸟现在几乎看不到了,也许这是我们生活在城市中又有各种压力的人注意力转移造成的现象。我们早就记不起"一群大雁往南飞,一会儿排成一个'一'字,一会儿排成一个'人'字"所描述的美妙意境了。我们的记忆力都在衰退。

初春时节,平原上的昆虫大都还见不到。田埂上、枯草丛里、河堤旁、老房子的墙缝里、瓦片下面、灌木丛里、麦地里、村庄残存的猪圈牛棚里,再怎么翻找,都难得找见,它们要么还在冬眠,要么就躺在一个别人看不见的地方,竖着耳朵,等待春天的哨令。

初春有人偶然走到平原上去,看见一个老头抱着瓦罐浇菜园。因为是枯水期,小河里的水已经快干了,只余下河床上的一点点。一位瘦削精干的老汉,把棉袄脱下来扔在河沿上,只穿着一件灰粗布内衣,怀里抱着一个粗瓦罐,上上下下地,从河底下淘一点水,再把水抱到河岸的菜园里,浇到菜根上。这时不要随口胡乱指点评论,不要贸然叫人家用电动抽水机浇园。比起效率高又省事的电动抽水机,老汉用瓦罐淘水浇园的做法,表面看的确显得又蠢又笨。但当你建议老汉使用电泵时，老汉就会用《庄子》里面的话撑你：俺听俺老师说，有机械就必定带来算计机巧之事，有算计机巧之事就必定带来算计机巧之心；机心藏在胸中，质朴纯洁就存不进来；心中缺少质朴纯洁，天然的本性就不稳定；天性不稳定，就会被天道抛弃；俺不是不知道那玩意儿，俺是耻于用它！

孟春的花事大约总有一些吧。家养的瑞香开花了。瑞香不怎么怕冷，从仲春开始，除了盛夏和隆冬，它都在奋力地生长，积蓄能量。它的叶子厚厚实实的，镶着白色的花边。暮冬瑞香开始打花苞，初春它的花苞越来越饱满，有些紫色的晕圈，像是要足月待产了。早晨醒来的时候，突然嗅得盈室的花香，最初不知道从哪里来的，便开了门从阳台上探头往草坪和绿化区里看，但这时香气反而淡了，才知道花香源自室内，是在自己的身边。

小区里的结香也开了。结香的花不是洁白，是一种浊白。结香开花时不长一片叶子，兀自先把花开了，亭亭的数朵，惹起人复杂的思绪来。老式的花我大都养过，本来也是要养结香的，却知道结香的花有些毒气，不适合养在家里，犹豫了许久，终于没能体验养结香的趣味。结香的结是有原因的，是因为结香的枝条极其柔软，哪怕把结香的枝条打个结，也不会折断。这和金银花的枝条形成鲜明对比。金银花的枝条十分脆，稍有弯曲，便会折断。

仲春的到来总是让人心生向往的。

无论刮风下雨，惊蛰的这一天，我总会挑一本书，今年这一本是《河流学》，泡一杯水芹梗子茶，到东边的房间，面朝东偏南的方向，坐在椅子上，读上半天。东偏南的方向，是海洋暖湿气流吹来的方向，这是大陆季风区的特点，当东南风吹来时，亚洲大陆东部就变得温暖湿润了，万物都发叶旺盛了。虽说是读，但往往只是半读半想，有时候沉湎于冥想，有时候和自己脑袋里一个叫孔子的人物对话，有时候做白日梦。直到窗外像是隔着一层层窗纱滤过来的鸟叫唤醒我。

原来室外起了浓雾，这是仲春和仲秋常有的事。看不清是什么鸟在叫，但肯定不是喜鹊了，喜鹊的叫声有点粗犷。这也许就是那种叫黄莺的鸟吧，略微有点婉转，有点润泽，但又不全是。古人说到仲春的物候，认为仲春桃始华、鸧鹒鸣、鹰化为鸠。意思是说，仲春这个月，桃花始开，黄莺（黄鹂）鸣叫，鹰变化为鸠鸟。鸠到底是现在的什么鸟呢？应该不是斑鸠，有可能是布谷鸟。对照我们现在的气候和物候看，两千多年前的季节，比现在要稍提早一些。那时的中原一带，春二月桃花始开，我们当下的黄淮地区，农历的春二月，还是以杏花的开放为主，桃花要晚一些才会开；布谷鸟也要到暮春，才会飞到晴空中，叫得很清亮。

我丢下书，快速穿上鞋，出门走到平原上去。我在平原上行走，即便没有大雾的诱导，我也必须到平原上去走一走，清理一下头脑里杂乱的思绪。

大雾里的平原，什么都看不见，只隐约看得见脚下的土路。印象中前面是浍河的大河湾，河流在那里深切到地面下去，平坦的原野在大河湾的两边极尽可能地伸展开去。我估摸着方向往浍河大河湾的方向走，平原上的候虫还听不到一点动静，但想必它们已经伸腰蹬腿，靠近洞口醒着困了吧。古人以五天为一候，每一候里都有不同的事物变化、死生别离。这时，忽然听见前方隐约有些嘈杂的人声和马嘶声，还听得见沉重的牛车行驶时地面微微的震动。嗯嗯，我想，前面一定就要接近一个很大的村庄了，不然为什么会有那么多马车、牛车和人声？那时只有春耕、春种，才能掀起这么大的动静。

二十世纪七十年代，马车和牛车都还存在，至少在黄淮流域都还存在。那时候马车比牛车金贵，马也比牛值钱，马车速度快，运输量也不小，如果生产队里有一辆马车，那就是队里的主要财产了，队里送公粮、卖余粮、运肥料、收小麦，都用得上它。但是在秦朝以前，记载较多的还是马车，因此一驷就是四匹马，千驷是四千匹马。战国后期以前，因为人骑马尚未流行，人一般不单独骑马，马一般做驾车用，没有无车的马，也没有无马的车，所以车与马一般相提并论，驾马就是驾车，驾车也就是驾马。一车两马称骈，骈即两物并列成双；一车三马为骖；一车四马为驷。另外就是牛车，牛车较大、较重，速度慢，一般用来运输，称为大车。

两千多年后的马车，没有了战争的用途，主要就是用于运输。马车的车轮都换成了轮胎；驾车的马也都固定为三匹：后面一匹驾辕子，叫辕马，它的工作最重、最累，因为它既要负责马车的稳定，关键的时候还要有力气把车拉上坡。前面两匹马叫梢马或哨马，它们只负责往前拉，不用负重，所以轻松多了。但两千多年后的牛车还叫大车，还是又慢又笨。牛车有四个车轮，车轮由结实的实木制成，外面打上铁钉和铁箍，一个男人都不容易把一个轮子搬起来。牛车上有两排横木，人可坐在上面，但牛车太颠，如果是空载，坐在上面，屁股几乎受不了；重载时屁股好受些，但重载时很少还有人坐在上面。

因为牛车速度太慢，一般没法进城上集，除非城市集镇离得不远，所以牛车几乎只在生产队里干农活，比如运肥下地，运收获的庄稼回村，等等。拉大车的牛都是两头，有黄牛，也有水牛，水牛的力气更大些；用一头牛拉，力气不够，重载了拉不动，用三头牛拉，不好安排它们各自的位置，所以都用两头牛并排拉。

大雾散去了。你可能以为刚才的大河湾停留过千军万马，但大雾散去后的大河湾，除了植物和地面上几乎看不出来的水印，什么痕迹都没有留下。太阳出来了。十雾九晴，说的就是这个季节常见的辐射雾。

在河埂上找到一根干枯的马唐草，我一条腿半蹲着，一条腿半跪着，膝不着地，背对河湾，面对平原大河湾正在返青的麦原，把马唐草结种子的那一端撕开，用右手半举着，叫东来的风把撕开毛头的那一端吹乱。这时闭上眼，心里想，我们不喜欢瘟疫，但是瘟疫喜欢我们。如果吹向西边的毛头多，说明地球上的瘟疫很快会被赶跑；如果吹向西边的毛头少，那瘟疫就还会待上一阵子。我睁开眼，这时风突然停了，两边的毛头差不离一样多。

仲春时节我去各处看杏花。杏花开后，才轮到桃花、李花、梨花、山楂花、橘柚花开放。平原上各处都有杏树。平原上也各处都有一点点低丘浅山。杏树在这些低丘浅山上长得更好，花开得更稠。从村庄外的池塘走过，这时的池塘边的柳条，已经爆满了绿芽，围着不规则的池塘，洇出了一圈绿晕，鸟群在柳叶柳枝间鸣叫跳跃，由着性子欢快。还是南朝的谢灵运说得好，这样的景致叫作"池塘生春草，园柳变鸣禽"。池塘的堤埂上长出了春草，园子里的柳树换了一拨鸣禽；这里的塘，是堤埂的意思。

杏花大致有红、白两色，白的是洁白，红的是粉红。"一枝红杏出墙来"，作者看到的是粉红色的杏花；"杏花白，菜花黄"，作者看到的是白玉色的杏花。一路走过，便点点滴滴在心头了。原来在一个地区里，所有粉红色的杏花都开得早，所有白色的杏花都开得晚。但如果有杏树长在离水较近的地方，那么所有离水较近的杏树都开花早，所有离水较远的杏树都开花迟。如果一棵开白花的杏树长在离水较近的地方，一棵开粉红花的杏树长在离水较远的地方，那么长在离水较近地方的白杏花一定开得早。

虽然仲春在平原大环境里还看不见从隐匿处跑出来的候虫，以及那些随季节而生或发出鸣声的小昆虫，但在村庄外面的菜园里，细细观察，就能找见阳光暖晒的薄荷叶或黑心乌叶片上的瓢虫。小心地伸出手指，指点着瓢虫背上的黑点数一数，并不是常见的七星瓢虫，而是一种十几星瓢虫。

仲春的"仲"字，是居中的意思，也是位居第二的意思，古人常用孟、仲、季来指称月份，因而，仲指四季中各季的第二个月。

仲春这个月应该对家人更关爱些，因为春天来到，家人可能为了事业和理想，会收拾行囊，离开温适的家庭，去到无法预料的远方打拼。

　　仲春对家人应该是热情有加的。隔着千山万水，要对孩子们说些鼓励的话，哪怕大胆些，再大胆些，倒也没有关系。一年的光阴，说长，并不长，说短，也不算短，仲春做出了决定，或许三年五载后，便有收获，或许一年到头，竟见得到效果，好在一年初始，还有些豪掷和任性的资本。也打着阳春的名义，和妻子在暖床上缠绵，说些见不得人的甜言蜜语，做些见不得人的花式动作，且甩去陈年束缚，便纵情两日何妨，由着顺天应时的生命冲动，只是不要辜负了这般大好春光。

　　仲春时节，可到园林野外做些漫步张望的活动，仰望蓝天、白云以及翠柳、鸣禽，喜迎仲春的到来。

　　泡茶用的水芹梗子，是我冬天剪下老了的水芹梗子在太阳下晒干的。水芹是一种辛辣蔬菜，和大蒜、大葱、洋葱、萝卜、薄荷等在气味上有些类似。有一年从菜市里买过水芹后，就想种水芹，到农村找来找去，找到了湖边的一户农家。这户人家孩子大了进了城，乡下只有老夫妻两个生活。老婆子当家，在门前的几分地里育菜秧子，每天早晨拔一点，到附近的露水集去卖，老头在家里看家护院，做她的帮手。原来水芹是湿生植物，只要田地潮湿，或有点浅水，就能快速蔓延，迅速占领大片田地，冬春不死。水芹是她家的废物，长在菜垄子之间的排水沟里，她却弃之不及，怎么铲都铲不尽。我要花钱连根买一把，她说你要你就挖去,不要钱。我还是挖了一把,丢下10元钱给她,上车回城里,种在阳台上无底孔的盆子里。水芹一落土,就施展本事,疯长起来,不但长满了无底孔的盆子,还长到成块的土地里,把别的蔬菜都挤得不见影了。辛辣有气味的蔬菜,还有苦的和麻的蔬菜,都是人体很欢迎的,家里的餐桌缺少绿蔬时,到露台割一把来,炒两个鸡蛋,或烫一烫凉拌,都很受待见。吃不完却长老了的水芹,剪下变硬的茎,剪得短小些,在太阳下晒干,装进茶叶听,保存在冰箱里,时不时地喝上几根,想来没有坏处。

仲春的早点有油茶和油酥饼。骑了几辆自行车到附近的乡镇去吃。先起个大早,在小城中心最高处的十字路口集合,相跟着往乡下骑。先骑过一座老桥,沿两河之间的引河大堤风行,你追我赶的。堤上的白杨树绽出了酱色的淡叶来。农人正从河道里抽水漫灌冬小麦。喜鹊又回到它去年在高高的树杈上搭建的窝。最好吃的油茶和油酥饼在小集市外面的一个十字路口。一个用棉布包裹得严严实实的巨大的白铁壶,你要吃一碗,他就用右手把大铁壶随手一掀,就不多不少,正好是一碗。油茶里有千张丝,有花生米,有海带丝,有面筋片,再淋上香油,撒一把切好的芫荽,吸溜一口,真是香得要人命。油酥饼在鏊子上油嗞嗞地煎着,要泼一个鸡蛋煎在里面,才最好吃。

这个月的野菜蒲公英称王。仲春最是挖采蒲公英的季节。先在河堤的草丛里看见零星的小黄点,在仲春时节,那无疑就是蒲公英了,也只能是蒲公英。蒲公英长着边缘波纹一样的叶片,正抽出鼓鼓囊囊的花茎,要开出鲜黄色的花朵。蒲公英总是双双对生在一起的，看见一朵鲜黄色的花，它的旁边就必定还有另一棵，它们有时同时开花，有时稍有先后开出花来。有一个穿老式工作制服的男人，每年都到河坡上挖蒲公英，他说他家里人肝不好，中医说要经常煎些蒲公英的汁水来喝，才好得快。

蒲公英既是中药，也是很好的食材，连根挖的最好。新鲜的蒲公英剜回家里，晚餐可以拿几棵蒲公英洗净，用手从根部撕开，放进开水锅里汆一汆，捞上来，淋些香油、香醋，撒星点盐，拌一拌，就是一盘鲜香可口、风味佳绝的凉拌菜。蒲公英也可以做汤，做汤时汤锅里放几棵从根部撕开的蒲公英，撒一撮干虾仁，打一两个鸡蛋，搅成蛋花，又是一盆清鲜解毒、凉血润肝的美食。蒲公英又可泡水喝。新挖回来的蒲公英，在开水里汆一汆，捞上来，摆在竹篾浅筐里，放在春阳下反复晒干，装进茶听或玻璃瓶里，随时取用。用这种方法制作出来的蒲公英茶，有一股甜滋滋的香味，十分爽口，饱饮一顿之后，毛孔舒张，通体顺达，头脑也变得十分清爽。如果不经过开水汆烫，把刚挖来的蒲公英直接晒干、装听、贮藏，在相同的环境下，直接晒干的蒲公英很快就会长霉、变坏，拿这样的蒲公英来泡茶，干涩难咽，还有一种干石灰的呛味。这大概正是中药材炮制的秘诀，手撕还是刀切，汆烫还是不汆烫，用块还是用粉，看起来没有差别，但药材的理化性能，已经因此而改变了。

仲春会有春分节气到来。春分这一天，白天和夜晚等长。过了春分这一天，北半球的白昼就一天比一天长了，人们醒着的时间似乎更多，光亮的刺激也使人更兴奋。人们用于工作或交往的时间也更长，工作的自然环境也更友好。

这个月，可在无人处大声诵读自己喜爱的诗文，进入忘我的情境，佐以动情的手势，最终被自己的诵读感动。

在古代，由于春天降临，万物复苏，生命伸展，人们并非完全知道是什么原因、什么规律使然，因此人们就会在春天做很多祭祀，感恩那些看不见的支配的力量。在黄淮流域，人们要祭祀天帝，祭祀祖宗，祭祀山林，祭祀有名的河流。当然，不可遗漏地，人们还要祭祀社稷。社是土神，稷是谷神。祭祀土神和谷神，是最大众化、基层化和普及率最高的一种祭祀。平民百姓可能无权祭祀天帝、天神以及名山大川，但烧一把柴草也能向土神、谷神表示一番敬意。土神和谷神又牵扯到千家万户，久而久之，社稷就成了国家的代名词。

仲春常常会有春雷响起，这不算奇怪。上午云朵较多，下午天阴得较重，在人们不经意时，突然有一声春雷在天地之间炸响了，把地球上的人们吓了一跳。接着又炸了一个雷，又炸了一个连环雷。倾盆般的大雨倒下来了。可是很快又停住了，天空云开雨散，晚霞出现在西边的天际。仲春很少有连阴天和连阴雨，下得较大的雨也很短暂，孤零零的，不会持续。但如果春雷在孟春响起，人们觉得奇怪，百姓层面还会有传言，说这一年天气会异常。但仲春春雷响起，人们则会觉得受用，这是该下之雨，是有利于万物的吉祥之雨。

仲春是黄淮平原种植春玉米的上佳时节。更早些时候，二十世纪六七十年代，一场透雨过后，人家屋后的白杏花开了满树，平原上的村庄出入口总会涌出一队人、车、牛、马,那便是一种被称为人欢马叫的情景。那些人是下地种春玉米的。大家在地头上停下,分成两个人一组。这两个人又有分工。前面一个人拿粪耙子在已经起好的垄子上,按一定要求刨出一个个等距离的坑穴;后面一个人挎着一个秫秸篮子,每次从篮子里抓一把玉米种子,每个坑穴里丢两三粒进去,丢多了浪费,种子也很金贵,不要浪费才好,丢少了就怕瞎苗,补种起来麻烦。

要不说春雨贵如油呢。又一场透雨后,除了冬小麦的苍青以外,大平原上,大片的玉米苗柔嫩鲜绿,煞是喜人。玉米是见风起、听雨长的,雨后到玉米地里,蹲在玉米垄子里,静了心听一听,只听得玉米咔啦咔啦吸水拔节的声音,声声在耳。待玉米出苗半拃或一拃高时,人们要下地巡查一遍,发现垄子里有瞎苗未出的情况时,要立即补种。待玉米长有两拃高时,人们还要下地巡视一遍,发现一个坑穴里两三棵玉米都长得好时,人们要用锄锄去其中的一棵或两棵,留下那棵最强壮的,以免两棵或三棵争风、争肥、争光。两棵或三棵玉米长在一起,看起来数量多,但肯定都长不好。这也是庄稼的优胜劣汰法则吧。

玉米是外来物种,在明清时期引入。在西方文化全球扩张之前,亚欧大陆的物种和文化传播,遵循着东西方向的横向传递,即文化和物种的流布,主要沿东西纬度的方向扩张,而不是主要沿南北经度的方向传布。但在西方文化全球扩张之后,亚欧大地这种物种与文化的传播规律被打乱,文化和物种传播呈现出复杂的状态。玉米和红芋、土豆等高产便利作物一起,不仅在中国的平原上大面积种植、高产量收获，还充分利用了中国广大而零碎的山区等边缘性耕地，种植并收获，使中国人口得到了很大增长，它们对人口的支撑与承载能力是革命性的。

贴梗海棠在街角的僻静处开花了，娇艳惑人，叫人起妖孽之心。

墙角地边的蚕豆也开花了。蚕豆花酷似蝴蝶。有一种是白色的花，花萼处有酱黄色的椭圆形斑点，像白蝴蝶；有一种是带紫晕色的花，像紫蝴蝶。

春困竟开始来凑热闹了，这在秋天和冬天是想都不敢想的事。春困是生理现象，春气和暖，催人睡眠，春困来了，挡都挡不住。但春困时最好不要被孔子老先生撞见，宰予的教训已够深刻，虽然还不能确定宰予是否因为春困。《论语》里说：宰予昼寝，子曰："朽木不可雕也，粪土之墙不可圬也，于予与何诛？"子曰："始吾于人也，听其言而信其行；今吾于人也，听其言而观其行。于予与改是。"

这段话的意思是，宰予白天睡觉，孔子说："腐朽的木头没法雕刻，粪土的墙壁不能粉刷，对宰予，我没什么可责备的了。"孔子又说："最初我看人，听了他说的话就相信他会这样做；现在我看人，听了他说的话还要看他怎么做。经过宰予的事情以后我改变了看法。"

看看，被孔子痛骂一通并弃之不诲也就算了——虽然可能老师之前就不怎么喜欢宰予，甚至对宰予有成见，但还被老师总结出一句智慧的流行语"听其言而观其行"，成为政府间对话的保留语,这可就污大了。

田埂上的野荠菜在仲春都次第开花散种了。它们开花的空间梯次是这样的:沿江平原较早,江淮地区次早,淮北平原稍晚,黄河中下游又晚。它们开出小丁丁的白花,一点都不显眼,但是伏下身到田埂、路边去看,就能看见星星点点的小白花,在这个季节,那多半是野荠菜的花,真个是荠菜花繁蝴蝶乱的景致。野荠菜的种子成熟以后,便被零乱的春天吹到四周,待明春的雨水来催醒它们。

季春的到来总是让人心生扰动的。

无论阴雨晴暖,清明这一天,我总会挑一本书,今年这一本是《稻作学》,泡一杯蒲公英茶,到东边的房间,面朝南偏东的方向,坐在椅子上,读上半天。现在太阳更向北回归线归来了,天气愈加温暖了,阳台和飘窗里冬天和初春太阳能照晒到的地方,有些在仲冬到来以前再也照晒不到了。虽说是读,但往往只是半读半想,有时候沉湎于冥想,有时候和自己脑袋里一个叫老子的古人对话,有时候做些白日梦。

因为清明前去墓地祭扫的人多,也常常会因各种事务耽误,因而我们好多年都不能在清明前去马山公墓看父母。倒是有时间了就去一趟,到公墓里,在父母墓碑前,祭上一份亲情,不急不躁地,坐一坐,看一看四面的山景、天空、云朵,听一听禽鸣,和父母说一会儿贴心话,再离开。

马山是平原上的一小片低山。黄淮海平原虽然平原面积广大，但也不时地有一些低山或浅丘，匍匐在大平原上。马山山丛的周边都是农田，清明时，农田里的小麦长得深绿粗壮，这时如果下到麦田里，细细察看，就能发现小麦已经抽出了茎秆，这已经不是初春寒风中牛马偶尔踩踏的冬麦苗了，也不是仲春干旱时大水漫灌的麦田了。像人类一样，这时的冬小麦已经长成了青年、壮年，它们根须抓实，茎秆粗圆，叶片宽厚，即将抽穗扬花。稠密的麦秆上偶尔能看见一种叫野豌豆的蔓状植物，它们缘着麦秆一直攀爬到麦秆的顶端，不费劲就能得到更多的风、热和光，这正是野豌豆多年进化练就的本领。

小麦也有小麦的进化策略。麦类植物的每一粒种子上，都有或长或短的麦芒，这是它们扩张领地的利器。当麦子成熟后，带有麦粒的麦芒很容易附着在其他动植物上，被带到远方，麦粒就此安家落户，繁衍传承。不过当小麦被人类驯化后，占领地盘这些费力烦神的工作已经无须它们自己去做，人类会想方设法比它们自己做得更好。

麦地里高出一般小麦一头的，是野燕麦，它们很会挤占人类专供小麦的水肥等资源，它们的生存能力似乎更强，在麦田里总是除它不尽。暮春的后期，麦田的女主人有时就会下到麦田里，专门把高出普通小麦一头的野燕麦拔去。拔起来后先抱在怀里。差不多怀里抱满的时候，麦田里看不见野燕麦的身影了，麦田的女主人就会把怀里的野燕麦抱回家，把它们扔给牛吃，或扔在院子里，让鸡、鸭、鹅啄去。

现在回想起来，每年未能按传统习俗在清明时节去看父母，根子不在事务忙,而是我一贯不拘常规的观念使然。记得父亲去世时,我就有个想法,想把父亲的骨灰撒到父亲的老家泗洪,他工作过的新汴河以及他生活过的宿州的河流、平原、农田里去,母亲并不反对,母亲的思想一直是非常开明、开放的。不过最后由于种种原因未能施行,而是按常规在马山公墓买了一个碑位,把父亲的骨灰安放在那里。后来母亲就和父亲在一起了。

  我们不依常规,有时间就去马山看父母。有时候一年一两次,有时候一年多次,只要有机会,就会去马山,去走一走,说说话。最初几年,去之前要在城里找花店,买一抱花抱着。后来有几次没买到,或一时找不到花店,就直接去了。到马山公墓山脚下的院子里,下车,把车里的苹果拿着,是那么一个意思,放在父母的相片跟前。后来干脆什么都不带,快到公墓时,下车从麦田里采几根青麦穗,并不采多,以免浪费将要成熟的粮食,再从田埂上扯几根爬根草扎成一小把;或者到公墓后,从山路上采几枝素朴的野花,或几根野草,也用野草扎起来,献到父母的相片前。父亲种过地,对农村、农田有感情,母亲虽然出身农村的富裕家庭,但也是在农村长到18岁才出来参加工作的,看见农村的东西,想必他们都会喜欢。

  老子说的大概也是这么个意思吧。老子说:"天地不仁,以万物为刍狗。"刍狗就是古代祭祀用的以草扎成的狗。这句话的意思是:天地并不讲究私授偏爱,天地把万物都当作祭祀用的草狗。人们用草狗祭祀,是带着一种相亲相爱的心情的,通过祭祀用的物品表示出来,祭祀过了,心意也表达过了,祭祀的物品却并不重要。

除了祭祀亲人，清明节气的到来，总是让人心生杂乱的。俗话说，清明前后，种瓜种豆。种瓜种豆，这是说到清明节气了，黄淮流域就该种瓜点豆了。由于中国古代的历法主要是月亮历，是根据月球与太阳和地球之间的位置算出来的，因而每年的立春、春分、清明、立冬等节气并不固定，而是有早有晚。西历则主要是太阳历，是根据太阳与地球的关系推算出来的，是比较固定的，这是西历的优势。但对大海中的水手来说，月亮历却更与潮汐的规律吻合，这是月亮历即中国农历的优势。月亮历和太阳历因此而各有优劣。中国的农历则主要是在月亮历的基础上演变而来的。在中国农历中，一年并非从立春开始，而是从大年初一，也就是正月初一开始的。

清明前的阳春天，暖洋洋的太阳照在人身上，人的身体里不由得就有一种种瓜种豆的基因苏醒过来，就会迫不及待地要去撒种买秧。有时，初春去乡村集市买种子，早早起来，到集市上看见炸油条和糖糕的，馋得要命，立马上去买两根澄亮的油条、几块紫红的糖糕，一边在集市的人流里逛，一边吃下去，那可真杀馋。种子买回来，偏就遇见寒流突袭，于是种子得一直搁到清明前后，才有机会往土里种。有时，仲春到朋友单位的大棚里去拔辣椒秧，拔回来栽到盆里，并不见长，寒流来了，还得端进屋里保暖。土豆和眉豆可以种得稍早些，仲春的中后期，把它们种下土里，早一点，或晚一点，它们都能顶出土层，冒出壮实的新芽来，即便接着又来一两场寒流，也没有太大的关系。

季春这个月，田野里的蛰虫，陆续都出来了。古汉语里的虫字，既指昆虫，也泛指所有动物，因此蛰虫这个复合词，就既指冬眠的昆虫，也指冬眠的动物。我细细回想了一下，古汉语里的"虫"字，虽泛指动物，但似乎主要包括昆虫、飞禽和走兽，好像没怎么听说包括鱼类，不过这还得找时间去细查一番。夜晚逐渐能听到零星的蛙鸣了，暖和些的年份，青蛙的呱呱声会响成一片。这时专程到野外荒河湾里去看，已经看得到成群黑点点的小蝌蚪，在去年干枯的蒲草和浅水里，游来游去找妈妈的身影了。

　　田埂、河坡和草地里的蒲公英，开始大量开花、结籽。有时候从河坡上望下去，整个河坡上都开着高高矮矮鲜亮的黄花。但这也是蒲公英喧闹的谢幕式。除了较高的土丘浅山，或背阳阴湿的地方，蒲公英很快就从田野里消失了，人们要等到来年才能重新见到它们成双成对的花影。

　　在河坡上掐一棵种子成熟的蒲公英，侧对着偏东风站立，伸直胳膊，闭上眼，心里想：风吹过后，如果这棵蒲公英上的种子剩下的是单数，那么我暮春和初夏在田野里逗留的时间，可以达到5天；如果风吹过后，我手里这棵蒲公英上的种子剩下的是双数，那么我暮春和初夏在田野里逗留的时间就可以翻番。我睁开眼，刚才一阵较大的风把蒲公英上的种子全吹走了。我愣神了。后来我反应过来：风给了我自主权。

　　孔子是带头喜欢在暮春的田野里撒欢儿游玩的。他在《论语》里赞成曾皙的观点，即在暮春三月，春天的衣服已经穿上了身，五六个成年人，六七个小孩子，在沂水里洗澡，在舞雩台上吹风，然后一路唱着歌走回城。这里的沂水,并不是现在歌曲里蒙山高沂水长那个沂蒙山里的沂水。这个沂水,或是当时泗水的一条小支流。曾皙是曾参的父亲,他们前后同是孔子的学生。曾参似乎比他父亲有才。曾参曾说出"吾日三省吾身:为人谋而不忠乎?与朋友交而不信乎?传不习乎?"这样智慧的话来,而且据说曾参还编写了《大学》。《大学》先是《礼记》中的一个篇章,后来被宋朝的朱熹单独拎出来,成了一本书。

孔子和曾皙一样,喜欢暮春三月出去玩。但这是要具备一定条件,才能使玩心尽兴的。除了暮春这个季节条件,还要有五六个成年人,六七个小孩子,甚至还要穿上这个季节才能穿到的衣服,如此这般,才能尽了性情地在野河里游泳,在祭台上吹风,然后胡三海四地吼唱着回家。倒也真是够纵情的。

暮春平原河堤上的刺槐花开得最是喧闹。在河流转弯的地方,远远地向河对岸看去,只见一道白亮的飘带,在绿色的平原上悠然飘过,消失在元气氤氲的无涯之中。那就是暮春平原上盛开的刺槐花。过了河,穿行在河堤的刺槐林里,人被一股温暖清鲜的槐香气包裹着。愈是往前走,似乎愈走进了平原腹地,或者说愈感觉走不出平原腹地。四周悄无声息,只听得蜜蜂这里、那里的嗡嗡声,还有偶尔的珠颈斑鸠的咕咕叫声。随意拐出河堤刺槐花的重重包围,却是一片小河湾和它的湿地,河水清亮,河滩上的草地碧绿,草地外又是深不可测的刺槐林,清白的刺槐花遮天蔽日。这时,就斜靠在河滩的草坡上,背枕着无涯的刺槐花云,闲坐上半天一日,那总是不嫌多的。

平原上的刺槐花也叫洋槐花，是暮春的美食。采了刺槐花来，用竹篮子挎回家，略微淘洗淘洗，放在大面盆里，倒些面粉，倒点水，水不能多，下手拌一拌，把尚干略湿的面粉和刺槐花拌成若即若离状，然后放在笼里，上锅蒸。面粉熟，槐花也熟了。打开蒸笼，用筷子把喷香的槐花美食夹一块在嘴里，热着呢，嘴里嗞嗞着，慢慢咬，或也是咬春的一种，只道是把一整个春天，都咬进肚子里去了。

季春时节，气温渐高，衣裳渐薄，可至园林野外，模仿飞禽、蜜蜂、蝴蝶，做波浪形蝶飞蜂舞的运动，释放生命的激情。

季春的季，是指一个季节的末尾，是一个季节最后的那个月，古人常用孟、仲、季来指称月份，因而季指四季中各季的第三个月。

暮春这个月，应该对家人更鼓励些，给他们煮些鲜藕吃。把小节的鲜藕洗净、下锅，加清水淹没，半小时后熄火捞入中等大小的菜盘中，淋上琥珀色的蜂蜜，可以给亲人以温润和滋养。暮春，外部的吸引力加大，人们迫不及待要实现一个冬天积累的梦想，要倾泻一个冬天蓄积的能量，从今往后的日子有可能发生翻天覆地的变化，要让走出去的人思念家中的味道，让漂泊的心知道回归。

贮存在池塘、浅水和藕田中的鲜藕，可以一直保存到暮春。需要的时候，藕工们就会穿上连体橡胶衣，下到池塘或浅水中，把整只胳膊插进泥里，掏出一根根鲜嫩的藕来。有时候藕在泥淖里扎得太深，藕工把一只胳膊插进泥里还够不到，就得尽量斜着身体，一直把半边脸都贴在水中，才勉强够得着，把雪白的藕身从泥里挖出来。

梨花在暮春开得最盛。暮春到黄河故道去看梨花。那方圆数百公里，都沙地酥软，蜂飞燕舞，梨花如云，香气晕人。开车在梨花的花海里徜徉，几个小时，也走不出梨花的海洋。暮春时节，梨乡人也是最辛苦的，因为要给所有的梨花授粉。是的，没错，要给所有的梨花人工授粉，而不是哪几朵授，哪几朵不授。光靠蜜蜂等小媒人授粉，授粉率完全达不到丰产的要求，也不能保证它们授的都是优质花粉。

给梨花授粉，用的不是普通梨树上的花粉，而是用一种叫黄梨的梨树的花粉。那种黄梨树，每一个村庄都有，它们树势强，花粉旺，用它的花粉来授粉，结出的梨子，个大肉酥，鲜甜可口。授过粉了，小梨都结出来了，到一定的时候，却又得疏果，把不需要的、多占资源的果子疏去，让旁边的果子坐大。有时秋天到梨乡梨园去，常见成堆的酥梨丢弃在人家门口，路过的鸡见多不怪，都懒得上去啄一口。可能是当年的梨大丰收了，孬一点的梨卖不掉，勉强去卖还不够工夫钱，那样的梨，只好成堆成堆地丢掉了事。

暮春是蝴蝶和各种小昆虫的天下，油菜地里，菜地里，蚕豆地里，豌豆地里，留种的萝卜地里，留种的芫荽地里，留种的大葱地里，到处都听得到小昆虫的嗡嗡声，看得见蝴蝶的翩跹身姿。不用说，蝴蝶是这个季节的主角，它们主要在各种草本植物上起起落落，成为平原这个季节标志性的符号。蝴蝶是完全变态昆虫，它的一生，要经历从卵到幼虫，从幼虫到蛹，再从蛹到成虫即蝴蝶的全过程。蝴蝶的寿命不长，长的一个月，短的也就几天。蝴蝶的使命就是交配和繁殖，这个使命完成了，它们就会在人们完全没有察觉的情况下，死亡并且消失了去。

古人春天主祭户神，这也是古代普通百姓都能进行的祭祀活动。先秦时期有五祀，即五种不同祭祀对象的祭祀活动。所谓五祀，对普通百姓而言，指的是对住宅内外五种神祇的祭祀。这五种神即门神、户神、井神、灶神、中霤神。门和户是人出入的地方，单扇为户，双扇为门，户指的是单扇门，也泛指一般的门，因此后来有一个合成词叫门户，从构词法看，门与户是同义词，因而这叫同义词并用；井与灶关涉人的饮食；中霤则指人的居处。

暮春最惹人注意的动物是家猫。家猫晚饭时分就在篱笆外，或草坪上，或围墙边叫春，一起，一伏，有时候声嘶力竭般的，叫人听了身上起鸡皮疙瘩。但这也是春深的信号，告诉人们生命都在苏醒、起身、生长。不过叫春的猫在一个地方也待不太久，它们很快就会转移到别的地方去，那时候，它们叫春的声音就听不见了。

暮春是吃香椿芽的季节。现在的香椿芽大都是大棚菜，或矮化品种。在大棚里种植矮化的香椿，春天早早就发出了嫩芽，提前上市，可以卖个好价钱。特别是高档一些的宾馆酒店，食客们好这一口。香椿芽的标配，是豆腐。宾馆酒店一般是嫩豆腐，不能用老的。居家则老嫩不论，老豆腐还有老豆腐特有的口感和体验呢。蒸过的豆腐，用刀划些经纬，捏一把焯过的浅黄色香椿芽放在上面点缀，再淋点老抽和麻油，就搞定了。如果是老豆腐，便把豆腐切块，直接与香椿芽拌到一起，浇上香油、老抽，老豆腐是浓郁的豆子香，香椿芽有一种香椿树的苦香气，这便成就了暮春一道绝配的家常凉拌菜。

　　椿树有香椿树和臭椿树的分别。香椿树就是香椿芽那种苦香味，臭椿树则有一种苦臭气。小时候爬树，爬过香椿树后，手是香的，爬过臭椿树后，手就有一股臭味。《庄子》里惠子曰："吾有大树，人谓之樗。"这里的樗，就是臭椿树。《庄子》里又说，上古有大椿者，以八千岁为春，八千岁为秋。这里说的大椿，有人说是一种不知为何的树，也有人说就是香椿树。说大椿就是香椿树的学者，应该已经考虑到椿树还有香臭之分。

　　这个月，宜于无人处轻浮啸叫，借此回归本能，体验兽性，感悟生命的冲动。

　　暮春代表性的野菜是野蒜。这个月是到原野里挖野蒜的好时节。野蒜又叫野葱。虽然大家都叫它野蒜，但吃起它来，偏就有一股葱的味道。先是在宾馆大院的停车场边，发现砂石地里这几棵、那几棵，不间断地长着一些瘦弱的小草，有几个女人蹲下身，围在一起看什么，上去问时，才知道有人认出那是野蒜，包饺子，或做凉拌菜，都是很好的。于是男人从腰带上取下小刀来挖，把挖出来的野蒜贡献给女人。

　　野蒜在哪里都能生长，但它们更喜欢生长在农田田埂的斜坡上，在碎砂石的浅丘山坡上也常见它们的身影。你从一道田埂和荒坡上走过，走累了，在田埂的斜坡上坐下来休息，眼睛看着不远处正在歇耕反刍的牛,看着远处有水鸟飞过的湖面,手则不知觉地从草地上掐下一根草的叶子来搓弄。但是很快你就发现,手上有一股辛辣的冲味。把手拿到眼前细看,原来手里搓弄的是一根小野蒜。在你的屁股附近,野蒜正一丛一丛地生长着。它们的辛辣气味,正一天比一天浓烈,它们的地下球根,也在一天一天膨大。

田野里还有一种叫灰灰菜的野菜,也出芽长棵了。灰灰菜的嫩叶上,似乎有一点淡淡的灰白色的粉状物,可能正因为如此,人们叫它灰灰菜。灰灰菜叶嫩可食,茎老可做拐杖,它在先秦的书面语中叫藜,古书里经常提到这种植物。比如,《庄子》里说了一个不知真假的故事,说孔子的学生子贡,骑着高头大马去看他的同学原宪,原宪戴着破了的帽子,穿着用束发布绑着的鞋,"杖藜而应门",就是挂着藜做的拐杖去开门。

《庄子》里又有一段,说"孔子穷于陈蔡之间,七日不火食,藜羹不糁,颜色甚惫,而弦歌于室",意思是说,孔子被困在陈国和蔡国之间,七天没有生火造饭,藜菜汤里连个米粒都没有,他面色憔悴,却还在屋里弹琴唱歌。《庄子》是道家的代表性作品之一,从《庄子》文字的表面看,只要儒家赞同的,道家就会反对,只要儒家认可的,道家就会质疑,因而《庄子》里关于孔子和他的门徒们的故事,一般都真假难辨,不能完全当史实看。不过从这些文字中,我们已经知道,灰灰菜的故事,在中国至少已经有两千多年的历史了。

孟夏的到来总是让人心生孟浪（鲁莽、冒失）的。

立夏这一天，无论晴阳雨雷，我总会挑一本书，今年这一本是南北朝的《齐民要术》，泡一杯榴叶茶，到南边的房间，面朝南略偏东的方向，坐在椅子里，读上半天。现在太阳更向北回归线归来了，天气已经暖热了，阳台和飘窗里冬天和春天太阳能照晒到的地方继续萎缩，有些地方在季秋到来以前再也照晒不到了。虽说是读，但往往只是半读半想，有时候沉湎于冥想，有时候和自己脑袋里一个叫孙武的古人对话，会看见大雾浓裹的河湾里兵车陈列的壮阔场面，有时候做白日梦。

这个月，许多花都在开放，或者开始开放。人们把栀子花或白兰花佩在衣扣上，以祛瘟避邪。常见的栀子花，大致分为大叶栀子和小叶栀子两种，大叶栀子叶大、花巨，小叶栀子叶小、花略小。白兰的花高洁香正，十分雅致。不过白兰花不耐修剪，修剪得稍过一点，白兰的树势立刻就会减弱，甚至崩溃，因此修剪白兰，要悠着点，不要稍过。

含笑的花开起来，有浓郁的香蕉或香瓜的甜香味。含笑开花十分猛烈，不惜力，一树都是花，满园都是香甜浓厚的香蕉或香瓜味。垂丝海棠进入盛花期，在农业大学的校园里开了满满半面墙，娇红的花朵蜂拥怒放，如耳坠般下垂，妖艳而惑人。

孟夏的中后期盛行西南风。西南风是热风，风吹到脸上，热扑扑的。几个晌午的西南风一吹，小麦眼瞅着就黄熟了。正如唐朝白居易在《观刈麦》中所言："田家少闲月，五月人倍忙。夜来南风起，小麦覆陇黄。"白居易这个五月覆陇黄，说的是渭水流域。在江淮以及黄淮海地区，一般在孟春中下旬，就会自南而北，先后进入麦收阶段，从江淮之间，到海河流域，小麦收割的时间差，可以多达半月以上。

小麦黄熟时，整个平原像是被掀开的蒸笼，有一股麦面大馍的热香气。这股热香气散发出来的时候，农民就被农耕文明的生物钟推动，不用政府因时颁政，都会自觉地开始准备镰刀、绳索，并喂饱牛马，以备收割、捆扎、运输小麦。

开镰前的那一个晚上，整个平原似乎都睡不安稳，都有些躁动。好不容易才有了些安稳，但焦虑感一直隐隐地弥漫在平原上。不知觉地，先是有一辆马车在蒙蒙黑影里，吱儿吱儿地打庄里驶出来。车上的人都穿着棉袄，都迷迷糊糊地半打着瞌睡，都倚在车帮上坐着不动。收麦时节的瞌睡就是多些，人都睡不够，晚上又睡得死晚，早上却起得老早，刚从被窝里钻出来的人，咋样套的车，咋样赶车出的庄，都只能记住个大概。

马车上一般只有三几个男人，但偶尔也能拉了一车半车妇女，一块往大田里去。妇女都带了镰刀，是起早割麦子去的。有些年份天气不好，或麦子面积大，就得赶紧点，男人辛苦，妇女更得辛苦，她们弯着腰在地里一割就是三、五、七天，那罪不是一般人能受的。男人割麦割不过妇女，男人的腰弯不下去，没有长劲，割一两天就落后、趴盆了，妇女们都习惯了这种苦累，要是让她们干装车、卸车这些重活，她们也干不了，并且没有兴趣、无精打采、时时走神。割麦子倒像成了妇女的一种专利。

车上有妇女的时候，气氛会活跃些，妇女们带来另外一种特殊的气味。大多数情况下，她们裹着棉袄，和装车的男人挤在一块的时候，男人的心里都暖暖的，觉着贴身，瞌睡虫也全跑了。赶马车的人也有了精神，不像平常那种萎缩的样子，有时兴起，他还会把马车赶得飞颠。乡下的路都不怎么好走，马跑起来的时候，空车颠得尤其厉害，车上的妇女都坐不住，都颠得一蹦三高，妇女们只好都蹲起来，嘴里下句不接上句地骂："死小婆子，跑慢些个。"话好容易才讲完，车又来个大颠，妇女们都挤撞在一起，有些蹲不住的，情急中一把抱住身边的男人。老实的男人便叫她们抱住，半句不吭，调皮捣蛋的男人立刻大叫："耍流氓啦！耍流氓啦！小绕他娘，小绕他爸不在，你就不老实。"车上人轰轰地大笑，还有的男人故作浪笑，各种各样的笑声在朦胧里贴着黏滞的麦梢或者大秋作物青青的叶片，向四面八方延散，越散越远，最后，散到看不见的还在夜色里的平原深处去了。

　　没有妇女的时候，马车上就很安静，车子踽踽地往前走，出了村子，直往田野的深里去。麦收时农村的早晚也都还凉，多数人都穿了夹袄或者棉袄，那时候，毛线衣很少，在农村毛线衣就更少，再说毛线衣穿脱不方便，要是扎了麦芒在里头，还很难清除掉。车子一颠，原来是拐到麦田里了，地里都是昨天放倒的麦个子。车儿停下，车上的男人都跳下车，用杈子慢慢地往车上挑麦子，马们都静静地抬头凝视夜色中的远方。过了一会儿，两匹梢马低下了头，寻找脚边的青草或麦秆吃起来，只有辕马仍静静地凝视着远方，好像陷入了沉思。辕马在静立时也还在承担着车子的重量，平常在转弯、下坡和任何情况下，它都肩负着更大的责任，所以它的沉思和严肃都是应该的，它应该给人更老成的印象。

麦秆凝滞。因为夜里的露水把收割下来的麦子都打湿了，人的裤腿很快也就被露水弄湿了，早晨的雾气还有些大呢，人的头发也有点湿漉漉的了。这时，天已有些发白，人们在干活的时候，身子都醒过来了，精神渐渐地充盈了全身，早晨微凉清新的空气在大平原上流动。这时已能看见刚才马车走过留下的车辙旁的一朵野花上，停着个抿了翅的黄蝴蝶，刚才要是车轱辘正好从野花上轧过去，那么野花和停留在野花上的黄蝴蝶就都不在了。花和蝴蝶都是湿漉漉的。

早晨的凉气还是重。但是早霞出来了，干活的人的肌肉里充满了力量，他们把一堆一堆的麦子权住，举送到车上去，——现在，车已经装得很高了，有一个人在上面踩车。踩车是一门技术，车踩得好了，又结实又好看，在路上走时像一座黄黄的土丘在移动；车踩得不好，还没到路上就会歪斜，得几个人拿权在斜倒的那一边顶住，跟着车走，说不定车一晃，麦都倒下来，那就更麻烦了。

太阳突然出来了，天立刻就暖了，人身上的棉袄再也穿不住，都甩在地上了。一夜的露水霎时也就干了，黄蝴蝶以及田野里的各种蜂儿蝶儿都飞起来了。在别的地块里割麦的人也能看得清楚了，往地里头挑水送饭的几个娘们也打地头上过去了。车装好了，几个男人丢了权来拉绳煞车，他们都坠在绳上，用力气和自身的重量把车煞得紧紧的。

马车被赶往大路上去。三匹马不再像来时那样轻松自在了，它们在人的一连串的吆喝和鞭击下，低着头可着劲把车拉出了还有些松软的庄稼地，一个大颠之后马车终于上了大路，一切都还顺利，车子没歪，也没陷在地里。三匹马儿直喘，又马不停蹄地迎着太阳往庄里走去。

太阳很快升起来了，从这以后，麦收的新的一天就彻底地开始了：太阳会很快烘干一切有水汽的东西；麦黄杏的气味从人家的院墙里散发出来；没了牙的大娘正从石榴树上摘下鲜嫩的叶子，洗净了放在大铁锅里，加上一锅水让柴火把它们烧开，烧开时就会有一两个老头，或者年轻些的中年妇女，来把榴叶水舀到木桶里，悠悠地挑了往地里割麦的人那里去；地里的麦香气也渐浓起来，麦香气到晌午时，比笼里的馍还香，整个大平原上都是这股香气，别的什么气味也都闻不见了。

马车和板车一趟一趟地把麦子运到麦场上。烈日当空，男人的身上只剩了一只裤头或一条长裤，长裤是因为怕麦芒扎入才没脱去的。妇女的小褂都汗湿了，但她们不可能再脱什么衣服，只好一遍又一遍地用肩膀上的毛巾擦拭，或者由着汗直滴入干干的土里去。

午后起了一阵乌云，电闪雷鸣也发作起来，人们很紧张了一阵子，地里的人都赶回到麦场上帮着把麦堆码起来。但是雨并没有下下来，乌云很快散去，人们略为休息休息，又忙着把麦子摊开来，妇女们仍然回到原先割剩的麦子地里去。马儿已经歇息了两个小时，现在又套上马车往地里去了。牛车也吱吱嘎嘎地往地里去了,牛车更笨重,但任何运输工具在这时都是很急需的。

孩子们都自发地玩儿般地挎着篮子上地里拾麦穗去。割麦的妇女现在开始在地头坐下来吃饭了,麦收时节吃的都是好面,都是去年省下来留到现在的麦子磨成的面,平常好面是吃不到的。菜也有一些,还有猪肉呢,虽说只有几片,但人是太馋了。场上也忙活起来,场上的人忙着把麦秆堆码起来,怕夜里来雨浇发芽了,又忙着把脱下来的麦子堆起来,拿塑料布盖上。

天渐渐黑了,地里的妇女还低着头、撅着腚割麦,直到天完全黑了,一点都看不见了,她们才直起腰喘一口气,上麦棵子里撒这一天在麦田里的最后一泡尿,然后,她们把带来的绳子铺在地上,捆紧一大捆新割下来的麦子,背上往庄里的麦场上去了。

假若夜里没有雨,不需要抢场的话,那么麦收的这一天大约也就过去了。男人从场上回到家里,还没吃上饭就倒在床上睡去了。孩子们更不用说,早就歪在粪堆边、树底下、锅台旁睡得人事不知了。妇女们都还在操持,做饭、喂猪,家里要是有个上年纪人在家里做饭,那就好多了,要是没有,就都得自己回来做,柴烟熏得一屋,风箱拉得直哼唧。麦收时节吃饭一般都晚,都快半夜了才吃饭,吃过饭倒头都睡死了,门都记不得关,由狗看着呗。

半觉没睡到头,庄里就有人吆喝了,一般是副队长或者队里会计,新的一天又开始了。

夜色朦胧里,马车又拉着一车妇女出了庄,妇女们身上的睡意都还浓着呢。

几十年前,收麦还如打仗呢,不趁着天晴把小麦收到场上去,一场暴雨浇下来，大半年的心血就毁了。青壮年男人和女人没日没夜地在地里忙，老年人就在后面做好后勤支援工作。老头们自觉自愿到麦场上帮忙去：饲养员铡草时帮着续续草，给歇晌的牛或马倒个料拌个草，哪怕傍晚在场边看壮劳力们忙活，他们也不愿待在家里。老婆子们更闲不住，除了做饭、带孩子、喂猪，她们还负责给地里干活的人煮茶。

黄淮地区中北部并不产茶，那时候平原上的人很不容易喝到茶叶泡出来的茶，于是人们就会发明许多替代品。春天用茅草的根煮茶，甜丝丝的，十分可口，用茅草的根煮水喝，还有预防疫病流行的功能。春天人们还从野外挖来蒲公英，煮食或者煎茶，除了解渴外，也有清热、去火、抗病毒的功效。大麦产量低，比小麦的季节稍早些，大麦收下来以后，人们把大麦仁炒得略微焦煳后，用来泡茶喝，那种麦香浓郁的焦煳气，叫人难忘。秋天酥梨收获后，人们用酥梨加冰糖煮茶喝，既强体固本，又润燥养肺。

麦收时节，人家院里和房前屋后的石榴树，都枝繁叶茂了。老婆子用大水瓢从水缸里舀水，给土灶的大铁锅里添满水，然后续上柴，点上火，再去院里的石榴树上，摘一把石榴叶下来，扔进锅里煮去。干柴猛火，水沸汤开。这时便熄了火，掀开锅盖，用铁舀子把榴叶茶舀到两个大木桶里。舀好了水，又抱出一摞粗碗，放在一个小篮子里，再撩起肩膀上的毛巾，擦一把额头上的汗，出门到村里的路上，两头张望着，看看可有下地的车或人，顺便把榴叶水带到地头，给地里抢收小麦的干渴的人们送过去。

这时节应该对家人更宽容些，放他们出去闯荡，让他们去吃苦头，任他们去摔跟头，假以时日，或许一不小心成功了呢。不搏一搏，或总觉得可能抱憾尽生，也终会心有不甘。

秋天播种的豌豆，仲春开始发棵，暮春在篱笆上直挺挺地往上蹿，竖起了一堵豌豆墙。在无依托的地面，豌豆也能垂直生长，直挺挺地钻向天空，显得霸气十足。但豌豆忌连作，因而你今年在某个地方看到了豌豆，明年就不应该再在那个地方见到了。

初夏到平原的小镇上去。小镇早点铺把饭桌摆在门口露天的平地上，靠街面的桌子旁，立着一块硬纸片，上面用歪七斜八的字体写着几个大字：鲜豌豆稀饭2元一碗。这是告诉路过的人，今年的新豌豆下来了，来尝个鲜吧。不由就走过去，在条桌旁坐下，道：来两根新炸的油条、两块糖糕、一碗新豌豆稀饭。慢慢地嚼着，吸溜着，眼看着集市上的车水马龙，感受人生的一种滋润和悠闲。

镇外右手河套里的植物正在成长。沿着湿地里的草埂走进去，依次便见得到一些湿生植物和水生植物。先见到的常常是空心莲子草，这是几十年前物种入侵的一种留存，空心莲子草生命力极强，在近水的岸边和湿地里都能快速繁衍、扩张。芦苇已经在湿地或浅水里，蹿出了紫晕色的幼芽，芦苇是典型的挺水植物，它们在水边、湿地和浅水里，都长得很好。丛生的芦荻也长出半米高了，芦荻长得和芦苇有点像，但芦荻一般长在水岸边，长相也比芦苇粗壮。野水芹向天空竖起了新生茎，水芹是挺水植物，它的根扎在湿地或浅水里，茎和叶却挺出到水面上。

水葫芦还小，叶片白绿，它们成片地聚浮在水面上，水葫芦是浮水植物，也是繁殖力极强的外来物种，猪喜欢吃它们。猪吃起水葫芦来，满嘴白沫，吃得杀馋无比。水面上见得到一些浮萍了，浮萍是经典的浮水植物，它们只能漂浮在水上，无法在水下生活。菱角也是浮水植物，它们大多长着菱形的叶子，它们结的菱角，也是菱形的。蒲草已经绿遍了一片湖湾，这种挺水植物的幼芽清甜可口，用油熘出来，有一种脆香。这时透过水面看得到水面下的水草，这些水草有些可以捞来放在鱼缸里养金鱼，它们只生活在水面下，它们都是沉水植物。荷叶初生，无法肯定荷是挺水植物，还是浮水植物，荷的叶浮在水面上，荷的茎挺出水面，荷的根扎在泥里，不过看起来，荷更像是挺水植物。

孟夏宜于偏荒处做助跑摸高运动，助跑后跳起来去摸飘来飘去的柳梢，或在平原上跳起来去够空气中不存在的某物，充分地舒展筋骨、活络血脉。

这个月又宜学孔子燕居。"燕"在古代汉语里通"宴"，是悠闲、舒适、安然的意思，燕居就是闲居，或退朝而居。当然，燕居时立些规矩，或废除一些规矩，或弄些仪式感，或废除些仪式感，更好。例如：闲居在家时，孔子不过分讲究仪容；睡觉的时候，孔子也注意自己不要像尸体那样僵躺着，那样睡既难看，也不科学。在其他方面，孔子也做得一板一眼的。他要求家人吃饭时不交谈，睡觉时不讲话，吃饭就是吃饭，睡觉就像个睡觉的样子。

在吃的方面，孔子则食不厌精，脍不厌细。这意思是说，孔子在主食方面不嫌做得精，鱼肉则不嫌切得细。另外，粮食久放变质，鱼腐烂肉腐败，他不吃；食物颜色变坏，他不吃；食物气味难闻，他不吃；烹饪得不好，他不吃；不在吃饭的时间，他不吃；不按一定规矩切割的食物，他不吃；佐料放得不对，他也不吃。还有，宴席上肉即使多，但他吃肉不超过吃主食。看来孔子的自制能力蛮强，卫生习惯也不错，如果有疫情发生，大概轻易传染不到他。

孔子很会生活，角色变化也流畅。孔子在家乡时，恭顺谨慎，好像不会说话的样子；可一旦到了朝廷，他说话清楚流畅，十分慎重。孔子在斋戒沐浴时，要求一定要有浴衣，而且还得是布做的；斋戒的时候，他则一定要改变饮食的内容和习惯，居处也一定要改变。孔子一切都按规矩来，这样他不累，也觉得心安理得，别人见了，也会受他的影响。

这个月可到小城的环城河边看树。平原小城的环城河边有许多大柳树、大白杨树，还有楝树、杏树、榆树，更多的是河滩湿地里的芦苇、芦荻，还有一长丛槐树。这一长丛槐树的长度有六七十米。这些槐树还没有长成大树，只是一丛丛的，大半人高的样子。槐树的叶子在孟夏时已经长得很丰满了，孩子们会成群结队地到环城河下宽阔的河滩上玩，在河滩上打闹、捉迷藏、跳皮筋、弹玻璃球、摸石子、跳田字格、斗鸡、跳绳，在河水里洗澡、摸鱼、摸螺蛳、用柳树枝做成鱼竿钓鱼、摸河蚌。

上午总能见到几个乞丐在环城河滩的柳树下。他们有时一个人安静地待着，有时两三个人坐在树下说话。孩子们见到他们都很好奇，都凑上去问这问那。也会有孩子立马跑回家，趁大人不注意,从馍筐里偷一个白面馍,飞快地跑回河滩,送给要饭的吃,但那些要饭的不会当场就吃,而是把馍放进他们随身携带的大布袋子里,收藏好。还有的孩子把口袋里舍不得吃的糖果拿出来给要饭的吃,要饭的就高兴地吃起来,还连声说甜,孩子们受到鼓舞,下次还会想着把自己不舍得吃的糖果带来,送给要饭的吃,看他们吃得甜丝丝满足的样子。

对乞丐们没有新鲜感之后,孩子们就分散开各自玩去了。有三个小孩子,两个男孩子,一个女孩子,却钻到槐树丛里找螳螂。他们先从槐树的枝干上找深紫色的桑螵蛸,那是去年螳螂妈妈用尾部排出的黏液织成的小房子,椭圆形的样子,非常坚固,用手捏都捏不动。小房子分成左右两排,每一排里有一片片隔扇,里面总共有100多个螳螂卵。桑螵蛸其他地方都坚硬无比,但唯有房子的左右两侧有许多柔软的门户,当冬天过去,暖热的夏天降临时,小螳螂就会从左右两侧的门户走出来,来到这个热闹而复杂的世界。孩子们找到桑螵蛸后,就知道小螳螂一定会在附近的槐叶上,或嫩枝上,这时必须一片槐叶一片槐叶仔细看,一段槐枝一段槐枝细细瞅,才能看见近乎槐叶色的小螳螂。螳螂的保护色是很厉害的。

仲夏的到来总是让人心生烦恼的。

芒种这一天,无论阴雨晴热,我总会挑一本书,今年这一本是《稻作学》,泡一杯芫荽梗子茶,到南边的房间,面朝正南方向,坐在椅子上,读上半天。现在太阳更向北回归线归来了,天气炎热了，阳台和飘窗里冬天和初春太阳能照晒到的地方，有些在仲冬到来以前再也照晒不到了。虽说是读，但往往只是半读半想，有时候沉湎于冥想，有时候在自己脑子里和平原上的一条河流对话，有时候做白日梦。直到窗外传来惊呼声，有人在小区尽头处喊了一嗓子："要下暴雨啦！那谁家，赶紧把晒在外面的被子收家去！"

我从书本上抬起头来，才发现窗外已经乌泱泱一片黑。仲夏的暴雨，有时在上午下，但常常在下午两三点钟乌云聚集，半边天都乌黑，紧接着狂风刮起，再接着暴雨骤降。这时候如果正好在平原上走路，倒有缘全程欣赏乌云、飘风、骤雨的来去。

到大平原上去毅行。土路干白，从两边翠绿的玉米地里，通往很远很远的远方。正走着，猛然一抬头，看见远处乌黑的云块在聚集。"暴风雨快来了。"心里想着，却也不加快脚步，也不减缓步伐，又不是要着急地赶到一个目的地去，只不过是举足由心而行罢了，便任由着天气变幻去。

这时却会贸然想到《庄子》里那个天籁、地籁和人籁的故事。子游向南郭子綦请教说："冒昧地向您请教人籁、地籁、天籁的道理。"南郭子綦说："大地吐出气息，它的名字叫风。这风不刮就算了，一旦刮起来成千上万个孔洞都会发出怒号声。你难道没听过大风呼啸的声音？高峻参差的山陵及百围大树上孔穴遍布，有的像鼻子，有的像嘴，有的像耳朵，有的像盖房子横木上的开口，有的像杯圈，有的像臼窝，有的像深而大的池沼，有的像浅小的泥塘；风吹过这些孔穴发出的声音，有的像急流水声，有的像箭的疾飞声,有的像怒喝声,有的像吸气声,有的像叫喊声,有的像嚎叫声,有的声音深沉,有的声音哀切;风吹过就仿佛领唱,孔穴因风而响就仿佛应和;风小和声就小,风大和声就大,疾风过后所有的孔穴都寂然了,你难道没看见风的余力还在摇动树叶和草梢?"子游说:"地籁是众多孔洞发出的声音,人籁是竹管并列而成的乐器发出的声音。冒昧地请教您天籁是怎么一回事。"南郭子綦说:"风吹万孔发出各不相同的声音,而发出这些千差万别声音的,都由各孔洞不同的形状决定,促使它们发出独特声音的还能是谁!"

乌云越聚越多,愈积愈厚。风从玉米地的尽头涌浪一般推拥而来,又排山倒海般掠过我,咆哮着去了远方。风的推力过于猛烈,把我揉得一个屁股墩坐在发白的土路上。我拼尽全力站起来,继续前行,但风把我向后推得只能腰弓向路面,才能稍微前进一两步。哦哦,真个是心如涌泉、意如飘风呀!我停下来侧耳细听,想验证子游向南郭子綦请教的天籁和地籁。暴风掠过时,玉米地里的玉米嫩叶,发出嫩叶摩擦的轻微的沙沙声;池塘边的大树树叶翻舞,发出难以捕捉的哗哗声;不远处平原腹地那个名为山头的缓慢凸起的小山头上,风刮过一个石坑,发出轰轰声;高大的白杨树上鸟窝发出有弹性有节奏的咯吱声;飘风驰过湖水水面发出鱼嘴吐泡的叽叽声;狂风抄底而过,辣椒园里满园的辣椒相互触碰,发出辣辣的撞击声;河滩上的大片红草倒向一边,发出细密的沙沙声;暴风从老桥洞下穿过,发出拥挤的尖叫声;老柳树的大树洞窝了风响起吱扭声;村庄里两排房子中间变成了风道,发出你争我抢挤搡通过的唉哟唉哟声；猪圈圈顶的人字梁，发出咯咯声；风刮过旗杆上的旗帜，发出嘭嘭声。

　　这时我总会想，一个人并非只能留在城市中批评他人，一个人也并非只能留在人群里干涉社会，一个人还可以选择只在人迹寂寥的边缘地带体验天地、读悟生命。

　　当然，我又想，一个人并非只能选择在人迹寂寥的边缘地带体验天地、读悟生命，一个人还可以留在城市中批评他人，一个人也可以留在人群里干预社会。对一个有主见的人来说，人生的一切，都是无可无不可的。人总会因不同的选择，而造就不同的人生。人有什么样的选择，就会有什么样的人生。

　　一个人必须永远在人生的现场，这样的人生才有意义，不管那是个什么现场。一个人可能总会遭遇糟糕的未来，如果不在现场，他的人生就会定格在"糟糕"二字上；如果坚持甚至赖在现场，他总会迎来他心目中的那个巅峰时刻。

　　顷刻间，飘风过尽，乌云压顶，雷霆轰炸，暴雨如注。豆粒大的雨点砸在头上、脸上，真疼！还是跑起来吧。并非真的要跑到哪里去躲避风雨，只是要做出一种条件反射的样子，遇到下雨时，人总要往某个地方跑一跑，去避一下雨。

　　忽然跑到小小的河堤上搭盖的一个小小的人字形窝棚里了。棚子里的两个老汉正叼着烟袋吸烟，见有人冲进来，浑身雨水，却也不惊不讶，只是把屁股往土坯旁边挪一挪，让来人有个地方坐下而已。原来窝棚是半埋在地下的，因而窝棚的门口，用铁锹挖了些大块的土疙瘩堆在那里，以阻挡雨水。雨粒砸在窝棚上，密集而沉重。棚外的雨帘像厚窗帘一样厚实，只看得见一片黑幕，别的啥都看不见。

两位老汉吸着烟，烟火吸亮时，似乎看得见他俩沟壑纵横的沧桑的脸；烟火没有吸亮时，只能感觉那里有人坐着，沉默着，散发着人的气味，品着吸到肚里的烟味，却看不见一点人影。

"雨来俺也来。"似乎有一个老汉嘟哝了一句。

"雨去俺也去。"似乎另一个老汉嘟哝着说。

倒也神奇，顷刻间，老汉们不见了，只见雨声稀疏，风和日丽，蛙声四起。这时走出河堤上的窝棚，平原上已经清爽秀丽得无法言说，只觉微风轻拂、暑意尽消。站在河堤上往河里看，只见上游来水迅疾而过，在河湾里留下大量枯枝、败叶、泥尘、碎屑。

一个又一个暴雨来袭的夏天过去了。河湾堆积了一层又一层泥尘杂物。泥尘和杂物愈积愈高。有人秋天到河湾来察看了一番。过了几天，一个黎明，一个男人用木制的独轮车推了些木棍、柴草来，卸在原来的河湾上，用一天的时间搭了个人字形的窝棚。次日，又是黎明时分，那个男人还是用木制独轮车推了些木制农具、陶罐，车后跟着一个黄皮肤的女人，在窝棚外卸了车上的家什，女人开始在窝棚内外收拾，男人在窝棚不远处选了一块河流制造的暄软的沃地，用木锹垦翻起来，并撒上了一些圆形的细微到几乎看不见的种子。

不要告诉我这位先民种下的是一种叫面瓜的夏季瓜果，仲夏不是种植面瓜而是享受面瓜的季节。

我想起有一个夏天我在平原上长途步行，傍晚在一个小集镇寻一家逆旅而宿,住在二楼的房间里。清晨起床,一眼看见与二楼平齐的侧房房顶上堆了土,整理成了一片瓜园。我立刻推开秫秸扎成的篱笆,进入这个空中瓜园。瓜园里的夏瓜品种多样,有西瓜,有金边小甜瓜,有菜瓜,有一种类似西瓜但比西瓜小的打瓜,有西红柿。但是,最重要的是,有两垄面瓜。

面瓜,那可是我仲夏的最爱。我走进生长着面瓜的瓜垄中,在一个汤盆大小已经成熟的面瓜前蹲下,满含深情地注视着它。面瓜就像它的名字,当它们成熟的时候,你掰开它们,它们面沙面沙的瓜瓤呈现在光亮中,闪闪发光。它们不仅吃起来面面的、沙沙的,它们还带有面瓜特有的甜香味。太阳出来了,面瓜们醉卧般沐浴在仲夏热烈的阳光里。十几个或大或小,已经成熟或即将成熟的面瓜,它们金黄或鲜绿的面纹,在阳光下闪耀着金黄的光亮。

哦哦,不被打扰且进行中的生命真的令人感动,也让人陶醉。我长时间蹲在雍容富态的面瓜面前,欣赏它们无与伦比的优美、自在和从容,我为此而激动万分。那一个早晨改变了我的那一段行程。我从旅店老板手里买下了那十几个已经成熟或即将成熟的面瓜,背着它们,踏上了返家的行程。

《吕氏春秋》说,夏季的第二个月,蝉始鸣,半夏生,木堇(槿)荣。意思是说,仲夏这个月,蝉开始鸣叫,半夏生长,木槿开花。蝉有春蝉、夏蝉和寒蝉之分,春蝉是一年中最早出现的蝉,寒蝉出现在夏秋时节,夏蝉则最为常见。黄淮大平原上盛夏常见的夏蝉是油蝉,它体形较大,叫声响亮,成为盛夏到来的标志。蝉和所有的昆虫一样，身体都分为头、胸、腹三大部分以及相应的节状肢。

现在蝉越来越少了，因为蝉所面临的环境，越来越充满了不确定性。夏天，交配过的雌蝉首先要用它的产卵管在树上挖三四十个小孔，并在每个小孔里产六到八粒卵。蝉卵孵化后，幼虫会掉落到地面上；或者它自己造一根丝线来，再缘着丝线滑溜到地面。幼虫的胸部有两把大钩，它就靠这两把大钩在地面上挖洞，然后钻入一米深的地下，在那里生活四五年，甚至还有的在地下生活八九年，靠吸食树根的汁液过活。蝉要在地底下候到仲夏的暴雨来临，才有出头之日。一场浩大的暴雨，把地面泡得十分松软，幼蝉靠它的大钩挖出一个洞，爬到树上，蜕去外套，成为吱吱叫的知了。

仲夏这个月，对家人要有耐心。这个月不说过头话，不做过头事，慎做家庭中的重大决定。苦夏要以苦相对，多吃凉拌苦瓜、凉拌苦菊，并以泡椒凤爪改味。居家时动作轻缓，宜常哼诙谐小曲。

仲夏这个月有夏至节气。这一天太阳到达北回归线，太阳直射地面的位置到达一年中的最北端，飘窗里太阳能直接照到的部分也是一年里最少的。平原南部的单季稻开始插秧了。夏至的"至"，是极致的意思，这天白天最长，此后的白昼越来越短，直至冬至。北回归线即北纬23°26'线，这条线又称夏至线，这一天太阳在北半球天空中的位置也最高。

河边的几棵大桑树结满了或白绿色，或淡红色，或深紫色，或深黑色的桑葚。白绿色的是刚结成的桑果，还没成熟，淡红色的是正在成熟的桑果,深紫色的是已经成熟的桑果,深黑色的是成熟得略有点过的桑果。早起的鸟都要赶到河边那几棵大桑树上聚餐,它们一拨来了,一拨走了,走了一拨,又来一拨,一直延续到快中午才稍有停歇。也许是桑果太多太多,鸟们这啄一口,那啄一嘴,吃的没有啄落浪费的多,食物多了,也就想不起来节省了吧。几棵大桑树下面,到处都落着桑葚,地面都这一块、那一块被染得深红。

我走到树下,伸手从桑树低垂下来的枝条上够深紫色的桑葚。我一言不发地尽快多够,一边够,一边往嘴里塞,一边狼吞虎咽。有时我一手拉着桑树的枝条,另一只手够枝条上的桑果,一边塞进嘴里。桑树条上的桑葚太多了,一根桑枝从上到下结满了或白绿、或淡红、或深紫、或深黑的桑葚,吃都来不及吃完,眼睛又发现手边还有一根结果更多的枝条。

实在吃不动的时候,我消停下来。我的嘴上、脸上或深紫,或淡红,像是刚刚茹毛饮血过。我慢慢挪到桑树下面一根裸露在外的粗树根上,缓缓坐下,喘喘气,歇一歇。空气暖热起来。平原上的声音很远,光斑在视线的尽头跳动。这或许是一种原生态的生活吧,饿了就去捕捉一个小动物吃掉,再吃点桑葚一类的水果改善改善口味。

这或许又是一种不需要太动脑筋的生活,我很喜欢。我很喜欢这种生活,但是不知道别人让不让我喜欢这种生活,不知道别人会不会干预我的这种喜欢。也不知道别人喜欢还是不喜欢这种生活。但是,我还是喜欢这种生活,我不管别人喜欢不喜欢这种生活，我也不管别人让不让我喜欢这种生活。

这个月黄淮平原上所有野生的黄鳝都出眠了。在老塘里，在小河沟里，在湖边的湿地芦苇丛里，黄鳝都开始了一年里正常的捕食生活。我在一条下过暴雨后存了许多水的小河里钓了一大袋黄鳝。我把装黄鳝的布袋在河水里浸得湿湿的，这样一路走回去时，黄鳝就不会死掉。我把黄鳝钩收起来。我把剩余的黑蚯蚓全部放掉，倒进小河岸边潮湿的地方，然后我一路吹着口哨，走回城里。

母亲会把我钓到却吃不完的黄鳝在水里养起来。母亲每天中午都会做一大盆营养丰富又可口的黄鳝汤给全家人吃。母亲先从缸里把已经吐干净的黄鳝捞出来，放进锅里。煮熟后的黄鳝很容易把肉从脊骨上推下来，黄鳝的脊骨这时一定还是完整的。黄鳝汤里打上鸡蛋，放些干黄花菜，放些苋菜，勾点芡粉，这样汤会显得浓稠；出锅后再淋些香油、老醋，撒些胡椒面。胡椒面和醋对黄鳝汤的美味起到点睛作用，没有醋，黄鳝汤的鲜提不起来；没有胡椒粉，就没法吃得大汗淋漓、筋脉通达、畅快无比。最不能放的是辣椒，虽然辣椒也鲜香，但辣椒和黄鳝汤却最不搭。

仲夏宜在原野上奔走呼号，释放自我；或于河堤茂密的树林里，甩去面具，裸露自我，纵情奔跑、跳跃、放歌，至嗓音嘶哑、腰腿酸乏、疲惫不堪为止。

仲夏又宜读书、积累。宜收拾一个心爱或顺眼的小本子，写上何人何年何月何日何时何地，用来记录读书的感悟，抄写钟爱的段落、词句。

仲夏最宜读某一类书。分类可按学科分，比如机械类的、医学类的、文学类的、哲学类的、数学类的、物理类的、电子类的、电影类的、地理类的、历史类的、水生植物类的、社会学类的、政治学类的、昆虫学类的、天文学类的，等等；也可按内容分，比如文学有写实类的、虚构类的、当代类的、历史类的，等等；还可按形式分，比如文学有小说、散文、诗歌，等等。

仲夏集中读了一类书，到秋天就知道自己赚了，或赚得很多，或赚得少些，但总是赚了，会有很大的成就感。

仲夏，平原上的黄花菜陆续开花了。在平原人家的房前、屋后、池塘边、田埂旁，黄花菜开出鲜黄色的花。黄花菜又叫萱草、忘忧草、金针菜等等。少量的黄花菜，新鲜的采下来，必须在开水里焯一焯，分解去除花中的毒素，才能食用。如果数量大，就焯过后摊在竹篾编的浅筐里，拿到太阳下晒干，晒干后收藏在干燥处，以备日后食用。

这个月的野菜当推马齿苋。马齿苋是一年生肉质草本。仲夏的马齿苋，虽然在水肥好的地方长得有点老了，但大多仍又肥又嫩。快中午时走过一座荒废的水闸，那里虽然道路依然，却空幽寂寥，阒无一人，连鸟叫声都难得听到。突然发现脚下的砂石路边生长着一大棵一大棵肥嫩的马齿苋，连绵不绝，它们肥嫩得叫人不敢相信。我赶紧蹲下去看它们，长时间欣赏着它们。这倒不是为自己发现了野菜激动，而是想到在这个荒废了没人来的水闸上，生命仍在兀自推进。它们并非为了给人看，它们也并非为显示自己的存在而存在，它们只是为自己的生命而存在。

仲夏,我开车穿过平原上的村庄时,常常会碰到村村通的水泥路上,有村里的老年人在路上慢慢地走,或者开着低速电动三轮车到村外的河堤去。仲夏的河堤上很凉快,那里风较大,树很多,村里的老年人在那里坐在树荫地上,说说话,做点杂活,度过暑夏。

遇到有老年人在路上慢慢走的情况,我一定不会鸣笛、催促。那是他们的村庄,是他们生活的地盘,作为一个外来路过的人,不可反客为主,扰乱人家本就享有的安宁生活。我会一直开着车,不吭不响,保持一定距离,不急不慌,慢慢跟着走,直到他们岔到另一条路上,或他们拐往河堤了,或路边有人发现有车在不声不响地跟行而招呼老年人让路了,我才稍稍加点速度,尽量不出声响地开走。外来人不应该打扰当地主人的平静生活,不要喧宾夺主。

茉莉开花了。茉莉要大水、大肥、大晒,花才开得洁白、开得香。水少了,肥薄了,太阳晒得少,它们就开不好花,甚至不开花。太阳越晒得猛,茉莉花开得越白、越大、越香。养茉莉主要为了赏花、得花,茉莉不开花,就失去了养茉莉的意义了。茉莉适宜丛栽,单独的一棵茉莉,种在盆里,枝形稀疏,很是难看。一个盆里多栽几棵,它们相互帮衬着,整盆的茉莉就好看了。茉莉不是那种适宜孤处的花木。

茉莉也要勤换盆,两年过去,或最多三年,茉莉就连花也不爱开了,这时就得淘汰旧的,更换新的。好在茉莉更新容易,只要剪些两年生的枝条插在土里,它就能生根、发芽、开花。拿新鲜的茉莉花泡茶，有一些植物的青气，不习惯时，就觉得不好喝。晒干的茉莉花，可以直接泡水喝，也可以做糕点，还可以用来熏茶。北方的花茶，大多用茉莉花来熏制。花茶现在是一种有独立内涵的制作茶。但花茶最初在北方出现，或许只是为了用它的花香来压制北方饮用水中普遍存在的苦涩味。

　　季夏的到来总是让人心生烦躁的。

　　这是夏天的最后一个月，也是最热的一个月。大暑这一天，无论阴雨晴热，我总会挑一本书，今年这一本是《逍遥游》，泡一杯薄荷茶，到南边的房间，面朝南偏西的方向，坐在椅子上，读上半天。现在太阳正向赤道回归，暑热的天气即将达到顶峰，阳台和飘窗里夏至前太阳照晒不到的地方逐渐又能照晒到了，这些地方在冬至到来前将一直能够照晒到。虽说是读，但往往只是半读半想，有时候沉湎于冥想，有时候和平原上的一些集镇说话，有时候做白日梦。

　　这个月我常把红茶、绿茶、咖啡、炒黄豆、枸杞、嫩柳芽、蒲公英、百合、小火黄茶、乌龙茶、白茶、花茶、金银花、水芹梗、炒大麦仁、荷叶、薄荷叶、石斛等等，随取两三种，或三五种，放在一杯茶里泡着喝。有时候觉得味道很正，有时候觉得味道很怪，于是，酷暑就变得不那么逼人了。喝茶，或只是任由自己的爱好和舒畅，不一定非得怎样喝，或不怎样喝吧。喝茶或全凭自己的任性和突如其来的灵感。

　　季夏的浮躁气似乎总退不完全。我便常常清晨踔开大步，到平原上去毅行,到一些乡镇的集市去赶集,就便退退酷暑的戾气。乡村暑夏的集市和春秋时节不同,暑夏的集市就像露水集,人们趁早到集市上赶集购物,太阳出来时已经回到家里干农活了。太阳太毒烈了,人们觉得晒不起。

赶集,这是黄淮地区农村的语言,黄淮海平原上的人大致都这么说,或懂得其中的意思。"走,赶集去!赶集去!"集是名词,大约是从集体、聚集、焦点的意思变化来的。这大概也是个古汉语;古代人少,不像现在出门人碰人,人挤人,于是心烦,不大愿意出门;人少时,人与人之间交流的心情就很迫切,哪儿人稍多些,大家就都想赶到哪儿去聚集聚集,见见老朋友、老熟人,会会新面孔,交换点自家的农产品、编织品,或谈谈恋爱,约上一个春天见过的情人什么的,约定俗成,沿传下来,就成为北方官话区的语言,意为定期交易的市场。

集,有各种各样的集,有大集,也有小集。所谓的大集和小集,又多有两层意思:一层意思是场面大,地方大,声势大,人员多,历史久,商品丰厚,这是大集,反之,则是小集;另一层意思是正式和非正式、主要和次要,对一个大的集市来说,正式的、主要的集市是大集,非正式的、次要的、起补充作用的集市,就是小集。例如露水集,露水集是两种意义上的小集,既说明它的集市小,也表示它逢集时的规模小,露水集这个名称,是从自然、生活中顺延而来的,言明时间短促,颇具文学象形的色彩:太阳升起,露水消散,这个"集"也就散了,不耽误那些时间抓得紧,想赶早解决柴米油盐的人。而天天集呢,天天集则是大集了,集大、人多到天天有如集日，那还不是个大集吗？甚至就是个小小的城市了。骑路集又是个小集，说的是集市的模样：这个集是骑在路上的，是在路上成集的；当然，骑路集有它的弊端，如果是在乡村的偏僻处，那还没有什么大的要紧，但如果是在国道大衢，那就有碍交通了。另外，从时间上来说，除天天集，各集逢集的日期也各有不同，特别是相邻的集市，时间上要相互错开，以免赶集的人过于分散，形不成集市，你一、三、五，我就二、四、六，你一、四、七，我就三、六、九，当然这都是农历，叫作"逢初一、初三、初五"，或"逢十二、十四、十六"；时间的选定，有的是沿袭传统的市场规律，有的是当地政府认定的，时间长了，也能形成习惯。

"集"，有以上的含义，"赶"，则言明了成群结队、争先恐后和争分夺秒。赶过集的人都知道，逢到集日，特别是大集，在通往集的每一条乡村小道上，都有各不相同而又大同小异的人纷纷往集上赶。说各不相同，是说不同的人，男女老幼，胖瘦高矮，推车挽篮，确实是形形色色，五花八门；说大同小异，是说赶集的人都是农民，城里人不赶集，因为城里每天都有"集"，是"天天集"，镇里和"集"上的居民、干部、职工也不赶集，因为"集"就在身边，无须去"赶"；所要"赶"的，只是农民，还有那些农民出身、做小生意的。

做小生意的要赶，是因为他们以赶集为生，他们不是坐地户，他们的货品和买卖，都只为农民而设，都只同农民打交道，为了交易，他们有时候一天要赶两个相近的集：他们早早地赶到集上，然后在不到晌午时再赶到另一个集上，时间紧，赚头轻，他们不"赶"当然不行。

农民要"赶"，除集是专为农民而设，还因为农村一般都忙，农家的活总是做不完的，况且还有春耕春种、夏收夏种、秋收秋种、冬季农田水利基本建设等时间限定的硬活，在这种情况下，赶集成了奢侈的事，来回跑个一二十里路不算一种辛苦，倒成了一种特殊的待遇。"没事你赶啥集去！"这是说没有事不能去赶集，有事才能去赶集。有什么事呢？农村的所谓"有事"，也就是柴米油盐收耕种的事，娱乐啦、玩儿啦、休闲啦、交友啦，那都不算"有事"。

除有事的人须赶集以外，另有一种人，即年老体衰、不能干活的老年人，主要是老头们——老婆子在家忙的多，老头们在家闲的多——也有赶集的奢侈和特权，这是几十年辛勤劳作后才获得的权利。"俺表叔在家呗？""赶闲集去啦！"这叫"闲集"——不同于年轻力壮的闲人——理所当然地闲了，才有赶集的奢侈和特殊；对他们来说，这种"赶"不是赶忙、赶紧的"赶"，而是赶场子、赶热闹的"赶"，与那种有事才"赶"和做生意才"赶"的，已经不是同一个意思了。

除了农民、做小生意的和赶闲集的老头们之外，赶集的还有另一种特别的人，那就是我。

我也是个赶闲集的。

从上小学就赶——那是在一个表姐家，跟着表姐夫赶黄河故道的一个集卖葱。表姐夫是个急性子人，在集上蹲了不足半个小时，就急了，不论斤卖了，论堆卖，把葱分成一堆儿一堆儿的，便宜卖，五分钱一堆儿，早了早走，到家就被表姐训得低头认罪。上中学时我也"赶集"，那纯粹是玩儿，也不知道是为什么，也不知道是干什么，也没有什么目的，一个中学生，盛夏，光着脊梁，小褂撂在肩膀头子上，大上午的步行走到离城二三十里的一个集上，在集上、人堆里磨蹭、转悠那么个把小时，再一个人，或唱着歌，或一声不吭地走回城里，天天如此。在农村插队时自然更赶过不少集，有时赶集是为了柴米油盐，但主要是为了火柴、煤油和肥皂，那时火柴、煤油、肥皂紧张，不托人都买不到；有时则是卖点口粮换钱。

二十世纪八十年代初拿了工资以后，在城市里上班，赶集的兴致不但没减，反而更加旺盛了，赶集的形式也变得更加多种多样了。有骑自行车去的，那一次是在桃园，把自行车靠墙放好，就歪在自行车边闲坐慢看，看小媳妇带个脏孩子在人窝里挤，看炸糖糕的一边炸一边卖，生意好得很，看四个老头打扑克，看草药贩子伶牙俐齿地叫卖……有扒小四轮拖拉机去的，那一次是从祁县镇往湖沟去，我感冒发烧还没怎么好，走得实在累了，就央一辆小四轮走慢些，自个儿扒上去，一路大颠着到了湖沟集。有坐"木的"去的，那一次是从南照镇到润河镇，叫了一辆人力三轮，在淮堤上秋风秋意地行，又下到蓄洪区里，攀上庄台，看尽了一种新壮阔。有坐公交车去的，那是春节期间在城郊的西二十里铺，是父亲提供信息让我去的，集市外搭了戏台，台上有戏班子唱泗州戏，台下什么人都有，做买卖的，套圈扔棍有奖的，站在自行车后架上的，站在小板凳上的，站在手扶拖拉机上的，因为风大，头上拿围巾裹得只露两只眼的，骂爹骂娘的……

还有步行去的，有一年我沿老滩河步行，连着赶了滩河附近的六七个集：灰古集，那集上一纸禁捕青蛙的行政广告，至今还在我眼前晃动；浍沟集，那是个滩南大集，集外陡峭的河岸和葱郁的树林，叫人流连忘返；泗山集，那差不多就是个露水小集了，一街筒子都是黄泥，但出了集，路就干爽爽尘扑扑了；枯河头集，那真是个露水集了，我因为到得晚，夜间就在集外的麦秸垛里睡了半夜。露水集都早，早上爬起来买两根油条吞下，买一碗稀饭喝干，再转身面迎阳光，举步往东边的洪泽湖，一路扑踏着走了过去。

酷暑时节，清晨在平原上迅疾地走着，去赶一些乡集，出一身大汗，身心顿然放松起来，脚步也显得轻快，酷暑也似乎没有那么酷了。

走得爽而飘时，不由便大诵起《庄子·让王》中的句子："日出而作，日入而息，逍遥于天地之间，而心意自得，吾何以天下为哉！"意思是，太阳出来了就种地，太阳落下了就休息，在天地之间悠然闲适，心满意足，俺为啥要为天下操心！一瞬间，显得那么自在、得意、逍遥。过一会儿，我却又觉得自己定力不够，做不到。

一个人在平原上毅行时，时常会边走边和自己说话，或和自己头脑里的一个形象模糊的人物对话。那个人说出一个有争议的社会问题，让我选择，或者回答。我总要对他说：我的回答就是三个不。他说：是哪三个不？我说：不反对，不认同，不表态，就是这三个不。他说：那你是认为双方的观念不可调和吗？我说：对这个问题，我是三句话。他说：哪三句话？我说：不同的观点，肯定能达成共识；但对某个具体的人而言，不肯定能达成共识；而对特定的某人来说，和他肯定达不成共识。就是这三句话。他说：这……你得让我好好想一想……好好想一想。

季夏好吃的东西有伏羊汤。

捉了湖滩里两三年龄的成年公羊，凌晨下露水的时候，在黄河故道边的沙土地上宰了，去皮、角、蹄和内脏，斫成两半，肉质深红，摸上去无水分、弹性大。这时，屠夫去忙别的，不再管羊肉的事，羊肉就摊在露水地里，吸收一些天地的气息。

天亮前羊肉已送到城市的羊汤馆里。这时羊汤馆便摘去门扇，开门迎客了，但当日羊汤用的羊肉，只能是前一天送来的羊扇。食客要一碗羊肉汤，是清水的，也必须是清水的才好吃。店家把煮熟切好的羊肉夹一些在漏勺里，在滚开的羊肉原汤里滚一滚，拎上来，倒进大海碗里。又手撕一把粉条在漏勺里，也在滚开的羊肉原汤里滚一滚，拎起来控控水，倒进大海碗里。又夹一些当地特有的黄豆饼，一元硬币大小，鲜黄得可爱，也在羊肉原汤里滚一滚，拎上来，倒进大海碗里。再舀一满勺原汤，倒在碗里淹没那些肉和菜。这样，一碗羊肉汤就做得了，送到客人的桌子上，给食客享用去。

但这一碗羊肉汤，只是具备了伏羊汤的基本元素，还要有一些最佳伴侣，才真正爽口、好吃。羊肉汤送到桌上，食客可到案板处，自取洗净切碎的芫荽，根据自己的喜好，取多或取少，撒进汤碗里，伏羊汤的香鲜气便有了。桌子上还有一碗用羊油和辣椒制成的辣子油，半固体，红彤彤的。用小勺挖一些放在汤碗里，用筷子搅拌开，这时碗里的清水羊汤，立马变成一碗红油辣汤。撮了嘴上去吸溜一口，脸上的汗就下来了。真是鲜香无比！

羊汤馆门外，专有炕油酥烧饼的。食客吆喝一声："来两个油酥烧饼。"油酥烧饼立马就被送来了，油晃晃的，芝麻焦黄。把油酥烧饼对折起来，大口吃羊肉，大口喝羊汤，大块嚼油酥烧饼，出一身猛汗，也就百病全消了。盛夏伏天，大碗喝羊肉汤，是一种以热攻暑的方法，用羊肉汤的暖热，把身体里的虚毒逼出来，使心情敞开、身体强壮。

这个月，在非保护地里生长的西瓜、香瓜、小瓜、菜瓜等慢慢落市，各种梨果开始逐渐上市。早上出门，从小巷走过，看见瓜农的手扶拖拉机停在墙下，就想多买几个西瓜带到楼上去。一来可以连续吃几天不用下楼买了，另外，天气闷热，希望能用这种方式，让瓜农早些把瓜卖完，早些回家去歇着。上前随口一问，才发现西瓜涨了不少价。这一方面是天气依然酷热，另一方面，瓜田里的西瓜，已经快要拉秧子了，这一年的西瓜季，就要过去了。于是买了六七个大西瓜，分装在三个蛇皮袋里，请瓜农帮忙抬到楼上去。瓜农的老婆则留在瓜车旁看瓜。

这个月是夏季的最热月，宜在僻静无人处以拳捶墙，以脚跺地，撒泼痛骂，纵情宣泄难耐的酷暑。

这个时节应该对家人更宽厚些，包容他们点点小的过失，耐心听他们说话,哪怕是一些不怎么上路子的话,等时过境迁了再找机会指出或更正。要知道,家庭事务永远要抓大放小,而在家庭事务中,又永远没有大事,只有小事。

曾经在这个月,我跟着裹小脚的大姨,清晨从平原上一个浓荫匝地的村庄出发,翻过那座叫山头的一片浅山,到山头后面一个叫王沟庄的姥姥家去。大姨的小脚看起来走得很难,但她走得并不慢。那时的我只是一个孩子,只是一个少年,我一点都不懂为什么大姨要把脚裹成小脚,也想不起来要去询问一番,只知道那是历来如此和本该如此的,从我见到大姨的第一面时就是如此。

过了山头就是王沟庄了。有一条大河、一条小河,还有一大片河边的芦苇湿地,缠绕着姥姥和大舅的那个村庄。到姥姥和大舅家以后,我马上就能赤着脚,到大河里游水,到小河里扑腾,到小河边和水草芦苇地里,钓鱼钓泥鳅去了。这个月,是孩子们一年里能够最后也是最能够纵情疯玩的时节。到了秋天,孩子们从里到外,从心性到身体,都要收敛起来了。

这个月的野泥鳅已经很肥了,可以用多种方法捉到它们。一种方法是钓泥鳅,就是用鱼钩来钓。另一种方法,是用笼子捉泥鳅:傍晚放些食饵在篾笼里,把笼子的一头塞住,放在浅水里就可以了。再一种方法,是挖泥鳅:拣一处刚退水的泥滩,用泥打一圈小坝子,用脸盆把坝里很少的水舀干,就可以开挖了,从泥滩的一端挖起,两手陡直地插入泥里,再全翻过来,就能看见泥鳅在泥里直钻,这时把它们拾起来扔进身边的脸盆里即可,一直把泥坝里的泥全部翻过一遍,几个脸盆里就满满地都是泥鳅了。

第四种捉泥鳅的方法，是下卡。傍晚时把竹篾做成的卡穿上蚯蚓，拴上细绳，下到芦苇滩、蒲草滩、水草滩或较陡直的浅水里。第二天早晨，天还没亮时，就去收这些卡。这时听得到远处的树林里有晨鸟的啼叫，还有黄牛吃草的枯嚓声。夏虫一般都是晚聚，它们清晨起得晚，因此早晨的虫鸣声比较少一些。快走近水边时，脚步踩在地面的震动就传到水里了，因此浅水和水草里拨起很多水花声，那是因贪吃被卡住的泥鳅惊慌失措的挣扎声。人到了水边，把一个个卡拎起来，放进脸盆里，不一会儿脸盆就被泥鳅占满了。

整个夏天，阳台上的米兰基本会一直开花，不过暑热达到顶峰时，它们也会稍稍休息些时日。从仲春开始，米兰就可以出屋了，它们在阳台的阳光下生长，会事半功倍，早早开出花来。大致像茉莉、白兰、含笑一样，米兰需要较强的光照和较高的热量，只有较强烈和长时间的光照，以及较高的温度，它们才能花开不断、香飘不息。

米兰长出的花苞，小点点的，鱼子般或小米般大小，起初是青果色，成熟时就变成了黄橙色，鼓鼓囊囊的，像极了小米的样态和形状。人从外面回到家里，嗅到一股香气，脱了衣服，冲了澡，出了卫生间，穿上新衣，身心一顿放松。这时，又闻到一股香气暗自袭来，却不知香气来自何方。开了阳台门，整个阳台这时都香着呢，原来米兰又一茬花期开始了。暂且把米兰搬进屋里，不让它的香气浪费，让屋子里到处都弥漫着米兰的香气。

北边的小书房里挂着自己临的一幅米兰图，推门而入，便见花开数枝，香盈斗室。想要保留农耕文化乡愁的家庭，依然会大致遵循山水为上、花木次之、人物弃绝的原则，只在居室的墙面挂山水和花木画，并植竹、养兰，以润泽天性、颐养身心。

　　这时节孩子们都在玩蟋蟀。这也是红辣椒开始大批量成熟的季节。孩子们夜晚带着手电筒、小纸筒和蟋蟀草，到城市的老街、小巷和砖瓦堆附近，他们侧耳倾听，听到那种瓮声瓮气或雄壮嘹亮的叫声，就知道有善斗的好蟋蟀了。他们循声找到老砖墙的墙缝，手电筒一照，就照见一只翅膀油亮的蟋蟀，正摩擦着翅膀，响亮地叫着呢。孩子们用手电照住它，再用手里的蟋蟀草慢慢把蟋蟀撩到墙缝外，小心地用两只中间空的手掌圈住它，让它钻进纸筒里，就可以带回家，放在泥做的无把杯里养着了。

　　孟秋的到来总是让人心生快意的。

　　这个月，人会徒生感恩之心，并起无以回报之慨。

　　立秋这一天，无论阴雨晴暖，我总会挑一本书，今年这一本是《考工记》，泡一杯荷叶茶，到西边的房间，面朝西偏南的方向，坐在椅子上，读上半天。现在太阳已经向赤道方向回归了，天气的热度下降，阳台和飘窗里夏天阳光照晒不到的地方逐渐又能照晒到了，这些地方在冬至节气到来之前将一直都照晒得到。虽说是读，但往往只是半读半想，有时候沉湎于冥想，有时候和自己脑袋里的一个影子对话，有时候做白日梦。

　　沙土地里的花生可以收获了。花生种植连片、面积大些的地块，早晨要带一两架犁去，犁在前面把花生犁出来，后面的人蹲在地上，把花生连果实带花生秧装进粪箕里，背到地头，用车运回村里。由于花生地一般种植面积不大，因而收获花生时，多数情况下要用人工去拔。三五个人到小块花生地边，放下板车，从地头开始，一人负责一趟子，蹲在地上，往前挪着拔，连花生带秧子。拔到头以后，再回过身来，把花生和花生秧抱到地头，摊开来晒，再去拔下一趟。直到把一块地的花生拔完，几个人才回到地头，坐在地上，喘口气，把带秧子的花生都装到板车上，运回村庄。

孟秋是芝麻开花的季节。芝麻有一根主干，主干上打满了花苞，开花的时候，芝麻先从下面开起，一层层往上开，正是那句歇后语说的：芝麻开花——节节高。芝麻属旱粮类，在田边、地头、河坡等的小地块都能种。现在已经很少有农家大面积种芝麻了。一家一户的，在一些零散的地块种点芝麻，到冬天拿到集镇上的油坊，磨些香油出来，装在玻璃瓶或塑料桶里，可以供自己家食用，或送给住在城里的儿子、女儿，让他们放心食用。

这个月，水果中的早熟品种开始陆续上市。这时候，要做好充分的思想准备，准备在这一年即将到来的秋季里一饱口福。街角一些叫什么什么果园的水果店，已经开始把刚应市的水果摆放在人行道旁醒目的位置上了，有葡萄、酥梨、苹果、猕猴桃、大枣、石榴等等，整个平原上，水果的香气逼人。这时到黄河故道真正的果园去，只见道路两旁的果树上果实累累，都用纸袋套着。有些果实太多的树枝，下面用木棍支撑着，以免果枝折断。果园里的收购点，里里外外堆满了水果，许多女工坐在小板凳上，把大小不等的果实，分装到不同的水果箱里，发往世界各地。

从这个月开始，大秋作物陆续收获。农人进入秋忙时节。有些农村的学校开始放短暂的秋假。

玉米和土豆、红芋一样，都是明清时期先后引进的粮食作物，这些栽培作物的原产地也都是南美洲。由于产量高，玉米在整个华北平原的种植早已普及。玉米也分春玉米和麦茬玉米两种。麦茬玉米是收了麦接着麦茬种的玉米。春玉米就是春天小麦还在返青拔节时播种的玉米。在淮北地区，春玉米一般在杏花成形的时节播种。1976年我在淮北灵璧县大西生产队插队时，写过几首种玉米的诗，其中一首叫《种玉米》。

种玉米

春雨停下，
一树白杏花。
清晨队长一声喊：
"今天种玉米啦。"

霎时间，从村西口，
涌出人、车、牛、马；
就像新媳妇刚进村，
一阵笑语，一阵喧哗。

姑娘们拦住老奶奶:
"咦,您来干啥?"
"干啥,农业要大上,
就兴你们把汗洒?……"

妈妈哄着娃娃:
"听话!唉?在家。
秋后给你个棒子,
大得就像菜瓜。"
牛儿马儿撒开跑,
犁手叭地炸开了个鞭花;
"急啥?急啥?
活有你干的哪!"

队长走在最前面,
兴奋地打开话匣:
"抢耕、抢种,
让'四人帮'喝西北风去吧!"

春雨停下,
一树白杏花,
春三月,
种玉米啦……

从这首诗里，我们知道，淮北地区春玉米种植的季节，大致在春天的三月。当然这里所说的三月，不是农历的三月，而是公历的三月。这个季节，还是比较早的。往南过了淮河，玉米的种植逐渐大幅减少，但淮南及江南的山区则常见，甚至到岭南山区，到云贵高原的山区，玉米也这一块、那一片地生长着。往北到黄河中下游平原，玉米的种植面积，则和淮北一样多。

春玉米种得早，等冬小麦成熟收割时，春玉米已经长有小半米高了，嫩青嫩青的，和渐黄的冬小麦形成鲜明的对比。冬小麦收完后，有一段时间，田野里由春玉米扮演主要角色，能搭眼一望就进入视野的庄稼，也就是青翠一片的春玉米了。几场汛雨过后，玉米快速地拔节生长，雨后站在青葱的玉米地头，侧耳聆听，能清楚地听到玉米咔咔啦啦拔节生长的声音。它们的个头蹿得极快，两天不见，就长得比一个人高了。

盛夏时节生产队里最恼人的农活就是打玉米叶。玉米越长越高，越长越壮，也越长越密，如果不及时把下部的玉米老叶打掉，玉米地里通风不好，蚜虫大量繁殖，就会影响玉米开花、结实。但打玉米叶不是壮劳力干的活，壮劳力不屑于干这样不需要太多"力气"的活，于是这些都派给妇女和半劳力干。

天气酷热，妇女和半劳力肩着粪箕来到玉米地头，一个人分两趟玉米，噼里啪啦地打起来，人很快都看不见了。站在地头，只能隐隐约约听见打老玉米叶的咔吧声，怎么看都看不见人。粪箕都撂在地头，粪箕里搁着苘绳，以备捆扎打下来的玉米叶。

打玉米叶虽然不是重活，但特别让人不堪。玉米叶长得密，盛夏酷暑，钻在密不透风的玉米地里，人汗如雨下，玉米叶又划人皮肤，一趟干下来，胳膊上、脸上、脖子上，都是红红的血印，再给盐汗一渍，又疼又痒。偏偏玉米地里蚜虫特别多，弄得人一身麻酥酥的，衣服也早已碱花层层，汗透斑驳了。

天快黑时，人们渐次走出玉米地，把堆成小山一样的老玉米叶拼死劲煞成尽可能小的捆，然后撅腚弓腰，背着比人大出好几倍的捆子，一步一步艰难地回到村里的牛屋前。当天的工分是以打下了多少玉米叶来计算的。称过重量以后，玉米叶就被倒在牛屋门前越来越大的一堆叶子上，它们是牛的青饲料。

此后，妇女们赶紧回家烧火和面做饭去。半大的男孩子就到村庄旁边的小河或池塘里洗澡。拿全工分的壮年男人也陆续来到小河或池塘边，他们脱光衣服，赤身裸体，在水里打几个扑腾，然后站在浅水里，讲一些荤话，把身上的泥都搓到水里去。天完全黑了以后，小河或池塘里洗澡的人，慢慢就没有了。最后一个人都没有了，小河和池塘边就彻底安静下来了。这个世界就完全留给田野里的植物、动物和昆虫了。

春玉米初秋开始收获。夏玉米，也就是麦茬玉米，即收过小麦以后播种的玉米，要仲秋或暮秋才能收获。以前收玉米，是用人工掰玉米棒的办法，到玉米地里，挨个儿把玉米棒掰下来，玉米的秸秆则留在地里。收玉米的人都带着大篮子，用来盛掰下来的玉米棒；或用一块结实的粗厚布，方形的，四角扎上绳子，平铺在地上，等玉米棒放满了，把四个角的绳子拎起来，就是个很好的容器。

　　篮子或布兜盛满了，自然有人来把里面的玉米运到地头去，集中起来，用马车、牛车，或用架子车（板车），拉回村里的晒场上。秋天雨水少，晴朗的天气多，因此摊在场上的玉米遭遇大雨侵蚀的情况不多，比较容易顺利地晒干。晒得半干的玉米棒，有一些把玉米皮扯过来，系在一起，挂在农房外面的屋檐下，挂成一排，黄灿灿的，继续晾晒，成为乡村一道朴素的风景。这样的玉米可以一直挂到第二年春天，那时候，要么把它们拿下来吃掉，要么把它们当成种子，种到地里去。

　　大部分玉米却要脱粒。玉米脱粒十分困难，没有脱粒机的年代，农人只好用手工脱粒。他们先发明一种从玉米棒子上脱下一排玉米粒的工具。找一块结实的长条形硬木板，靠一头钉一根粗铁钉，铁钉要从下面斜钉上来，穿过板面，露出一定的钉尖。需要脱下一排玉米粒时，农人把玉米棒按在木板上，一头对准铁钉尖，用手掌往前推动玉米，玉米粒经过铁钉尖时，就被推下来。然后，再用两手各拿一个脱下一排玉米粒的棒子，用力搓动，让它们相互扭挤，最终把玉米粒从棒子上全部脱下。

　　脱下的玉米粒堆在木板附近，积累到木板快被淹没时，就用一种高粱秸编成的簸箕，把玉米粒撮到簸箕里，端到院子的平地上，倒在地上，叫太阳晒去。晒过几天太阳以后，玉米粒已经晒得干崩焦了，这时收回家，收到一种用芦苇编的折子里，就可以较长时间存放了。

　　孟秋要去平原上毅行。

平原上弥漫着各种作物成熟的谷香气和果香气，也充满了各种诱惑。你只要从道路上拐下去，拐到农田或果园里，就有无数美食摆在你眼前。你可以在果园吃个饱，只要你有肚子盛，不会碰到一个人怪怨你把水果吃少了。你到地头摘几个正在晾晒的花生吃，吃得满嘴冒白沫，农人会扔过来一把果实大而饱满的花生，还要劝你多吃点。你从瓜园经过，看见瓜园正在拉秧子，秧子上还有一些黄澄澄的小香瓜，真是可惜，赶紧去摘下来，用手擦擦，啃起来，瓜农笑话你偏挑了个小的、不太熟的，又到瓜棚边挑了几个大的送给你吃。

这个月宜心境放松、轻快，宜在原野上疾走或奔跑。在无人看见的地方，一边奔跑，一边尽量伸直手臂，把双手伸向天空，好像在乞求什么，又好像要拥抱什么，又好像在呼唤什么。总之，要放松心情，要释放些什么。

这个月，又宜坐在大平原的一个土坡上吹口哨。要尽量吹得委婉些、嘹亮些、尖细些、粗犷些、厚重些、粗糙些。逐渐送走恼人的酷暑，也忘却秋老虎的存在。

初秋时节，平原集镇上的牛马市逐渐复苏了。农人在牛马市交易牛、马、驴、骡。不过，牛马市并不仅限于交易牛、马等大牲口，也交易猪、羊等家畜。

牛马行里的交易人员大都是中老年男人，因为只有中老年男人才更有经验，才有本事把买卖双方撮合成交，又能让买卖双方都皆大欢喜、心满意足。他们相互捏着对方的手指，用衣袖挡住，或用一把芭蕉扇遮住，用手指分别跟买卖双方谈价钱，这样就不用说出话来而泄露商业机密。

如果交易中的马或驴直挺挺地伸出了性器官，他们还会欣赏地指点着，说："看看，这家伙，硬着嘞，硬着嘞。""硬"是个双关语，一方面是指马或驴的生殖器正硬着，另一方面，是暗示这头牲口身体好。

平原乡村集镇边的牛马市，有着浓烈的农耕文化的气味。那里最不缺少的，就是牲口家畜、牛屎马尿、木桩木棍、席地或倚墙而坐的农人、土话土语、砖头瓦片和猪臭羊臊的动物气味。在集镇的牛马市里，也最容易让人想起庄子和东郭子的对话，甚至连气味都是吻合的。

东郭子问庄子："所说的道，它在哪里？"庄子说："无所不在。"东郭子固执地说："见到实物俺才认同。"庄子说："好吧，在蝼蚁和蚂蚁身体里头。"东郭子说："为啥在那么卑贱的东西里呢？"庄子说："嗯嗯，那就在稗子一类杂草里吧。"东郭子气得简直要跳将起来："为啥在更卑贱的东西里了？"庄子连环炮般说："在瓦片砖头里。"东郭子说："为啥越来越不堪了呀？"庄子不依不饶道："在屎尿里。"东郭子气得不跟庄子交流了。

庄子说："先生的问题，本来就没有涉及本质。官长向市场管理人员了解踩猪腿的用意，原来越往猪腿下面踩越容易知道猪的肥瘦。你不必钻牛角尖，没有事物能够脱离道。大道是这样，大言也是这样。周全、周遍和全部这三种表述，名称不同实际相同，都是对道无所不在的描述。"

庄周举的这个踩猪腿的生活现象的发生地，很可能就是类似后来平原乡村的牛马市。如果真是这样，那两千多年前，牛马市一类的市场，就存在于黄淮平原的大地上了。

这个月夜来香仍然开花，还似乎比夏天开得更热烈，它细长的花苞打得更丰满，它释放出的浓香也似乎更醇厚。夜来香的花昼收夜放，每当夜幕降临，它就打开花瓣，释放出较为浓厚的香气来，因此得名夜来香。

有几年，我种植的花草比较多，有一两百盆，招来一些蚊虫，这是养花莳草必须要付出的一点小代价。但是自从园子里养了几盆夜来香以后，家里的蚊子几乎没有了，想必夜来香释放的香气，有驱赶蚊虫的功效。不过夜来香养在室外最好。养在家里就要谨慎些，毕竟它的香气有较大的刺激性。

这个月，是无花果最猛烈结果的时候。经过一个夏天的束缚和委屈，无花果似乎也要尽情地释放，也要把累积的能量，通过果实呈现出来了。

无花果叶片下的果实，起初一点点小，青绿色，像母鸡肚里刚刚形成的卵，好多个紧挨在一起。可是过两天再去看，那些绿色的小丁丁的卵都膨胀起来，鼓鼓的，里面的内容像是要包裹不住了一般。再过两天，早晨起来去看，那些卵都长得像鸡蛋那么大了，个别的比鸡蛋还要大，花嘴那里已经洇出了腮红，不日即可成熟了。

再过两天去看，无花果大都皮紫面红、小嘴咧开，第二天就能采摘品尝了。可是第二天早早起来到园子里去看，却傻了眼了，那些最大、最红、最甜的无花果，被起得更早的小鸟挨个儿都啄了几口。小鸟们可会挑选了，没红透的它不啄，可是，红透了的，它每一个上面只啄几口，这叫人也没法吃了呀。不过，心里并不嗔怪小鸟，种这些花花果果，不就是给人看、给人吃、给鸟看、给鸟吃的吗？人吃也是吃，鸟吃也是吃。图个快活便好了。

孟秋这个月，应该对家人有更多的欣赏。要看到他们的收获和进步，鼓励他们的拼搏和一往无前，称赞他们哪怕只是星点的取得。意见相合时听我的，意见不合时听他或她或他们的。吃饭时要对伙食赞不绝口，回到家中要能够敏锐地发现家中的洁净和焕然一新，并及时发出夸张的赞叹声。

这个月开始想读更多的书了。到书橱那里去，拿起一本书，像是第一次见到它，觉得那么新鲜、那么好，必须要读一读它了！又见到另一本书，又觉得好，又觉得必须要补一补课了，因为秋天已经到了，我们的心理动机暗地里已经调整了。又见到一本书，还是觉得好，也必须要放在手边读一读了，心里反复地想，怎么也不能错过这个读书的季节了。

把瞬间发现的这一摞书都搬到写字台边，倒一杯白开水，任由西天的阳光从窗帘里漏进来。但是前几天放在笔架上的一片无花果叶子掉下来，掉在茶杯里，白开水变成了无花果叶子茶。就这么惊讶地张着嘴坐着，手里捧着书，不一定真读，看着干了的无花果叶片，在窗帘漏进来的阳光的特写下，在白开水里慢慢舒展。这样子就适配秋天了，就是对秋天的致敬了。书不一定真读，只是一种心灵的仪式。

传统贴秋膘的日子到了。快中午时，到菜市买一块干爽的肥牛肚绷，在清水里洗一洗，稍微抹点盐搓一搓、揉一揉，去去肉腥气。再冲洗干净，放在锅里大火炖煮。八成熟时捞出牛肚绷，切成糕点大小的条或块。另用大口陡锅，加些原汤和清水，放入切成条或块的牛肚绷，再加入八角、桂皮、橘皮、大葱段、大蒜瓣、姜块、冰糖、枸杞、白萝卜块、石斛、生抽、咸盐。炖熟出锅，用深盆盛装，浇些老陈醋，淋几滴小磨香油，撒些香菜碎叶。餐台上有烧酒侍候，家人聚食，或夫妻对饮。一日复一日，秋天就会变得结实而爽快。

鸡冠花开起了紫红色的花，在一户人家的西墙边。它开得真是洒脱和无所顾忌。美人蕉开花也十分泼辣，甚至都有点粗犷豪放的味道了。这两种花，都适合开在原野上，或原野与村庄接合的位置。它们与原野之间，有一种天然的适搭。

这个月，拂晓时分的鸟啼声，有了些苍远的气息。在林荫道里散步的人，渐渐地，也只能听到寒蝉的嘶嘶叫声了。

田野荒坡上的干牛屎附近，有两个黑色的屎壳郎，分别在往两个方向推粪球。它们有点你争我抢的意味。有一个屎壳郎往下坡推，它推着推着，就和屎球一起滚到坡下，消失在草丛里不见了。另一个屎壳郎往坡上推，它起初推得很艰难，但推着推着，草坡就变得平缓了，它把屎球推到草坡的最高处，就和屎球一起滚到草坡的另一面去了。

草坡的一个洼地里卧着一头水牛母亲，它在反刍，显得很稳重。母牛旁边站着一头小水牛，毛色有点淡黄，还不像成年水牛那么黑。小水牛看着远远走过来一个人，它有些吃不准，于是回头看看母亲。母牛一直在反刍，是见多不怪的那种表情。小牛还是拿不准，它一会儿回头看看正在反刍的母牛，一会儿回头看看正在走近又走过去的那个人。

现在，水牛吃草、屎壳郎推屎球、一个人从附近走过，这些画面能够同框的机会，越来越少见了。原野上各种动物的粪便越来越少，推粪球的屎壳郎也就越来越难得一见。

仲秋的到来总是让人心生舒适的。

白露这一天，无论阴雨晴暖，我总会挑一本书，今年这一本是《天工开物》，泡一杯银杏叶子茶，到南边的房间，面朝正西的方向，坐在椅子上，读上半天。现在太阳更向赤道方向回归了，地球北半球气温愈加下降了，阳台和飘窗里有更多地方能够照晒到阳光了，太阳升起时北边的窗户逐渐照不到朝阳了，太阳落下时北边的窗户也逐渐照不到夕阳了。虽说是读，但往往只是半读半想，有时候沉湎于冥想，有时候和自己脑袋里一个古代善占卜的人对话，有时候做白日梦。

这个月要收获高粱了。高粱在黄淮平原愈种愈少了，现在想见到大面积种植的高粱，已经十分困难。作为杂粮，高粱大概多用于酿酒。以前各地有许多打着高粱名头的白酒，高粱应该是这一类酒的主要或特别的原料。高粱磨成面，单独做成死面饼，是一种深红的颜色，面倒是挺细，但总是没有小麦面做成的香甜。高粱面也可以和小麦面等掺和在一起，做成死面饼或发面馒头，这样的杂面馍，现在卖出的价钱，比单纯小麦粉的馒头，要高出许多。

高粱大约有两种颜色的果实。一种是深红色,这种颜色十分显眼,红高粱的名号叫得响,就是根据它的颜色来的。另有一种高粱,果实的颜色是青绿色的,这个品种种植得较少,不是很容易看到。有一种高粱的茎,细长高挑,夏天高粱长起来以后,最高个的人走在高粱地里,也见不到人影。高粱的果实聚结在秸秆的顶上头,尚未成熟时,它的果实冲着天空,一旦成熟,它的果实就低垂向下,显得果实累累的样子。还有一种高粱,茎不是很高,它的果实在秸秆顶上聚成纺锤状。

高粱是一种地标式的作物。它的生长南界在秦岭、淮河一线。秦岭和淮河,是我国中东部自然地理的天然分界线。淮河、秦岭分南北的概念,是二十世纪初的中国地理学家提出来的。这种依据自然和人文现实提炼出来的精准创意性知识,十分了不起!就像中国地理学家胡焕庸,他于二十世纪三十年代提出了一条中国人口密度分界线,后来就称作"胡焕庸线",也非常了不起。胡焕庸的这条线,又称瑷珲腾冲线,就是在中国地图上从黑龙江的瑷珲(现为黑河市爱辉区)拉一条不存在的线到云南腾冲。在这条线的东部,是人口密集区,在这条线的西部,是人口稀少区;在这条线的东部,是农区,也是汉民族聚居区,在这条线的西部,是牧区,也是少数民族聚居区;在这条线的东部,是经济较发达区,在这条线的西部,则是经济较不发达区。

高粱生长的南界在秦岭、淮河一线,这个意思就是说,在自然气候条件下,高粱最适宜的生长区域,是在秦岭、淮河以北。

一般情况下，在秦岭、淮河以南生长的高粱，产量和品质相对而言都要差许多，甚至形成不了商品性。淮河以北的平原地区，才是高粱快乐成长的天然家园。同样以秦岭、淮河为界的动植物，还有乌龟、竹子、橘子、茶树等。随着时间的推移，现今的中国中东部自然地理实质分界线，已经大致北推了一个纬度，即110公里左右，到达了徐州、郑州一线。这样的气候变化，对人类的生活、农作物的规划和生产以及社会管理，都会产生较大影响。

这个季节，平原上，曾经漫天遍野的黄豆，也该收获了。

在先秦的典籍里，把豆称作菽，将其列为五谷之一。所谓"五谷"，一般指的是稷、黍、麦、菽、麻。稷是小米，稷起先与粟同物异名，后来才成为庙堂用词。稷也是五谷中最重要的粮食作物。稷的地源地一般认为在黄河流域。黍是黄米，或去皮后叫黄米。麦是小麦。菽是大豆。麻是大麻子，也是古代食物之一。后来民间素有"五谷杂粮"之说，把五谷与杂粮并列，也有将五谷归于杂粮一类的意思，说明人们对粮食的概念发生了变化。

菽曾经是大豆的专名，汉以后叫豆，菽又成为豆类的总称。大豆的原产地为中国，但起源为中国北方还是南方尚有许多争论。如果是北方的话，则可能由中国东北传至黄淮流域，再由黄淮流域扩散至长江流域。另有多中心说，指出大豆可能在黄淮、东北、南方多个地区同时起源，然后向四方扩散。

二十世纪大豆在淮北地区又称黄豆。一般公历六月上旬小麦收割以后，就开始种黄豆了。种黄豆也像种小麦一样，是用耩子耩的，这样黄豆出苗时，成行成垄，便于收割。

黄淮平原上季节的变化，现在很大程度上是以大面积农作物（庄稼）的替换为标志的。整个春天都是宿麦即冬小麦的天下。从公历四月份开始，小麦逐渐从青绿、深绿演变为老绿、浅黄、嫩黄、金黄和苍黄，这段时间持续较长，因此在人们的印记中，田野总是一片黄的。麦收过后，平原有一段斑驳期，既有树叶的深绿，也有春玉米的鲜绿，又有水稻的明绿，亦有野草的杂绿，还有少量小块油菜花的残黄。

黄豆出苗后，整个大平原就成了一片嫩绿的海洋。因为黄豆的种植面积大，每一块地的面积也很大，所以看上去黄豆地的嫩绿就成了盛夏平原上压倒性的颜色了。暮夏初秋，黄豆已经长有半腿高了，黄豆地里的蝈蝈也长大了。蝈蝈总是蝈蝈地叫着，它们喜欢高温和太阳，太阳越晒得冒油，它们过得越舒坦，叫得越响亮。

正午时分，从渺无一人的田野走过，能听到蝈蝈相互攀比着叫成一片。听到人的脚步声，它们戛然而止，停止了歌唱。可是它们又耐不住寂寞，脚步一停下来，它们又无比欢畅地唱上了。淮北当地叫蝈蝈为油子或叫油子，它们都有一个大肚子，肚子里都是籽，也就是卵。有时小孩或年轻人馋了，就上黄豆地里逮几个油子，在荒草沟里扯几把荒草，点火把油子烤熟，你争我抢地把烤得焦黄的香喷喷的油子分了吃掉，十分享受！

一到傍晚，乡村的天气立刻就清爽了几分。骑自行车在大块大块黄豆地中的干土路上穿行时，清凉的风吹在身上，因为没有较高的庄稼的遮掩，远处的村庄都一目了然，十分爽目、爽心！

在那种情境里，在土地上生活着的人，能明确地感觉到一种生命的存在、万物的存在、天地的存在和自己的存在。

不言而喻，人是生活在天地万物之中的，是天地万物的一个组成部分。人要从内心里感激的是天地万物，是承载养活自己的土地，是周边的栽培作物，是人类的农作智慧，是周围平衡而和谐的所有事物。栽培作物并没有断崖式地改变事物的内在规则，而只是和风细雨地顺应了事物发展的一个可能的方向，因此这种"改变"，是能够为天地万物所接受、能够为人类的社会伦理所容纳的改变。

仲秋会有秋分节气到来。秋分这一天，白天和夜晚等长。过了秋分这一天，北半球的夜晚就一天比一天长了，人们睡眠的时间更多了，昏暗的光线使人压抑，人们用于工作或交往的时间也更短，人们更倾向于回归家庭，收敛身心，工作的自然环境也越来越不友好。

仲秋应该对家人更慈厚些，形成一种宽厚的爱意磁场，让家人无形中就能感受到一种慈爱、踏实和温暖，让家人有深厚的归属感。这个时节，也应该对社会更宽厚，认可大端，包容小过，尽量着眼宏观，和谐中正。这个时节，社会也应该更丰厚涵纳，慈养并收，呵护有加。

这个月宜心境悠然、状态逍遥。这个月胸有成竹，脚迹轻快，做事踏实，可充分享受一年中心境最平衡厚实的季节。这个月没有冲动，也没有颓废；没有挣扎，也没有偏激；没有强迫，也没有隐忍；没有怒吼，也没有呻吟；没有躲避，也没有逃亡；没有增一分则盈，也没有减一分则损。这个月又宜携家人或友人出游，登高望远，品茗游戏，踏秋草而追逐，临河岸而歌行，遥忆消逝的岁月，畅享眼前的亲情。

这个月，我家园子里的冬瓜成熟了。这几棵冬瓜不知道是从哪来的种子。春天土里出了几棵苗，看起来像西瓜苗，又或许是瓠子苗，知道它们结不好，还占地方，吸收地的肥力，就打算把它们拔了扔掉。可是却被家里一把手制止了，于是只好听她的，由着它们长去，长大了看看到底是什么蔬菜。

它们很快长大了，茎叶粗大。又很快攀爬了，爬到枇杷树上、山楂树上、架子上。又很快结果了，结出一种毛茸茸的青果，也不能确定是什么。又越来越大了，很快长成长圆形了，原来是冬瓜，这时已经认出来了。但它们把地力也吸得够呛。它们需要大水大肥，一天都旱不得，这倒也怪不得它们，它们还不是要猛烈地吃喝，供应那几个果实长大。到了秋天，果实已经结得巨大了，得用粗绳子把它们吊住，才不至于压断树枝和棚架。收获时用秤称一称，最大的有三十多斤，小的也有十几斤。冬瓜的生命力和适应力，真是很强的了。

仲秋到平原的村庄附近去，发现村里村外的南瓜都已经成熟了。农民都是利用闲地的高手，他们随手在路边、坡角、墙拐、柴屋外、大树下、旧墙框里、猪圈旁、荒草丛里点下的南瓜种，从夏到秋，都能大大小小结出许多南瓜。秋天的南瓜，看上去老黄老黄的，在秋阳下懒洋洋地晒着，煞是喜人。想来拿它们或蒸，或煮，都甜面得不得了。

这个月，随便点在各处的葫芦种也结了许多。夏天葫芦嫩的时候，可以切成丝，炒来吃。葫芦丝吃油，炒的时候，要多放些油。放猪油最好，最香，最肥厚，吃到嘴里，最过瘾。炒葫芦丝最好放些辣椒，有些微微的辣味，不会凸显素菜的单调和寡淡。葫芦秋天老了，就只能把它从中间剖开，做瓢用，或者做一些消遣的玩意儿。

用葫芦做瓢，略大些的和中型的，可以用来舀水。如果用太大的葫芦做瓢，舀满水分量太过，容易把瓢弄断；而如果太小，又要反复舀许多次才够用，效率低下。瓢不仅仅用来舀水，还能舀面。把瓢放在面筐里，或盛面的笸斗里，需要面粉时，就到面筐里，用面瓢舀一些。葫芦是能够食用的植物果实，与人吃的面粉、喝的饮用水不相冲突，因此可以放心使用。

仲秋时节，村头人家院里，有位老妈妈用碓窝子舂玉米，想必是打算晚来给家人做玉米碴子稀饭喝的。这种往日乡村常用的器物，现在用的人已经比较少了，但它满满都是农耕的味道。

我想起《庄子·逍遥游》里有个故事说，蜩与学鸠笑之曰："我决起而飞，抢榆枋而止，时则不至，而控于地而已矣，奚以之九万里而南为？"听了蜩与学鸠的嘲笑话，作者评论说：适莽苍者，三餐而反，腹犹果然；适百里者，宿舂粮；适千里者，三月聚粮。之二虫又何知！

这段话的意思是，蝉和斑鸠讥笑大鹏说："我们迅疾地从地面起飞，快速向榆树和檀树上飞去，有时飞不到树上那就落到地上就是了，何必要飞到九万里高空向南飞呢？"于是作者评论说：

到郊外去，准备好一日三餐，返回时肚子还饱饱的；到百里远的地方去，就要把连天加夜准备好的粮食都带上了；到千里以外的地方去，就要把用三个月才准备好的粮食都带上了。这两个家伙哪里知道这些事情呢！

宿舂粮，虽然不能说最早没有夜里准备并加工粮食的意思，但这只是人们说话简约的一种习惯，意思是抓紧准备，甚至是连天加夜、起早带晚地准备；宿舂粮之类的意思发展到现在，已经很难简单地理解为下班以后再准备干粮的意思了。在口语和书面语中，人们都本能地要说话简约，这或主要是为节省资源。

舂，是一套用石头凿成的生活用具，用来捣碎粮食，淮北农村叫碓窝子，因为现当代生活中使用的碓窝子依然是石质的，推想战国时代的物质文明发展水平，更应该就地取材，用石头制作才对，因此或可将舂与淮北的碓窝子"混为一谈"。碓窝子由两部分组成：一部分在下，叫碓窝子，用整块石头凿成一个阴形凹陷的容器；另一部分为碓头，也是石质的，用整块石头凿成一个头部半圆形的器物，器物对下的部分是半圆形，对上的部分是平面，平面中间凿一个深洞，加装一根木棍。加工粮食或蔬菜时，加工者坐在碓窝旁，碓窝子放在两腿之间，将需要捣碎的粮食或蔬菜放进碓窝子里，两手握紧碓头上的木棍，不断地一上一下，将突出的碓头砸进凹陷的碓窝子里，就能将粮食或蔬菜砸成希望加工成的碎块或粉末状。

这个月，平原村庄外的池塘或河湾里，菱角也成熟了。仲秋的中午，从村庄外的小河湾走过，只见一只小木盆式的划子，漂在菱叶满布的水面上。秋阳照射到水面和菱角呈菱形的叶片上,闪闪发光。小划子里坐着一个妇女,头上顶一块蓝花毛巾,上身穿一件中式碎红花小褂,下身穿一条宽松蓝布裤,两手令人眼花缭乱地从小划子两边的水里往小划子里捞菱角。正午时分,村外的河湾暖且静,她的动作虽快,却几乎没有响动,偶尔听到水哗啦响一下,定睛望去,那不一定是她撩出的水声,倒像是鱼摆尾拨出的水声。

仲秋宜在原野上疾走或奔跑,穿过农田,越过沟埂,跃过水渠,冲上坡顶,滚落草滩,都能寻找到一种生命奔驰的快感。仲秋又是一个无所顾虑的季节,春天流淌的汗水已经结晶,酷暑的忍耐和坚持也都有了收获。这时心里是踏实的,也是有分寸感的。这时的心性是最坚固的。

这个时节,也要清楚地知道:秋天,是时令即将大转变的季节,对人来说,更要注意福祸的相倚互换。酷暑尽了,爽秋就会降临。同样,爽秋降临了,冬天也不会太远。瘦弱至极时,就会丰腴;丰盈到顶了,免不了也要收敛。《老子》说:祸兮,福之所倚;福兮,祸之所伏。这意思就是说:祸啊,福就藏在里面;福啊,里面潜伏着祸端。

这个月,各种野草都结籽成熟了。上午到一片荷塘的塘埂上去。那条荷塘的塘埂比较宽展,上面茂盛地长满了各种野草。牛筋草长得十分结实、粗壮,它的花茎和花梗也很健壮。孩子们可以拿牛筋草做蟋蟀草,把牛筋草端头的花梗折去,让花梗上的纤维毛茸茸地露出来,用毛茸茸的那一头来撩拨蟋蟀,很快就能把蟋蟀撩拨得咬斗起来。

马唐草和牛筋草总是长在一起的，也总被人们认为是同一种草。虽然马唐草长得和牛筋草差不多，但它们之间明显的区别在于，牛筋草长得粗壮，马唐草长得纤细。马唐草也能做蟋蟀草，制作的工序和牛筋草一样。如果把牛筋草比作社会中粗犷之人的话，那么马唐草就有纤细的小资风。不过，植物各有其进化策略，长成什么样，都有它们各自的精妙和道理。

莎草也长得较健旺，它的花茎是菱形的，一场透雨过后，聚而丛生的莎草，更显得绿意盎然、生机勃勃了。北宋苏轼写过一首《浣溪沙·徐门石潭谢雨道上作五首（其五）》词，词道："软草平莎过雨新，轻沙走马路无尘。何时收拾耦耕身。日暖桑麻光似泼，风来蒿艾气如薰。使君元是此中人。"这首词是苏轼在黄淮平原上的徐州做官时写的，平有平齐义，莎就是莎草了。

牵牛花从孟秋开始，逐渐大量开放。牵牛花是草质藤本花卉，秋初和仲秋开得最盛，不过黄淮平原南北，开放的时间上有差异。牵牛花的花多是蓝中洇白的颜色，也有一些是粉红洇白的。在有露水的清晨，还有上午，它们开得十分鲜艳。这个时节，人从乡间的小路上，或者通往村庄的道路上走过，能看到它们成片成片盛开的壮阔景象，那时总忍不住要走去路边，离得更近些看着它们的热烈开放，嘴里则禁不住要啧啧称奇一番。如果附近有墙面，或篱笆，或灌木小树，牵牛花就会攀缘而上，从地面一直开到墙上、树上、灌木上、空中，形成一片花链。

另有一种打碗花，叶子、藤蔓、花，和牵牛花十分相像，一眼看上去，很不容易把它们分别开来。但如果仔细观察，就能发现，牵牛花的花和那种长管的喇叭非常像，因此牵牛花又叫喇叭花。打碗花的花，花柄短，花口较浅，花口大，很像一只开口很大的碗，或因此而与碗扯上了关系。又据说打碗花的花名来源于小兄妹俩吃饭时在院里追逐，一不小心被角落里的打碗花花蔓绊倒，把碗打碎了，从那以后，如果有小孩子摘了打碗花回家，当天就不能让他或她刷锅洗碗，如果让他或她刷锅洗碗，就会把碗打破。

　　仲秋时节，从堤坡往湿地和浅水边走，一路上能看到许多种不同的事物。长满野草的洼地里，水牛正用嘴扯潮湿的土地上的青草吃，它们一边大口地吃草，一边甩动尾巴，摇动耳朵，驱赶叮咬它们的牛虻一类小咬。白色的牛背鹭喜欢停在牛背上，为水牛清理那些让水牛不舒服的寄生虫。而苍鹭则喜欢停在附近的小干树上，随着风吹动小干树，它们间灰有白的身体也随着小干树的晃动而抖动。

　　浅水边成片成片倒向一边并极有画面感的白花，是荻。荻开起花来，浩然，如雪，又顺风倾向一边，在茫茫荒滩上，极有震撼力。芦苇的花略带些灰、黄。芦荻则依然高大强壮，它的花也粗壮有力，挺直向上。

　　浅水里蒲草的颜色已经变得老青了不少，它们结出的蒲棒已经变成了酱紫色，用手摸一摸，绒绒的，很有弹性。颜色和绒绒的手感，是这些蒲草种子即将或已经成熟的标志，待大风一起，它们就会随风飞起，它们飘落的地方，就是它们明年开始新生活的地方,也是它们物种扩张的地方。

季秋的到来总是让人心生惆怅的。

寒露这一天,无论阴雨晴暖,我总会挑一本书,今年这一本是《淮南子》,泡一杯红芋梗子茶,到南边的房间,面朝西偏北的方向,坐在椅子上,读上半天。现在太阳更向南半球方向飘移了,地球北半球气温也要愈加下降了,阳台和飘窗里有更多地方能够照晒到阳光了。虽说是读,但往往只是半读半想,有时候沉湎于冥想,有时候和自己脑袋里小时候的自己对话,有时候做白日梦。

秋天的这最后一个月,是大量收获红芋的季节。以前生产队时期,如果决定要收一块地的红芋了,这天一大早,生产队里的人都会奔到那块地里,集中收获。在平原上,生产队时期的地块都很大,有时候连片近千亩,是一整块田地,种的作物也都是同一种作物。

到了地头后,先出一批妇女,一人一垄子,把红芋长在地面上的秧子砍掉,露出光秃秃的垄子面。垄子面上都四开八裂的,那是地下的红芋结得太多太大了,把垄子面撑得开裂了。再出十几把犁,每把犁两个人,一个人在前面牵牛,要保证牛一直走在垄子上,不要走偏了,后面一个人掌犁,把垄子里面的红芋犁出来。每把犁后面跟着多少不等的劳力:妇女、半劳力,甚至年纪稍大些的社员,一人背一个粪箕子,把犁出来的红芋拾到粪箕里。粪箕拾满以后,再背到地头平坦的地方去,倒在一起。

地头很快就堆起了一二十座小山一样的红芋堆。这样的红芋堆在一直不断地长高、长大。队里的会计带着队里十几个人，先估一下全部红芋的重量，然后趁天还亮，开始用秤分红芋，按户把红芋分成若干堆，一家一堆。再根据每家每户这一年工分多少，记上账，把工分扣掉。傍晚时分，这块地里的红芋都犁完了，也都拾完了，也派人大致耢了一遍，社员们就都集中到红芋堆边，把自家分到的红芋运到已经空闲的红芋地里，开始切红芋干。

切红芋干的工具，都是自制的。用一个条凳，一头挖一个长方形的洞，洞上钉一个很锋利的、和凳子面大约成几度角的夹刀。切红芋的时候，人坐在条凳的中间略偏后的位置，用一只手的手掌把红芋按在凳子面上，向前推动，让红芋从切刀上擦过，切好的红芋片就从条凳的洞里掉下去了。如果家里没有这样的工具，就只好用刀切，那样速度就会慢许多，等有人家把红芋全部擦完了，再去借擦红芋的条凳来用。

整个田地里，人们以家为单位，都在争分夺秒地切擦红芋。人们一边干活，一边还会大声聊天，讲些四里八乡的新闻，有时还讲些国际大事。时不时，平辈男女之间会切换到荤段子上，就会有妇女扔红芋砸讲荤段子的男人，爆发出一场大笑。

切红芋到天快黑的时候，眼看着切不完，一般就会有家里的妇女背着一粪箕鲜红芋先回村做饭去。家里的其他人仍在地里，就着月光或星光，一直干，直到把分给自己家的所有红芋都切成红芋片。切成片的鲜红芋片，都就地撒在地里，让第二天、第三天和第四天升起的太阳晒，等晒得差不多干了，再运回家里去。

这些活都干完了，人们才陆续扛着条凳，回家吃饭去。第二天还要收另外一块地的红芋呢。那个年代，红芋是冬天和初春的主食。除了鲜食红芋以外，红芋干、红芋稀饭、红芋馍，也是人们每天都要吃的，所以当时的顺口溜说"红芋干，红芋馍，离了红芋不能活"。

那时到了冬天，一大早，家里的男人从院里的地窖里抬上来一粪箕红芋，由家里奶奶辈或母亲辈火头军，用大竹篮挎到村口结着薄冰的小河或池塘里，用手里的棒槌撩开薄冰，把大竹篮沉进冰冷的水里，用棒槌翻搅竹篮里的红芋，让红芋们互相摩擦，把体外的泥巴洗掉。洗好的红芋挎回家，再用挑来的井水冲洗一两遍，就能下大铁锅煮了。那时家庭人口都多，大铁锅也巨大无比，倒进去大半锅红芋，猛火烧煮。到吃饭时掀开锅盖一看，只见红芋个个酥软甜糯，锅底里剩下的不是水，都是紫红晶亮的糖稀。人人都抬岗尖儿一碗红芋来吃，不过吃红芋必须配些咸菜，以免胃里犯酸。

人吃剩的红芋就用大铁舀子舀到盆里，端到猪圈里喂猪。猪早就在圈里扒圈撞栏的，哼唧着等这一口呢。人端着重物的脚步声一响，它就急迫、焦躁、亢奋地用肩膀撞击圈栏了。人一边呵斥它，一边把一盆红芋倒进猪食槽。这时，猪就顾不上别的了，哇哇地大吃起来，狂吃一番，抬起头喘口气，看看人，神态是一种超级的享受。

红芋几十年后越来越成为健康食品了。红芋也是初春最让人牵挂的美食。现在吃红芋，都用电饭锅来煮了或蒸了吃。先把红芋洗干净，把红芋单独或和胡萝卜一起放在锅里，加大半锅水，基本没住红芋,这是煮。上面的蒸笼里放一盏小碟,小碟里放几块咸鱼,或腊鸡,或咸鸭子,或香肠,再掰几块西蓝花或豆腐干,放在咸鱼或腊鸡、咸鸭子之类上面。小碟旁边放几段红芋,这是要蒸的红芋。所有的食物,哪怕是在一口锅里,蒸出来和煮出来的味道都不一样。

半小时后,红芋熟了。这时,把蒸煮键拨起来,稍忍耐忍耐,叫锅里回一回气,这样出来的食物更加温润适口。打开锅盖时,香甜的气味扑鼻而来。这样的食物很难不一下子吃多。不过倒也没有关系,即便开始觉得吃多了,红芋、胡萝卜、咸鱼之类都不是大荤,很难真正吃得过多。吃完了红芋,再喝半碗煮红芋的水,和吃饺子相似,这叫原汤化原食,饱腹感很快就顺流而去了。

不过要知道的是,多吃了一些红芋,就像多吃了一些炒黄豆一样,会多打几个屁。肚子里常觉得在往下清空一些东西,身体会觉得舒爽,身心都感觉轻巧而放松。但屁也是一种气溶胶,有疫情的时候,要控制一下食欲,以免在人多的地方情不自禁地打屁,人家怕气溶胶传染病毒,都吓跑了。

这个季节,平原上陆续开始播种冬小麦了。秋雨过后,耕地的墒情变好,天气也变成天高云淡的模样。天气晴好时,三个人一组,赶一头牛,拉一架板车,板车上放着麦种、笆斗和耩子,到原野上种小麦去。到了地头,三个人分工,一个人赶牛,让牛走直线,一个人扶耩子,另一个人在地头负责倒麦种,几轮之后再相互对调。倒麦种的人闲一些。看着牛和犁在地里越走越远,他就可以歪在地头,掐一根牛筋草,有一招无一招地放在嘴里咬着，听着蓝天高空中看不见的鸟叫，晒着太阳。如果太阳晒得太暖了，一转眼睡着了也说不准。

这个月宜清理心境，摒弃繁杂的人与事，把身心交付天地，舒放开朗，宽对人生。

这个月又各方适中，最宜与家人互施中庸之道。《中庸》第二章有言，仲尼曰："君子中庸，小人反中庸。君子之中庸也，君子而时中；小人之中庸也，小人而无忌惮也。"这段话的意思是，孔子说："君子能够中庸，小人违反中庸。君子之所以能够做到中庸，是因为君子随时拿捏分寸、恰如其分；小人之所以违反中庸，是因为小人无所顾忌、恣意妄为。"

中庸就是和谐中正。中庸之道，或可理解为常理之道，合乎常理了，也就合乎常情了，合乎常情了，就是不偏不倚，就是合乎常规，就能为整个家庭认可，家庭就不会动荡，就和谐了。

中庸又是以中为用。因此中庸就是无所谓过，无所谓不及；也就是不前不后、不左不右、不里不外、不上不下；就是不偏不倚，就是恰到好处，就是不滞后不冒进，就是在最适当的天时地利人和的环境中做最该做的事情。当然，做得好了就是中庸，做得不好就是非中庸；成功了即合乎中庸之道，失败了当然是火候不到。

季秋仍宜携家人，或与友人结伴到平原上远足。或登高望远，一览天地；或赏菊采梨，愉悦感官；或仰卧草坡，披晒暖阳。这时，可以尽情弃世而游心了。游心即遐想，即以心神遨游于无极之境、洪荒蛮地、天地之涯。

季秋雨水渐少，平原上河水、湖水渐瘦。湖滩上的草地却愈显阔大，上面走几头牛、几只羊，就颇显几分古风。如果这时到青草茵茵的湖滩上去散步，你或许能遇见一个《庄子》中式样的小童。小童打着赤脚，只着一件对襟小褂，一件宽腿的七分裤。他一边牧牛，一边吹笛，一边享受暮秋的湖景。你问他什么人、什么事、什么国家，他都知道。可是你要问他放牛挣多少钱，他就推说自己曾经患过耳鸣症，不再想理你，吆喝一声屁股下的牛，转悠到离你远的地方，继续去牧他的牛、吹他的笛、观他的湖景去了。

湖边的村庄叫粪堆张。牧牛的小童可能就是粪堆张的。粪堆张前面有个朱集村，朱集村东面有条利民河，朱集村前面又有个老张集。地名，是地理和历史的"活化石"。一个地名，一般包括两个部分，一部分是通名，一部分是专名。例如山东泗河岸边的泗水县，"泗水"是专名，"县"是通名；安徽沱河岸边的埇桥区，"埇桥"是专名，"区"是通名；河南颍河流域的登封市，"登封"是专名，"市"是通名，登封也是中国少数几个现存以皇帝年号命名的市县名称；江苏淮河岸边的淮安市，"淮安"是专名，"市"是通名；广东有个潮州市，"潮州"是专名，"市"是通名；云南有个施甸县，"施甸"是专名，"县"是通名；甘肃有个临潭县，"临潭"是专名，"县"是通名。这就好像一个人的姓名，姓表示家族，名代表个人。县、区和市代表你分在哪一类里，泗水、埇桥、登封、淮安等则是专属于你的称呼，别人不能享用。

这个月的珠颈斑鸠都丰腴、肥硕，起飞时身体显得十分笨重。

有时候它们飞到窗户的花架上,咕咕地叫,一只爪踩在窗台上,一只爪抓在窗框上,还歪着漂亮的脑袋,从打开的窗户外往书房里看。这时或可跟它对话,对它说:"漂亮的斑鸠,你好呀。"可是又怕出声时吓到它,把它吓跑了。因此有些犹豫,有些欲言又止的窘态。不过有爱还是大声说出来吧。于是我对珠颈斑鸠说:"漂亮的斑鸠,你好呀。"

珠颈斑鸠歪着它漂亮的脑袋,不停地动着,好奇地往窗户里看。看了一会儿,它的兴趣有点转移了。它转身回到花架上,大声地咕咕叫起来,好像是在召唤同伴。叫了几声,它侧耳倾听,似乎听到附近另一只珠颈斑鸠的叫声了。于是,它扑棱飞起来,拐个弯,从窗框的画面里消失了。珠颈斑鸠一点都不怕人,还喜欢和人接近。春天的时候,它们经常把窝筑在花架上,在里面下一个或两个蛋,初夏的时候,小珠颈斑鸠就长大飞走了。

傍晚在小巷边的小摊上吃牛肉饼,这大约是这个季节最好吃的美食之一了。刚走进一个小巷,就闻到一股奇妙的肉香,从小巷前方的十字路口飘过来。我知道那是牛肉饼小摊又出摊了,紧赶慢走,在小巷拐角附近的牛肉饼小摊旁站住。还好,这时人还少,至少中学生还没放学,附近商业专科学校的学生也还在等待下课铃声。这就放心了。几乎是独占了牛肉饼小摊的正面。油倒进平底锅里,吱吱叫着,摊平的牛肉饼也放进去煎着了,油香和肉香喷涌而出,引得人直咽口水。油煎的牛肉饼,在街头,才能极尽可能地显示它的诱惑力。

这个月仍宜登高放歌,一抒胸臆。在人迹罕至处唱自己喜欢的老歌，或放开嗓门大唱不上路子的美声歌曲。若有人经过，就小声哼唱，或暂时歇息，待来人离去，再一展歌喉。

在楼顶的园子里消闲时，发现有一些蚂蚱从蔬菜棵子里蹦出来，还有一只蚂蚱飞到花架上的花盆里。我有些吃惊，这么高的楼顶花园，它们怎么能来到这里？有可能是通过其他花草、蔬菜，把卵带来的吧。我上前捉了一只细看，这是一只绿色尖头的蚂蚱。我想起小时候在平原的一片浅山的小山沟里，和小伙伴们在草窠里捉蚂蚱，然后架上石头，用火烤蚂蚱吃的情景。山柴火把蚂蚱烤得直冒油，香气弥漫，小伙伴们你争我抢，把烤蚂蚱吃得精光。

后来有一次，我大学毕业刚工作，分配到政府办公室做秘书，有一次跟市长下乡检查工作，傍晚工作结束后，我一个人骑自行车回城，路过郊外农田里的一块草地。很久没能一个人在乡下的草地上呆坐了，于是就下了车，把自行车支在旁边，一屁股坐到了草地上。我刚坐下，就有一些星星点点的影子，往四面八方蹦跳出去。仔细一看，原来是一些蚂蚱。这些草地正是它们的家园。

蚂蚱的学名叫蝗。蝗在人间的口碑一直十分糟糕。它们后足强大，跳跃能力强，它们的咀嚼式口器对禾本科植物危害巨大。在特定情况下，蝗虫会发生群居效应。所谓群居效应，就是当散居型蝗虫因生态、环境及其他外力改变时，可能会变为群居型蝗虫。群居型蝗虫在飞行、生存、繁衍等方面的能力倍增。当蝗灾来临时，蝗虫数量常以百万、千万或亿计算。它们飞临的地方，所有植物都被啃噬一空，给当地农业生产和生态环境带来灾难性打击。

这个月，我到田野里去。有时候田野里正午的风很大，但仍然暖暖的。我从草丛里掐一根成熟发黄的狗尾巴草草穗，做一次个性化的卜筮。我面向东南的风向，把狗尾巴草的草穗，迎着风，高举起来。然后我闭了眼想：如果风把大部分草籽吹走，那么来年全球粮食丰收；如果风把小部分草籽吹走，那么来年全球农作物歉收；如果风吹走了一半草籽，那么来年全球谷物平收。我睁开眼，抬头去看手里高举的狗尾巴草草穗。可是心一慌，手一抖，草穗没拿住，被突然袭来的一阵大风吹走。蓍不二作。看来，明年全球谷物的事情，我当不了家，做不了主，也就由它去了。

这个季节，野生燕麦已经开过花，结了果，完成了它全部的生活史，正在枯萎、死亡。这个月从湖堤的草丛边走过时，经常能看到正在发白、变干的野燕麦。野燕麦的果实，像一个个正在凌空飞翔的小燕子，不知道这是不是它名称的来源。湖边的风较大时，野燕麦的种荚就会裂开，在风的帮助下，飞动一段距离，在新的土地上居留下来。原地落下的种子，也会求新不厌旧，在本土静待来年的雨水、阳光和气温。

野燕麦是禾本科一年生草本植物。所谓草本植物，就是茎内木质部不发达、木质化细胞较少的植物。草本植物一般都比较矮小，茎干一般较柔软，在生活季结束时，它们中的大多数，地面部分大都会死亡。草本植物完成整个生活史的过程，有的是一年，例如高粱、玉米、大豆、马齿苋；有的是两年，例如萝卜、胡萝卜；有的是多年，例如菊花、小蓟、野蒜。

野草地里最常见的是狗尾巴草，狗尾巴草也是一年生草本植物。每年一到初秋，直至仲秋、季秋时节，狗尾巴草高高花茎的尽头，就会垂着它谷穗一样的果实，特别显得果实累累。狗尾巴草据说与麦类和谷类都有很近的亲戚关系，它们通过不同种类之间的杂交，再经过人的驯化，才成长为高产高质的冬小麦这一类农作物。淮北平原俗称狗尾巴草为毛谷谷草，这是就它结籽时的样态命名的。在荷塘的塘埂上，一眼望去，一丛丛聚生在一起的狗尾巴草到处都是，有时把小路都遮住了。走上前去仔细分辨，那种穗子直立的，是金色狗尾巴草，那种穗子向下弯的，是大狗尾巴草。

水边、水岛或浅水里的茳蓼，由于小环境不同，它们正在开花，或开花已过了鼎盛期。茳蓼的花多呈水红色，花穗下垂。茳蓼是一年生草本湿生植物，它们枝节长大、架构开放，如果水边或湿地里生长条件好，它们就会长相舒展、绵延成片，水红一片。在暮秋各种植物枯萎的时节，它们的存在，显得十分耀眼和突出。

在水边还能找到酸模叶蓼。它们茎干粗壮、直立，草茎略微发红，叶片有铁锈斑。当你看见一只红翅膀的蜻蜓停在一根直立显眼的草茎上的时候，你再仔细观察，就能发现蜻蜓大多是停留在水边的酸模叶蓼上的。酸模叶蓼的叶子有点酸味。小时候，我们叫它酸草，会把它的叶子放在嘴里嚼，味道酸酸的，很能减缓口渴的感觉。

石榴是黄淮流域这个季节的标志性水果。挑晴朗的天气，到郊外去爬平原上的浅山。浅山的海拔或仅有三五十米，五六十米已经显得有点高了。山都是石质的，山坡上的石缝里，这里一棵，那里一棵，整座山都长着树皮苍老的石榴树。不一定是树龄的原因，石榴树本来就虬枝裂皮的，有苍老相。

不知道为什么，石榴就是适宜长在土质贫乏的石头山坡上。在这些地方生长的石榴，果实巨大，成熟时果皮颜色有红带紫，还时常两两双生。打开一个来看，只见石榴籽有红有白、粒粒饱满，扔几粒在嘴里，便顿觉酸甜适口、渣少汁多。石榴多吃一些没有关系，它可是有助于消化呢。

孟冬的到来总是让人心生荒凉的。

立冬这一天，无论阴雨晴暖，我总会挑一本书，今年这一本是《齐物论》，泡一杯石斛茶，到北边的房间，面朝北偏西的方向，坐在椅子上，读上半天。现在太阳更向南半球方向回归了，离我们生活的北半球更远了，天气愈加冷凉了，阳台和飘窗里夏天和秋天太阳照晒不到的地方，很快又能够照晒到了，床和地板也要用床单或地毯盖上了，以免阳光长期照射，出现老化现象。虽说是读，但往往只是半读半想，有时候沉湎于冥想，有时候和自己脑袋里的一个知识辩论，有时候做白日梦。

平原上的植物都在褪色，或者在落叶，或者在枯萎。这个月，秋收秋种基本结束，最多只留下一些扫尾工作。小麦已经出芽了，广袤的平原上，逐渐地显现出大片大片的浅绿来。

二十世纪七十年代，在那个以农业生产为主的时代，每年一到冬季，有一些生活方面的规定动作，就像生物钟一样，自然而然就要动起来、做起来了。

必须要做的一件事，是割牛草。那时候的整个冬天，生产队里几十头牛和几十匹马的饲料，是一个重大问题，必须抓紧解决。秋收留下的玉米秸、高粱秸、大豆秸，还有垛成垛的小麦秸，根据经验看，是不够的。于是队里就组织几十口人，大部分是妇女，坐上马车，到东大湖割秋草去。冬大湖地势低洼，广阔无边，一望无际，到处都是过膝高的野草。由于面积太大，人们还没有能力把那里改造成农田，因此一直都是原生态的那种状态。东大湖离生产队大约二十公里，管理权属于县林场，只要提前跟县林场沟通好，同意交一部分割下来的草作为报酬，人家就会放行。

两辆马车拉着几十口人到了林场，临时住在林场会议室里，打上地铺，锅碗瓢盆都是自己带的。到了就下地干活，一秒都不带停的。荒原里的草主要是牛筋草、野稗草、狗尾巴草和莎莎草。几十位妇女分散到荒原上割草，不一会儿就割得很远了，从场部外面往原野里看，原野里的人都是一些小点点。

割草如割麦，这是妇女的强项。妇女的耐力好，弯得下腰，速度快，连续割上三五天，没有问题。大部分男人要差很多。男人割麦、割草，弯不下腰，也没耐心，割麦、割草的速度，一般情况下，都比妇女们慢。不过林场提供了两把长柄草刀，给男人挽回了一些颜面。用草刀割草时，要求割草的人双腿叉开、站稳，把刀抡起来，一抡半个弧形。如果熟练的话，这种割草法比用镰刀割快得多，但对人的体力要求也很高。刚上手的男人虽然不怎么熟练，但男人那站姿，先就显得威风凛凛，吸引了妇女们的注意力，引得她们心里一阵骚乱。这种动乱表面平静下去，要半天时间，但心里平静下去要多长时间，就不好说了。

到达荒原的男人，主要的工作是负责把割下来的青草就地均匀地摊开在荒原上晾晒。下午够一车时，就把晾晒的草装车，码到车上去，码得又高又结实，再用粗绳强力煞住，运回村里。草运回村里后，卸到打麦场上摊晒，卸了马休息。第二天清晨，又趁早起来，返回林场的荒原。这时，另一辆马车已经装满草往村里回了。两辆马车就这样来回穿梭，把割下来的草运回生产队。

第二件必须要做的事，是准备烧锅用的柴草。那时候没有电器，没有液化气和天然气，只能用柴火烧土灶来做饭、烧水，因此准备好过冬用的柴火，十分重要。

像牛马吃的草一样，麦秸、玉米秸、高粱秸、黄豆秸，甚至稻草，都是烧锅的材料，但数量还是不够的。于是冬天来到的时候，农活几乎都忙完了，如果生产队没有其他安排，社员就会在寒风刮起的那一天，背上粪箕，粪箕里扔了一卷苘绳，扛着竹耙子，到野外去收集干枯的野草和树叶。

树林那时都变得疏朗、透明而且沉寂了。有人从河堤的树林里走过，很远就听见有人用竹耙子搂扒树叶的声音，但还看不见人，只听得到哗啦哗啦搂扒的声音，也知道那是有人在搂扒落在地上干枯了的树叶。很想看见和知道那是一个什么样的人在搂树叶。是男的，还是女的？是老的，还是少的？是本村的，还是别的村的？是自己认得的，还是自己不认得的？但尚未看见。一直往前走，眼光早超前在搜索几百米以外的声音来源处了。不过还未得见。树林的干枝上有零星的鸟叫声。堤下的河水很清亮。远远都快看得见渡口了，渡船还停在河对岸等人。只是还未得见那个搂树叶的人。

不过，麦秸、稻草、玉米秸、树叶等这些柴火，都属于软柴，它们不耐火，没劲，需要大火的时候顶不上去，像树叶、稻草等，瞬间火头一过，就熄火了。这时就需要一些耐烧、有后劲的硬柴。树枝就是硬柴。

北风起来的时候，队里会安排几个男人，由副队长领头，拉上架子车，带上铁锹、菜刀、苘绳，到河堤的树林里，带修理树形，带砍些树枝来，分给大家当柴烧。这些男人来到河堤上，跟护林员汇合到一起，却不忙着干活，而是蹲在河堤上，或坐在架子车上，或靠在树上，一边吸烟，一边闲唠，一边看下面的河滩、河水。

河堤上种着大量刺槐树。刺槐树耐贫瘠，生长快，生命力强，天旱些、涝些，问题都不大。随便在哪里种一棵刺槐，它一边自己长大、长高，一边不停地从根部长出小树苗来，小树苗第二年或第三年长大了，又生出一些小刺槐来，连大的带小的，不几年时间，就能长出一片小树林来。

那时候，队里的男人十个有八个会吸烟。他们有两个人吸烟袋，将自己晒干揉碎的烟叶按在烟袋锅里；这种烟既辣且呛，烟要吸完时，烟袋锅里会发出嗞嗞啦啦的烟油子声。副队长等三个人吸自制的卷烟，副队长带着裁成长条形的废报纸，三个人一人一张，把自制的碎烟倒在长条形纸上，然后用两个手指捏住纸的一角，把纸旋转起来，旋转成一头闭合一头开放的喇叭形；这时要伸出舌头，在另一端的纸角上舔一舔，把纸角舔湿，贴紧，一根纸烟就制作完成了。看一个人制作纸烟的水平，只要看他把烟卷得紧不紧就看出来了。只不过这种烟不禁烧，常常几口就吸完了。有时候报纸还容易起火，点火时，报纸刺啦一声烧起来了，只好赶紧用嘴把火吹灭，烟也只剩小半支了。

河堤上的人吃烟吃够了，也歇够了、唠够了，也看够了，这时就该起身干活了。他们用铁锹、菜刀把地上生得杂乱的刺槐铲掉，把刺槐树下部长得多余的树枝、斜杈砍掉。干到晌午，收工。拉一车树枝回村，倒在生产队的场上，由它晒去。

下午吃过饭，这几个人再拉着架子车去河堤干活，干到天快黑，又拉一架子车树枝回村，剩下的就留在河堤上，反正有护林员在那看着，也丢不了。这样一天天积累，一两个月以后，就够分的了。社员家按人头，一人一份。分到社员家里，一般都省着，平时不舍得用这种树柴，要到快过年时，烧荤菜或蒸馍的时候，才用它把火顶起来。

队里在小河边有一长条菜地，有专人种菜，不定期地给社员分蔬菜。菜地旁的河岸边，挖了一个深陡的水池。蔬菜比较吃水，这样遇到天旱时，小河里的水不多了，但深池里总会有水，就不会让蔬菜渴着。

深池上架着一种提水的装置，似乎就是《庄子》等古书里经常提到的桔槔。这种提水的装置，在二十世纪七十年代的黄淮平原的水井边还经常能够见到。这种装置是这样的：在河岸或水井边，立一根结实的粗木，粗木的上端横绑一根较长但结实的粗木棍，但两端的长度不一样，木棍短的那一端用绳吊着一个水桶，木棍长的一端系着一根绳，这样就形成了一种杠杆。

平常不用时，没有水桶的那一端翘在空中，有水桶的那一端放在地上。需要提水时，先把桶放进井里。等水桶汲满了水，人从另一端把绳子往下拉，灌满水的水桶就会被提上来。夏天人们干农活归村，走到井边，干渴难耐，往往会用这种汲水工具打上满满一桶井拔凉水上来，然后轮流趴在水桶上饮个痛快。喝到肚子饱饱的，干渴也解除了，再回家做饭、做事去。

小河边的这种提水装置虽然很原始，但对菜园的帮助极大。天气热旱时，用这种装置就近提水，园子里的菜长得又水灵又旺盛。孟冬分青萝卜时，负责菜园的那几个社员，从中午就开始拔萝卜，生产队会计则带着人用秤分萝卜。家里有老年人的，早早就挎着竹篮子把分到的青萝卜挎回家。家里没有老年人的，收工回到村里后，再专门到小河边的菜地里把分到的青萝卜挎回家。

孟冬的菜地里，蔬菜的品种比夏天和秋天少多了，但用十个指头也数不过来。大蒜是冬天的主打蔬菜，所有的菜园里都有蒜苗的身影。莴笋也很适应严寒天气，冬天可以偶尔打下它们外面的叶子食用，焯后加蒜片凉拌，或烧菜、烧汤，都很好吃。苦菊在冬天长得几乎和秋天一样好，过些日子剪些下来，能清热去火。从雪底下扒出来的乌菜，配上羊肉，烧出来的汤，不用说，那是味美无比的。芫荽在冬天一直都长得很好，叶绿茎青，即便是在初冬才把种子撒下地，它们也能在冬天，或初春，陆续出芽、发棵。

这个月，天气晴暖时仍可在平原上远足。听到天空中传来最后一批南行的雁鸣声时，可立定脚跟，闭目设定一个温暖可心的意愿。如果大雁的数量是偶数，这个愿望就能实现；如果大雁的数量是奇数，这个愿望就能被他人实现。这时再仰起头来，细细观察一会儿排成一字、一会儿变成人字的大雁数。也借此拓宽视野，开阔胸襟，畅享原野上清鲜的空气。

这个月在平原上行走，可以一边大步流星地疾走，一边仿《论语》句式，做一些戏说。

比如，《论语》开篇第一段是，子曰："学而时习之，不亦说乎？有朋自远方来，不亦乐乎？人不知而不愠，不亦君子乎？"就可以戏仿成：

开会时思想开小差，想到匹夫匹妇是从匹配意思里来的，不亦悦乎？

做完爱突然想起一句话"食不语，寝不言"，吃饭时可以不说话，做爱时却很难做到不交流，不亦乐乎？

吃腊肉炒蒜苗时想起《论语》里的干肉条，增加了食欲，不亦悦乎？

白米饭上堆了岗尖儿岗尖儿的蒸腊肉、蒸咸鸭子，香喷喷的，端着碗蹲在门口吃，晒着冬阳，不亦悦乎？

朋友聚会，我埋头啃卤猪蹄不搭理人，不亦君子乎？

躺在沙发上读孔子，还有水果、炒货、黄茶伺候，不亦君子乎？

想起女儿孝敬我的衬衫，觉得应该感谢孔夫子倡导孝敬，不亦悦乎？

出国访问时要求着正装，又要频频鞠躬回礼，想起"鞠躬如也"，不亦乐乎？

向妻子表示我很羡慕妻妾成群的生活，妻子说："你做梦去吧！"不亦乐乎？

洗个热水澡后轻快上床读《论语》，不亦君子乎？

这个月的美食，至少有手撕烧鸡。那是怎样的一种美味！

上午天还是暖的，出着太阳。在街外的停车场停了车，就相跟着走进小镇的老街。街上人流汹涌，两边的店铺紧挨着，各自经营着不同的生意。有的卖水果，有的卖百货，有的卖电动车，有的卖电线电缆，有的卖化肥种子，有的卖炒花生、炒瓜子等炒货，有的卖香烟烧酒，有的专卖炒板栗，有的专卖馍，有的专卖煎饼，有的专卖杂粮，有的卖图书文具，有的卖农具。有卖煎包、煎饺、油条、油饼和麦仁粥的早点铺，有鲜花店，有快餐店，有理发店，有药店，有手机店，有收快递的门店，有超市，有宾馆，有羊肉汤馆，有牛肉汤馆，有烧烤店，有室内装修店，有复印打印店，有家具店。

忽然走到一个比较开阔的地方，原来是小镇火车站的站前小广场。站前小广场的斜对面，有一条不大的小巷，小巷拐弯的地方，有一个玻璃墙的门面，那里就是当地最有名的烧鸡店。没进店时，一股说不清楚的烧鸡香味就扑鼻而来。推门进店，烧鸡的香气就更浓了。找一个靠窗的桌子坐下，由家里掌钱的到窗口买一只烧鸡、一袋鸡肫、一瓶啤酒、一小碟花生米来吃。刚出锅的烧鸡黄澄澄、香喷喷、外酥内软。吃烧鸡最忌用刀切碎，那样口感就大不一样了，必须用手撕来吃，才最有感觉。先用矿泉水洗净手，家人围坐在桌边，然后手撕一只烧鸡腿来吃。一边慢悠悠地吃，享受，一边看小巷里的市井风情和窗外走过的人。鸡肫也不能用刀切，直接从纸袋里抓一个来吃，花生米也用手捏来吃，那才是莫大的享受。

这个月，不畏寒的枇杷树开始开花了。枇杷树的花，是灰白色的，没有什么香味，倒是略微有一点苦涩味。我经常在枇杷开花的时候，在枇杷树下站立很久，想一些事情。是的，枇杷树的花的确不香，不能给人们带来嗅觉上的愉悦，但它却更令人尊敬。因为能在冬天开花、结果，应该说是非常不容易的。对它，还需要有进一步的要求吗？

这个月，要鼓励家人多思考，进行知识、思想的积累和创新，务必弃绝顺风跟水惯习，保有自我纠错能力。有思考就有发现和创造；同样，有规划才有需求。

孟冬这个月，有些年份要下雪了，少数年份已经下了不止一场雪了。上午的气温还比较高，甚至有点过热。到了下午，偶尔听到北边的窗外有呼呼的声音，其实并不知道是什么声音，但人的兽性仍保留了许多，内部的机理便自动启动了，不由自主就侧耳倾听，哦哦，难道是起大风了吗？立刻起身到北窗观看。原来真是起大风了，风从树枝间穿过，撞得树叶哗啦哗啦响。乌云在天空聚集起来，飞鸟都隐匿了踪迹。这些都是要变天的征兆。

到傍晚时，天已经早早黑了下来。风稍小了些，零星的雨点洒在地面和街道上。城市里的灯都亮起来，显得温暖、可倚。归家的人脚步匆匆，都是一脸渴望，毕竟人们到了冬天都特别恋窝。人们这时都明白，人还不能支配所有事物。不知夜晚的何时，小雨转成了中雪。早上起来，天已经晴了。看到园子里积了很厚的一层雪，不由就惊喜地呼唤家人过来观看。园子里，只有橘柚和枇杷的叶子还绿着，枇杷还开着花呢，白雪积在绿叶上，令人感动。

  第一场雪后的平原，景观略有不同。最抢眼的，是在白雪皑皑的村庄里外，那些橙黄的柿子。柿子树的叶子都落尽了，只剩下没人摘取的柿子挂在树上。柿子摘下来后，很难较长时间保存，在城里也卖不上好价钱。另外，现在孩子们大都在城里上学，即使回家，也难对柿子有较大兴趣。因此，农村家里家外的柿子，经常就放在树上，没人摘。还有些地方，为了给冬天的飞鸟提供食品，干脆不把树上的柿子摘下来，让它们留在树上，供鸟雀啄食。

  几十年前的孟冬时节，落过雪的原野显得有些寒荒。几位友人结伴到原野里去，然后在河坡外一片秋收过的豆子地里分散开。他们每人在附近找了一根树枝，用手里的树枝拨打雪下面的豆秸堆，有时甚至能把豆秸堆翻过来。他们一直在黄豆地里走，有时在路边荒草地里走。突然，在人都反应不过来的时候，一只长耳灰毛的野兔从豆秸堆里蹿出来，向河边奔去。几个人都惊叫起来，靠近河边的同伴立刻前去堵截。野兔又折回头向黄豆地的另一头奔跑，那里的同伴立刻堵截。用这种办法，偶尔能捉到一两只野兔。但野兔跑得太快、太灵活了，大部分情况下都捉不到。

  初冬时原野已经基本上寂静下来了。虫声几乎听不到了，鸟鸣声也很稀罕，野生的小动物都躲藏起来了，植物大多已经枯萎。

浅水里的荷梗干枯精瘦,水面下小鱼的游动也略显迟缓。有些地方,或有些年份,水体靠近岸边的地方开始结冰,但这时的冰层一般较薄,用一根干枯的蒿草去戳一戳,冰面就会破裂。

不过植物上有时候还有蚜虫。在避风向阳的植物的嫩芽上,或叶片里,特别是园子里的莴笋叶里,或四季青叶子里,有时候蚜虫突然聚成了一小堆。当然,那不是它们的聚集,而是它们的繁殖速度太快了。

蚜虫是一种非常奇特的昆虫。当条件具备时,或环境需要时,蚜虫就既可胎生,也可卵生,既可有性繁殖,也可无性繁殖,既可有翅,也可无翅。当然,从人类的角度看,一般而言,蚜虫是一种害虫,因为它吸食农作物或蔬菜的汁液,给人们的收成带来危害和不确定性。

这时候,在平原上最常见的是麻雀。麻雀也一改春季、夏季和秋季的舒展、喧闹、快乐,变得沉默萎靡。它们缩头缩脑地蹲在干枯的芦苇上,也不怎么想飞、想动。有时候它们飞了,并不飞太远,飞到附近树叶落尽的柳树上,群集在那里,呆呆地、瑟缩地望着天地,似乎不知如何是好的样子。

这个月开始,可以用少数时间和别人说话,用多数时间和自己对白。

仲冬的到来总是让人心生厚重的。

无论阴雨晴冷,大雪节气这天,我总会挑一本书,今年这一本是《老子》,泡一杯刺蓟茶,到北边的房间,面朝正北的方向,坐在椅子上，读上半天。现在太阳更向南半球方向回归了，离我们生活的北半球更远了，天气愈加寒冷了，阳台和飘窗里夏天和秋天太阳照晒不到的地方，很快又都能够照晒到了，床和地板也要用床单或地毯盖上了，以免阳光长期照射，出现老化现象。虽说是读，但往往只是半读半想，有时候沉湎于冥想，有时候和自己脑袋里的一个思想辩论，有时候做白日梦。

大露台的园子里，总是有北风，或西北风，呼呼地吹过。在室内，冬天的情况和夏天的情况完全不一样。夏天如果有哪个窗户没关好，露出一点缝隙，不会有什么特殊的感觉。但是如果冬天有哪个窗户没关好，或大露台的门没关实，立刻就能听到风的呼啸声，或风的挤兑声。最初可能不清楚呼啸的风声的来源，还四面寻找，或误以为是室外的风声，还会咕哝一句说："呀，今天的西北风可真大！"但偶尔去门窗边，呼呼的冷风冲击着脸面，这才知道，原来是没关好的一个小缝产生了巨大的风的呼啸声。赶紧检查一下门窗。门窗全部关紧以后，呼啸的风声顿然消失了。

大露台上的箬竹，是风来时的吹哨者。箬竹叶子总是被风刮得很响。箬竹的叶片长大而稠密，比别的植物叶片摩擦时发出的声音都响。风来的时候，箬竹叶发出一大片哗啦哗啦的声响。这时候，就知道风来了，风也很大了。

早几十年，仲冬时节是开展农田水利基本建设的好时机。这段时间没有多少农活，也还没到过年的时候，于是人们就会安排各个生产队，组织人力到平原上挖河去。由手扶拖拉机、马车、手推独轮车，甚至牛车，把人、木棍、苇子席、锅、碗、盆、瓢、水缸、被子、柴草、面粉、红芋、白菜、红芋粉条、铁锹、柳条筐等等，一股脑儿都运到平原的河边去。各个生产队分一段河道，长度有一两百米，这段河道就由这个生产队负责，按标准挖好了，就可以收工回家过年了。

在待挖的河道边，用木棍和苇席搭一两个人字形的工棚，这是住人的。男女住在一个工棚里，男人住一边，女人住一边。工棚两头各放一个木桶，当小便桶用，门口那个桶大，也高，靠里头那个桶小，也矮。夜里男女小便，男的到门口那个桶里解手，女的到靠里头那个桶里解手。有时候男人睡得迷迷糊糊的，跑到靠里头的木桶里小便，就会招来女人一阵叫骂。一夜过后，工棚里臊烘烘的，但由于外面太冷，而工棚里人挤人的，比较暖和，因此尿臊气就不显得那么重了。再搭一个厨房，这是烧饭的，专门安排了一个男的，烧锅带买菜，带记工分，另有两个妇女做饭、做菜。

留在村里的人，都是老人、小孩。小孩们到处跑着玩，手露在外面，都冻得开口子，裂得能看见肉；脸冻得通红，皴得摸上去挂手；耳朵冻烂结疤，不能碰，一碰就疼得受不了；但孩子们似乎不觉得，该怎么玩还是怎么玩。留在村里的老太太都有事情做，一天到晚闲不下来，收拾收拾东，拾掇拾掇西，再做做饭，喂喂猪，喂喂羊，一天不知不觉就过去了。留在村里的老头，一天里唯一的去处就是队屋的南墙根，出太阳时那里是世界上最暖和的地方，老头们在那里晒晒太阳，打打盹，吸吸烟袋，操几句闲话，该到做饭的时候了，就各自回家，帮家里人烧锅做饭去。

还有少数老头，冬天没事，不愿意在家里待着，也不想在队屋的南墙根吸烟、晒太阳，就背上粪箕子和粪耙子，到平原上野地里转悠拾粪去。他们在足所能及的原野上到处遛，见到地里有牛拉的屎、马拉的屎、驴拉的屎、狗拉的屎、人拉的粪，都一股脑儿扒进自己的粪箕里。每年冬天他们都拾粪，因此看见粪就知道这头牛或这匹马吃的是什么草料，是吃的干草，还是吃的麦秸，还是吃的红芋梗，还是吃了些麦麸子，或吃了些豆饼，都能看出来。要是人粪的话，就能看出来这个人吃的是红芋多，还是吃的玉米面多，还是吃的好面（麦面）多，还是多吃了一些高粱面。

那时候粪是金贵的。一个勤快的老头，一个冬天，能拾几百斤粪，都堆在屋后的粪堆里，开春把这些堆酵过的肥卖给队里，能挣不少工分；或施到自家的自留菜地里，一年的蔬菜都长得好。

仲冬时没有植物和农作物的遮挡，可以把平原看得更清楚。河流、河堤上的树林、村庄、农田、坟墓、较远处一个行走的人、池塘、土坡、电线杆、田间土路，都变得十分透明，一眼望过去，都看得清清楚楚，无一遗漏。感觉上，似乎连刮过的北风，风运动的轨迹，都看得一清二楚，无一遗漏。

冬天的平原，表面上看，似乎一马平川，内涵单调。不只是冬天，所有时候的平原，总体而言，表面一看，都似乎一马平川，内涵单调。但我们考察过人类历史之后，就会发现，平原对人口的承载能力、对人们相互之间的交流、对人们交流的频繁程度、对文化和创新传播的速度、对人们相互间的竞争，它的交通优势都起到了关键作用。法国历史学家布罗代尔曾经断言，文明可以沿地平线传播，但无法垂直传播，哪怕一两百米都不行。虽然话说得有点绝对，但他想表达的道理是清楚的。

于是，人们又发现了文明不上山的规律。人们发现，文明到达山顶，或翻过山岭到达大山背后的时间，总是慢几拍的，或慢几十拍的。从自然地理的视角看，这有其明显的理由，当然主要是交通不便利的因素。

大山和平原还有人口密度的不同。大山里总是人口稀疏的，平原上总是人满为患的。大山里的人口稀疏，并非大山不想养育更多的人，而是大山本身对人口的承载能力脆弱、有限。平原也不是想人满为患，而是平原的产出本身就能承载大量人口，平原想人口不多都不行。在平原地区，一两亩地就能养活一个五口之家。而在山区，农田都是小块的、边缘性的，十几亩，或几十亩，甚至上百亩山林，或许才能养活一个五口之家。

人口密度与文明成熟度呈正比例关系。在正常情况下，一般而言，人口密度越大，文明程度越高。这是因为人口密度越大，相互交流越充分；人口密度越大，信息传播越快；人口密度越大，人们在社会层级上的竞争越激烈；人口密度越大，人们经见的事情越多；人口密度越大，人们对资源的竞争越激烈；人口密度越大，人们越钩心斗角；人口密度越大，闲人越多，因而生存之外的需求越丰富，与生存无关的创造和发明越多。在这种种情况下，平原人群的文明程度更高。

《史记》记载了战国时期的兵家吴起与魏武侯的对话，武侯说，你看俺魏国山河多么险固，这些都是国家的天然屏障呀！吴起于是别出心裁地说，政权的稳固不稳固，"在德不在险"。即仅仅地形险要并不管用，重要的是能够以德养国，以德养国了，国家便能稳固。吴起的话自然没错，也没人能够反驳。不过以德养国的原则与所有制胜原则一样，都要因时因地变化，因时因地变化，德才能成为克敌制胜的法宝。吴起的潜台词，或许可以理解成平原与险隘之间的辩证关系。

甚至人类社会比较正规的战争和兵器，都是为应对平原环境而产生、发明的。在人类历史上，人们总是围绕平原而启动战争。谁夺取了平原，谁就赢得了权力，赢得了历史。在人类社会里，有点分量，或上点档次的战争，都发生在平原条件下。人类也是为了应对平原上的战争，才发明了兵车等革命性的重型装备。因而谁装备了更多战车，谁就赢得了战争；谁赢得了战争，谁就占有了平原；谁占有了平原，谁就占有了文明和资源；谁占有了文明和资源，谁就变得更强大无敌。

仲冬这个月有冬至节气。这一天太阳到达南回归线，即南纬23°26'的纬线，这条线又称冬至线。所谓冬至线，这是从北半球的角度而言的。这一天，太阳垂直照射地面的位置到达一年中的最南纬线。北半球房间里的飘窗和室内能直接照到太阳的部分，也是一年里最多的。冬至的"至"，是极致的意思，这天北半球白天最短，此后的白昼越来越长，直至夏至。冬至这一天，太阳在南半球高度角最大。

仲冬到来的时候，平原上的主妇们开始做各种地方果子，小贩们也在加紧加工当地各种可口的果子。有一种果子叫蚂蚱腿。

蚂蚱腿的做法是，先和好面，把面擀开，切成一小段一小段，像蚂蚱腿那般长短大小，然后放进油锅里炸；炸好后，再放进熔化的热糖里滚一滚，冷凉后就可以食用了。这种果子吃起来甜甜的，还有一股面香，很是好吃。

另有一种叫焦叶子的果子，是把和好的面擀成面皮，面皮上撒上芝麻，把芝麻擀进面皮里，再用刀切成一个个菱形，放进热油里炸。炸到面皮焦黄时，就可以出锅了，用漏勺把炸好的焦叶子捞出来，放在架子上控油。油控完了，除了趁热吃，剩下的可以用食品袋收起来，放在冰箱里，随吃随取，这样放上三月半年，焦叶子也不会变质变坏。这种果子吃起来嘎嘣香脆，还不会把胃吃坏，即使贪吃吃得多一些，也没有问题。

还有一种果子叫糖三刀。这种果子一般家里的主妇做不了，也不太上心去做，小贩们倒做得多，因为大人、孩子都喜欢吃，销路好，不愁卖不掉。

糖三刀是一种甜食。制作糖三刀，据说要先用开水烫面，边往面里加开水，边和面，这样烫过的面做出的糖三刀才软糯香甜，即使不加糖，也有香甜的味道。面烫好了，在案板上撒上干面粉，揉成长条形，再用刀快速切成麻将大小的方块，有时候切成稍长点的长方块。为了进油、进糖方便，要在切好的面块上面用刀划开三道口子，糖三刀的名称大概就是这么来的吧。

把切好的面块放进热油里炸，炸得通体偏黄时，用漏勺捞出来，直接放进热糖稀里滚过。糖三刀就做好了。这种果子遍体焦黄，上面沾满似蜜的焦糖。在偏远的小集镇上，或者在黄河故道果园里的小聚住点里，看见小贩推车卖焦亮的糖三刀，就会禁不住上前去买一些。买来的糖三刀用纸袋装着，把手指头伸进去捏一块，稍软粘手，放进嘴里，无比香酥甜糯，极其可口难忘，嘴里吃一个，心里却惦记着下一个，吃了下一个，心里又惦记着纸袋里的那几个，一直到吃完，才算罢休。

炒花生，主妇们都会做。先准备一些饱满带壳的本地土花生，再到野外的沙土地里去挖些干净的沙土来，然后把沙土和花生都倒进锅里，用锅铲子翻炒。开始的时候，沙子和花生都不太热，这时翻炒的速度可以慢一些。沙子和花生逐渐都热了，翻炒的速度就要越来越快，如果速度慢了，就会把花生炒煳，就不好吃或不能吃了。

花生炒好时，先把锅从火上拿下来，然后用那种铁丝编的漏勺把花生都"捞"出来，把漏勺晃荡晃荡，让花生们相互碰撞，干热的沙土就都漏下去了。刚炒出来的花生最好吃。小孩们都围在锅边，迫不及待地抓起刚炒好放进匾里的花生就跑，一边跑，一边把热烫的花生往嘴里塞。大人在后面用话追着，道："烫嘴，烫嘴。"孩子的小嘴都烫得生疼，但这也挡不住他们的馋劲。他们一个个地直接把花生壳用嘴咬开，香得他们连壳带果都吞下去了。他们顾不了那么多了。

炒南瓜种也是这时候受欢迎的果子零食之一。吃南瓜时，主妇们已经把南瓜种都留下来了，在窗台上晒干，装进布袋里收藏好备用。炒南瓜种就直接放在锅里炒，整个屋里逐渐都弥漫了一股南瓜种特有的瓜香气。南瓜种炒到两边的平面略带点焦煳，就是最佳状态了。

孩子们闻到香气，都跑过来，看见炒好的南瓜种，纷纷挤上前，抓起一把就跑，连壳带仁都嚼吧嚼吧吞下去。借助美食的诱惑，孩子们都上了主妇的"圈套"。主妇们看在眼里，喜在心里，一点都不去阻止他们。南瓜种是最灵验的打虫药，孩子们肚里经常有蛔虫，南瓜种一吃，蛔虫纷纷中招，有时候比吃宝塔糖还有效。

这个月无疑要愈加厚爱家人，给他们居家的温暖，给他们衣食的丰足，给他们安全的倚靠，给他们慈厚的抚爱。必要时，也给他们人生的指点。

这个月，宜于室内做些缓慢的活动。喜光照的植物搬去飘窗，南方的花木减少或停止浇水，忍冬等植物放置在无封闭的阳台或露台均无碍。

仲冬又宜反思。曾子说："慎终追远，民德归厚矣。"这句话的意思是，慎重地办理丧事，追念远逝的先人，民风道德自然回归淳厚。也可以这样理解，谨慎地处理逝者的后事，追忆远去的祖先，民风就会回归淳厚。

仲冬时节，天寒地冻，人体机能迟缓，但却最宜思考，也最适宜做出与严冬的厚重相匹配的重大决定。据科学家研究，寒冷使人体内血清素等水平较高，昏暗和下雨下雪的天气，则使人睡眠充足，人脑在缺少阳光的环境里，更容易做出有条有据的分析和推断。而春天和夏天，人们由于比较冲动，或疲于应对不适的环境，则易做出短视和考虑欠全面的决定。因而冬季有助于人们做出正确的重要决定。

仲冬的平原变成了冬小麦的天下。走到河湾附近的土坡上往远方看，这时几乎只看得见无涯的浅绿色的麦原。河流的转大弯处绵延着数十公里长的树林。现在，树枝上只有很少的枯叶没有掉落了，因此能更清楚地看明白河堤上树林的构成。构成树林的主要是杨树，也许是意大利杨，也许是阿根廷杨，也许是中国大地上早期的杨树。这种速生树种大片大片地生长，向着高高的蓝天，或更高的蓝天伸展。

另外，还有一些泡桐树。泡桐树木质比杨树还松、还软，它们生长起来也比杨树更快，几年不见，就会发现原来碗口粗的泡桐树已经长得比脸盆还粗了。它们不仅向上扩张，还向周边扩张。在泡桐树周围，很难还有什么树能正常生长。

刺槐树也喜欢扎堆。刺槐树主要向上生长，它们的密度更高，如果不加修剪的话，刺槐树林里很难进去人，大的刺槐树在奋力向蓝天生长，小的刺槐树则把靠近地面的空间都占领了。正如刺槐树的名字所告知的那样，刺槐树的树干和树枝上都是坚硬的刺。树干上的刺少一些，但紫硬长大，威力巨大；树枝上的刺很多，但刺小一些，有些嫩枝上的刺很柔软，扎起人来，杀伤力还不那么大。

榆树、楝树、柳树、椿树、银杏树、楮树等，则这里一棵，那里一棵，分散在树林里。一些藤蔓植物，像金银花、野葡萄、爬墙虎等，附生在树干上，或攀缘在低矮的灌木上，它们在冬天已经落尽了叶子。树根附近的地面，则生长着已经干枯或十分苍老的各种野草。

在这一大片绵延数十公里的植物群落里，杨树是这里的优势建群种。杨树在这个植物群落里占据着绝对优势，它们的存在，决定了这一整个群落的生物环境。它们占据了这个群落的上层空间，也决定了这个植物群落的土壤特性。相对较少的刺槐是次优势种，它们在数量上少于杨树，但它们仍然能在控制群落环境方面起到不小的作用。楝树和银杏树则是这个植物群落里的偶见树种或罕见树种，它们只是零星和偶然出现，但也能起到地方树种的指标作用。

但植物的智慧使得植物能够选择不同的进化策略。虽然杨树统治了这个植物群落的上层空间，占尽了这里的顶端优势，能够最大限度地获得光、热、风等资源，但藤蔓植物选择了借力打力的进化策略，它们可以借助杨树的树干，攀缘到杨树的最顶端，获得甚至比杨树更多的光、热、风等资源；地面上的草本则进化得十分耐阴，它们可以不用获得太多的光、热、风等资源，就能够顺利地完成自己的全部生活史，成功地将本物种完好地延续下去。这正是植物适者生存、协同进化的共赢机制。

协同进化的情况在生物界相当普遍，也比较复杂，包括了种间的协同进化、植物与草食动物间的协同进化、互利共生式协同进化等。比如植物之间的攀比使攀比的植物都变得强大起来；昆虫采集花粉，植物则利用昆虫授粉；动物吃掉植物的果实，把无法消化的种子排泄到数公里之外，间接代替了植物的行走。

仲冬可在抬头看得见更多天空的杨树林里，用手在地面上扫出一片净地，然后闭上眼，等大风吹过。大风吹过以后，如果杨树上所剩无几的枯叶,有几枚落在这块净地上,就可以许几个小心愿;如果没有枯叶落在这块净土上,来年便宜顺天应时,过安稳淡静的日子,积聚能量,以待时运。

仲冬时节,连蚂蚁这种最常见、最多见的昆虫都不见了,在地面上,在树干上,在墙缝里,都找不见它们。嗡嗡叫的蚊子也不见了,不过,你要是开了卫生间的大灯,在梳妆台背后的暗影里,是有可能发现一两个纹丝不动的灰黑色影子的,那就是埋伏起来的蚊子。蜻蜓、蝴蝶、萤火虫、螳螂、蝉都不见了。蜜蜂还偶尔能看得见。在仲冬,昆虫世界一片寂静。

但草地里的车轴草、浅水或湿地里的铜钱草,都还绿着。一些浅水湾里,菖蒲也是半青的。绿化带里的红叶石楠和红花檵木,都还老绿着;红叶石楠初春就要开始冒红芽了;红花檵木在季春能把整个绿化带都开成一片水红。寒菊在12月到来年1月开放,这是它们在冬天的本分。

季冬的到来总是让人心生感慨的。

无论阴雨晴冷,小寒这一天,我总会挑一本书,今年这一本是《历史地理学》,泡一杯山楂片茶,到北边的房间,面朝北偏东的方向,坐在椅子上,读上半天。现太阳已经开始向北回归线归来了,白天已经开始变长了,阳台和飘窗里秋天和仲冬太阳能照晒到的地方,有些在夏至到来以前再也照晒不到了。虽说是读,但往往只是半读半想,有时候沉湎于冥想;有时候和自己脑袋里的一个臆想斗争,它要让我相信它是真的、正确的,我要告诉它我不相信它是真的，它不是正确的；有时候做白日梦。

季冬是黄淮海平原冬季最冷的一个月。这个月有连续阴雨雪天气，有连续零度以下的气温，也有连续呼啸的北风或西北风。夜晚躺在面北小房间的床上，暖和的被窝，一盏橙黄色光线的床头灯，一部电量充足、信号满格的手机，这时候的心满意足是无以言表的。透过拉着窗纱的窗外，能看见一幢很高很宽的大楼，大楼几乎所有的门窗里都亮着灯，这种画面使人安心，这是群居的人类的本能。

很多年前，一到腊月，家里妈妈辈的，就开始张罗腌制腊味了。腌腊肉自然是首选，是必须要做的工作。村里杀年猪的人家自不待说，在城市里，妈妈们一定会到菜市场，选一些五花肉，最好是肥多瘦少的那种，用作腌制腊肉的原料。用大竹篮子拷回家后，先搬一个小板凳坐下，细心地用温清水洗净，再用菜刀，一点一点把猪皮上残存的猪毛刮去。总有些猪毛刮不干净，或存在毛孔里，这时就要从挂在厨房墙上的一个小篮子里，翻出一种夹毛利器。

这是一种带弹性的黑色钢质镊子。这种镊子没有弹簧，但因为是钢质的，因此有弹性，需要夹住物件时，用手指把两边往中间捏紧即可。镊子虽然制作简单，使用方便，但它也有一个缺点，就是用的时间稍长些，十分累手指和手掌。用钢质的镊子，一根一根地把残存的猪毛镊尽后，再把猪皮从猪肉上分离下来。

分离下来的猪皮打理干净后，并不会浪费，而是拿去制作一种叫皮肚的美食。先把半锅猪油加热，然后把猪皮放进去烹炸，待猪皮炸得起泡、焦黄时，就可以捞出、晾干、收藏、备用了。皮肚做汤最好吃，用皮肚、黄花菜、鹌鹑蛋、黑木耳做成稠汤，起锅时撒上一层黑胡椒面，白胡椒面也行，连吃带喝，身上热气腾腾的，营养又可口。猪肉则拿去制作腊肉。

　　腊鸭、腊鹅也在这个月制作。把肥鸭和肥鹅宰杀去毛，抹上粗盐腌制两天待用。这时就要制作一种各家不尽相同的大料，有八角、桂皮、茴香、干姜、花椒、大葱、辣椒粉等，一起放进蒜窝子里，用蒜锤捣碎成粉，再用水调成糊糊。把腌制好的肥鸭或肥鹅放进大面盆里，用手抹一把作料糊，在肥鸭或肥鹅里外涂抹，没有一处遗漏。涂抹好的肥鸭或肥鹅挂在寒凉的北屋晾干，过年时或过年后，就可以拿来烧菜了，或者放在米饭上蒸熟，吃起来有一种特殊的腊香味，也十分耐嚼，越嚼越有味，米饭也会因此有很大的消耗。

　　又有一种风鸡，也多在腊月里制作。风鸡或可写作封鸡，记的只是那个音。腊月里，把家里养的公鸡捉来，在后院里宰杀以后，从鸡尾处开个口子，把鸡内脏都扒出来，用来炒辣子鸡杂，也是一道吃起来就停不下来的美味。宰杀的公鸡鸡身不必破，鸡毛不能拔去，更不能用开水烫洗。扒出鸡内脏后，用温水把鸡内腔洗净，然后将盐、花椒、八角、陈皮、干姜、茴香、切碎的干红辣椒等研磨成粉，再加水配制成作料，厚厚地糊一层在鸡肚子里。再往鸡肚子里塞满大葱，然后用绳子把整只鸡结结实实地捆扎起来，挂到室外的屋檐下，风鸡就算做成了。在米饭锅上干蒸的风鸡最是好吃，锅盖一掀开，肉香气就扑过来了。

腊月里的腊八这一天，平原上还作兴喝腊八粥。腊月初七这天的晚上，妈妈们就神神秘秘地在厨房里忙活着了，把她们收藏在某处的杂粮，例如小米、豌豆、豇豆、绿豆、红小豆、花生米、薏米、高粱，还有麦仁、大米、冰糖（或蜂蜜）等，都拿出来，各自放在碗里，摆在台面上，显得琳琅满目，很有仪式感。

很多年前用的还是煤球炉子。晚上睡觉前，妈妈们就把这些粮食都倒进锅里，加足水，放在封了火的炉子上。第二天一大早，室外大雪纷飞，家人都被一种异香唤醒。吸吸鼻子闻闻，核实一下，家里果然是奇香扑鼻。妈妈们已经起床，孩子们还赖在被窝里不肯起来。妈妈也不来打他们。但是过不了多久，他们就自己从被窝里跳起来了。原来妈妈端了一碗香喷喷的腊八粥进来了，给孩子们穿上棉袄，在他们面前的被上铺一张报纸。腊八粥里放了冰糖，又香又甜。孩子们吃饱喝足，又钻进被窝里赖着去了。

腊八菜也必须腊八这一天制作。制作腊八菜的原料，主要有胡萝卜、大葱和大蒜。胡萝卜要切成丝，大葱也要切成丝，大蒜则要切成片。把这三种切好的食材放在盆里，撒些精盐，用手翻匀，然后装进大口瓶里备食，可以吃个把星期。拌好的腊八菜当时即可食用，放几天再食用，口感也很好。但是，据说腊八菜只能在腊八这一天制作，过了腊月初八，或在腊月初八以前制作，当天吃是可以的，却不能搁置，过一两天再吃，味道就变了，也很容易变质。

这个月除了过除夕，也就是大年三十，还有一个小年要过。小年一般是腊月二十三，但也不一定。据说北方一般过腊月二十三，南方一般过腊月二十四。还有一些地区，周围的县市小年都是腊月二十三，但偏偏其中有一两个县，小年是腊月二十四。内里的源流不很清楚，可能是民间流传的"官三民四船家五"，或"官三民四佛道五"的原因，意思是过小年要官家先过，百姓后过，船民或佛道人士最后过。黄河中下游地区，以及黄淮海平原地区，成百上千年来，时常是权力中心所在地，可以认为是官方。而从权力中心的视角看，南方都是后教化之地，可以认为是民间。当然，这都是历史的遗留问题。

淮河以北地区的小年，大都在腊月二十三，而且过的是中午。这一天中午，人们会去父母家或亲戚家里吃饭。虽然也算团圆饭，但并不像除夕那样要求家人都到齐，也没有固定和必需的菜品，就是家常菜，不过自然要比平常丰盛些。荤菜有牛肉、猪肉、卤猪蹄、烧鸡、卤猪肚、辣子羊肚（最好吃！）、红烧鱼、炒羊肉、木耳肉片等。蔬菜最受欢迎，有四季青炒蘑菇、青菜豆腐、炒黄豆芽、醋炝白菜、干豆角炒笋子等。圆子则必不可少，寓意团团圆圆。汤类有鸡蛋虾米汤、紫菜鸡蛋汤、青菜豆腐汤等。主食有米饭、面条、馒头、烙馍（卷羊肉）。

季冬最宜体验亲情、温厚家人、感恩生命。北风呼啸，生命艰辛。在这个季节，没有理由不厚爱家人、兼爱社会。

这个月虽表面木然，但内心火热，宜于室内做些缓慢的活动，做些头部、面部、颈部、手部的摩擦活动。季冬，又宜于墙角朝阳处，仿熊眠憨态。

《中庸》第一章说："天命之谓性，率性之谓道，修道之谓教。

道也者，不可须臾离也；可离非道也。是故君子戒慎乎其所不睹，恐惧乎其所不闻。莫见乎隐，莫显乎微，故君子慎其独也。喜怒哀乐之未发，谓之中；发而皆中节，谓之和。中也者，天下之大本也；和也者，天下之达道也。致中和，天地位焉，万物育焉。"

这段话的意思是："天赋予人的叫作人性，遵循人性规律叫作道，依照道的规则修习叫作教。道片刻都不可以离开；如果可以离开，那就不是道了。因此君子在别人见不到的地方最要谨慎警戒，在别人听不到的地方最要恐慌畏惧。越隐秘越容易呈现，越细微越容易显露。因此君子独处时最要谨慎。各种感情没有表现出来的时候，叫作中；表现出来以后符合常理，叫作和。中是天下的根本；和是天下通行的规则。达到中和的境界，天地就各归其位了，万物就生长发育了。"

冬季是最宜独处的季节。用悲悯的情感对世界，用慈爱的眼光观世界，用宽容的心胸爱世界，这些要成为这个季节的主流情绪。但孤处也易孤僻，易挑刺，易偏激，易懈怠。因而要谨慎地独处，不仅仅要守持内心的基本，也要解除内心的忧愁，拓展内心的大度。

冬季又最宜立志。

《大学》的第一章说："古之欲明明德于天下者，先治其国；欲治其国者，先齐其家；欲齐其家者，先修其身；欲修其身者，先正其心；欲正其心者，先诚其意；欲诚其意者，先致其知。致知在格物。物格而后知至，知至而后意诚，意诚而后心正，心正而后身修，身修而后家齐，家齐而后国治，国治而后天下平。"

这段话的意思是说:"古代打算彰显光明于天下的人,先要治理好自己的国家;打算治理好自己国家的人,先要管理好自己的家族家庭;打算管理好自己家族家庭的人,先要修养自身;打算修养自身的人,先要端正自己的心态;打算端正自己心态的人,先要诚心诚意;打算诚心诚意的人,先要增长知识见解。打算增长知识见解的人,先要探明事物的道理。探明了事物的道理就能掌握知识,掌握了知识就能诚心诚意,诚心诚意了就能心态端正,心态端正了就能修养自身,修养自身了就能管理好家族家庭,管理好家族家庭了就能治理好国家,治理好国家了就能使天下太平。"

格物、致知、诚意、正心、修身、齐家、治国、平天下,是中国儒家传统的主旋律。一个人不吃得好点、住得豪点、穿得美点,可能还不那么难看。但如果一个人不立下点志向,有时候就显得很难看了。

冬季又最宜收敛。

《老子》第八章说:"上善若水。水善利万物而不争,处众人之所恶,故几于道。居善地,心善渊,与善仁,言善信,政善治,事善能,动善时。夫唯不争,故无尤。"

这段话的意思是说:"上善之人像水那样。水滋利万物而不与之争夺,位处大家不愿意待的低洼地,因此接近于道。姿态谦卑,心境如渊,交结仁善之人,说话遵守信用,为政精于治理,处事随物成形,行动掌握时机。因为不去争夺,所以没有过失。"

人如水般,一切就都好了。如水般谦卑,如水般包纳,如水般强大,又如水般随形,如水般柔媚,如水般滋润,还不一切都好了?

冬季又最宜外冷内热,在心中积攒动力,做振翅欲飞状,以待花开春暖。

《庄子·逍遥游》讲了个神话:"汤之问棘也是已:穷发之北有冥海者,天池也。有鱼焉,其广数千里,未有知其修者,其名为鲲。有鸟焉,其名为鹏,背若泰山,翼若垂天之云,抟扶摇羊角而上者九万里,绝云气,负青天,然后图南,且适南冥也。斥鴳笑之曰:'彼且奚适也?我腾跃而上,不过数仞而下,翱翔蓬蒿之间,此亦飞之至也。而彼且奚适也?'此小大之辩也。"

这个神话的意思是:"商汤是这样对棘说的:北方草木不生的地方有个很深的海,那是天然形成的大水池。那里有一条鱼,脊背有数千里宽,没有人知道它的长度,它的名字叫鲲。那里有一种鸟,它的名字叫鹏,它的背像泰山,翅膀像天边的云,盘绕着旋转直上的风暴直达九万里高空,穿越云气,背对青天,然后谋划飞往南方,将飞到南方的海那里去。小池泽里的雀子讥笑大鹏说:'它打算到哪里去呢?我尽力往上腾飞跳跃,不过几丈高就落下来了,展翅盘旋飞翔在野草之间,就是我最得意的飞翔境界了。但它究竟要飞到哪里去?'这就是小天地与大境界之间的区别。"

固然,鹏鸟有鹏鸟的志向,小雀有小雀的生命观,二者并不对立。我们只要知道,有自己的主张便是好的。多样性与单一性,总归是相依相生的。

冬季又最宜厘清技术与艺术的界线。

《孙子兵法·谋攻篇》说:"用兵之法,全国为上,破国次之;全军为上,破军次之;全旅为上,破旅次之;全卒为上,破卒次之;全伍为上,破伍次之。是故百战百胜,非善之善者也;不战而屈人之兵,善之善者也。"

孙武这段话的意思是说:"用兵的法则是,不战能降伏敌国最好,击破敌国就要差一等;不战能降伏敌人全军最好,击破敌军就要差一等;不战能降伏敌人全旅最好,击破敌人全旅就要差一等;不战能降伏敌人全卒最好,击破敌人全卒就要差一等;不战能降伏敌人全伍最好,击破敌人全伍就要差一等。因此百战百胜,不是好中的最好;不打仗却能使对手屈服,才是完美中的完美。"

推而思之,人世间的事情,又有哪桩不是"不打仗却能使对手屈服"为完美中的完美呢?人类的智慧没有穷尽,只要不是无穷尽地索取,那这种智慧就是好的。

冬季又最宜凝静和省思。

《论语·为政篇》说:"吾十有五而志于学,三十而立,四十而不惑,五十而知天命,六十而耳顺,七十而从心所欲,不逾矩。"这段话是孔子的自述,意思是:"我十五岁有志于学问,三十岁能够自立,四十岁对各种事物不再迷惑,五十岁懂得天命,六十岁知道如何对待各种言论,七十岁可以随心所欲而不逾越规矩。"

冬季的确最宜盘问自己:做了什么,没做什么;如何去做了,如何不做了；怎样去做的，怎样不去做的；说了什么，没说什么；如何去说了，如何不说了；怎样去说的，怎样不去说的；将做什么，将不做什么；将如何去做，将如何不做；将怎样去做，将怎样不去做。

这个月在鹅毛大雪后的平原漫步。小麦的平原已经被大雪抹平了，但田埂上露出来的一小块裸土上，野草竟然已经泛了一芽鲜绿。这时，戴一顶午收用的麦秸草帽，用一柄快镰垫在屁股下面，坐在高高的草埂上看满眼雪原。那里有一行弯弯曲曲的脚印，正是自己来时的路。于是闭上眼睛冥想，虚筮道："若大雪覆盖脚迹，则人间万顺；若雪霁气朗，则天地万顺。"这时睁开眼来，定睛细看，则必得一心凝静、一派清朗。

大雪时，还可携带手机计步器在室内散步。由客厅至卧室，由卧室到书房，由书房到厨房，由厨房到客厅，由客厅到阳台，循环往复，直到浑身热暖舒畅。据说，一天中散步的步数，比速度和强度更重要。每天走4000到7999步，这些人中的死亡率会骤降至21.4‰，每天走8000到11999步，这些人中的死亡率则会下降至6.9‰。

这个月，一些养在室内的花卉要开花了。水仙的花开起来真是叫人不忍离去。水仙的花素雅、淡静，香气也柔和纯正。让水仙开花，须得室内温暖，又要隔一两天换一次水，保持盆水的洁净。变色或有些腐烂的根须应及时剪去，以免污染水质。

水仙抽出的花茎不可细长，一则细长的花茎开不出芳香肥大的花朵，一则细长的花茎极易倒伏。要想水仙的花茎不抽得细长，就要在水仙抽莛的阶段，多让它们晒太阳。出太阳的时候，把水仙盆端到室内窗口的阳光下沐浴阳光，傍晚太阳落下时，再端到室内光线充足又温暖的地方，增加光照时间。这样抽出的花莛短而粗，开出的花也肥腴、丰硕，香气袭人。

蜡梅是腊月当季花开最盛的植物。大雪纷飞的时候，它的香气弥漫在它周围半径五六十米的区域，如果天气晴好，它的香气大约可以扩展到它周围半径一百多米的区域。蜡梅的花并不艳丽。但花卉往往是这样的，艳丽的花不香，芳香的花不艳。这是它们各自的进化选择。

枇杷树继续开花。在大雪中，枇杷和它的花似乎举重若轻，它们对寒冷显得满不在乎。这种气质，让人不由得不成为它的铁粉。

养在室内的君子兰，也鼓胀出它饱满硕大的花苞了。但要它们在春节期间开花，室内的温度还得更暖一些，上一年的养护也要更到位一些。君子兰病虫害很少，也比较耐阴。上一年仲秋以后，养在室内的君子兰，可以端到大露台上，放在阳光不直射但光照长、日光较强的树下或其他植物背后。由于室外天气较干燥，这时应该多浇水、勤施淡肥。经过这样一番管理，到暮冬或初春时节，君子兰就能开出美丽的鲜花。君子兰开出的花，正红鲜艳，像极了一种高雅端正的德行，这或许就是它被称为君子兰的缘由。

这个月，几乎所有的昆虫都在蛰伏，因此在平原的原野里，听不到什么虫鸣声，甚至连夏天时刻都能听到的蚯蚓的嘶鸣声都听不到。野生的动物鲜见踪影，当然，现在野生的动物本来就已经比较不多见。飞禽的数量仍然较少，最常见的还是麻雀、斑鸠和喜鹊。不过它们的数量，也随着平原气温的降低和雨雪的频繁，而不断下降。

到月末的时候，偶尔能见到少量大雁，缓慢地从昏暗的天空飞过，向着北方飞去。这其实预示着最寒冷的时节往往也是和暖的开始。

平原上的兵车

大雾里的平原，什么都看不见，只隐约看得见脚下的土路。印象中前面是浍河的大河湾，河流在那里深切到地面下，平坦的原野在大河湾的两边极尽可能地伸展开去。我估摸着方向往浍河大河湾的方向走，平原上的候虫还听不到一点动静，但想必它们已经伸腰蹬腿，靠近洞口醒着困了吧。古人以五天为一候，每一候里都有不同的事物变化、死生别离。这时忽然听见前方隐约有些嘈杂的人声和马嘶声，还感受得到沉重的牛车行驶时地面微微的震动。嗯嗯，我想，前面一定就要接近一个很大的村庄了，不然为什么会有这么多马车、牛车和人声？那时只有春耕、春种才能掀起这么大的动静。

我一只手抱着电脑、手机、纸质的笔记本，我用另一只手拨开浓雾，小心翼翼地走进雾珠里。脚下的路看得不是太真切，我只得一脚高一脚低地摸索着往前走，头发上很快就有水珠滴下来了，裤腿也潮得沁人。走到河湾的空地上时，我听见水雾中的河水里传来哗啦的一声，那一定是一只浍河大鲤鱼用红尾拨水的声音。随着水声，河边一片约莫两三个足球场大小的平坦的开阔地上，浓雾渐渐退去，光线放亮起来，但在这片地方以外，雾还仍然浓得化不开。

随着浓雾的摊薄,这片平坦地上顿然嘈杂起来,无数头戴青铜头盔、身穿沉重铠甲的将领和战士,匆忙地走动着,粗声大气地吆喝着。平坦地上不规则地停放着成百上千辆战车,还有看不到边的笨重牛车。一些赤膊的战士,钻在战车或牛车下忙碌着。成群的战马和酱色的黄牛,在河边的树林里吃草、吃料。

我在将士、战车的嘈杂和拥挤里寻找。是他了!我终于找到了。那是指挥这些将士的最高将领。他身穿厚重的牛皮和青铜钉制的铠甲,沉默地坐在一辆牛车的挡椅上,手里拎着青铜头盔,两只鹰鹫般锐利的眼睛直盯着远方的浓雾,但也能从他的眼神里看得到一些苦恼。

我跑过去,咳了一声,提醒他回过神来。

"将军。"我说。

他愣怔一下,回过神,有些惊诧和狐疑地看着我。

"我是来做口述实录的。"我向他介绍我自己。

"哦哦……"

"兵者,诡道也。"我提醒他这句当时流行甚广的军事语录。

他半信半疑地打量着我,回应我说:"嗯嗯,打仗,当然是一种欺骗的艺术。"

我知道他不怎么明白,可他还是向我行了拱手礼,又用手拍了拍他身边的牛车护栏,表示请我在那里坐下。我在他身边坐下,和他一样看着远方的浓雾。不时有持械或空手的士兵从我们眼前匆忙走过。在远方,那里的浓雾仿佛浓得化不开,那里的树林,时而稍见得着一些轮廓，时而便化作了无际涯的浓雾。

将军忽然无声地抽泣起来。

我转头看了他一眼，又把头正向前方。我不会去安慰他的。也许他有亲人亡故，也许他打仗打累了，也许他开始思念自己的家人，也许他有许多憋屈。但男人不需要安慰。他不是哭给我看的，他只是遵从自己内心的冲动。我眯着眼看远方的浓雾。我知道，我知道将军也知道，浓雾后面就是大河、平原、原野，当然，浓雾后面，更多的还是未知。

这时，从战车堆里冲过来一位军官，向将军报告说："五十辆战车修复完毕！"

将军平静而简短地说："好！继续修复！"

"是，将军！"军官转身跑去。

我们继续呆坐着，望向远方的树林和浓雾。

许久以后，将军有些苦恼地说："今者吾丧我也。"

"什么意思？"

"我是说，现在的我已经不是过去的我了。或者，我是说，此刻我遗失了自我。或者，我是说，现在，我失去了以前的我。或者，我是说，此刻的我有些忘我。"

"嗯嗯，好吧。"我说，"我是来做口述实录的，将军，请您告诉我远古兵器的知识。"

他点点头："这不是难事。"

他伸手从面前走过的一位战士手里抓过来一种兵器。

"这叫石斧。就是用石头敲打而成的战斧。在原始人类中，工具和兵器没有区别，工具就是兵器，兵器也是工具，石器就是石兵，石兵也是石器，石片用来砍物件时就是器具，石片用来格斗时就是兵器。那时的石兵有石刀、石锤、石矛、石锛、石镰、石棒、石镞、石斧、石戈等多种。"

"嗯嗯，那是石器时代。"

将军把石斧扔给士兵，又从另一位路过的战士手里抓过来一把骨刀。

"那时还有骨兵、角兵和蚌兵。骨兵就是用兽骨做成的兵器，角兵就是用兽角做成的兵器，蚌兵就是用蚌壳做成的兵器。只要合手，就都可以拿来使用。"

将军似乎暂时忘却了烦恼，说到他熟知的，他就有点滔滔不绝起来。他把骨兵扔给战士，又从过路的士兵手里抢下一把金属制作的砍刀来，掂量着说："夏商周三代，逐渐进入青铜时代，兵器也以青铜兵器为主，这一时期的铜兵主要有铜刀、铜矛、铜殳、铜斧、铜戈、铜戟、铜戚、铜锛、铜斤等等。这一时期，铁兵也缓慢出现，到秦汉时铁兵开始一统天下，成为兵器主流。"

"哦哦，这么厉害！那它们怎样分类？"我惊讶地问。

将军皱了皱眉头。他的这一细节没能逃出我的细致观察。我知道他心里仍在为一些事情烦恼。再说，他也没必要为我这个他素未谋面的陌生人解答一些在他看来只是常识的军事知识。另外，他可能也觉得我有些唠叨，在他生活的那个年代，大男子主义十分流行，人们不懂得什么叫性别歧视，多数男人都不喜欢絮絮叨叨的男人。

"你从哪个地方来?"他终于开口说话了,但眼睛并未看我,而是一直看着浓雾重重的远方。

"怎么说呢?"我琢磨了一下,按照先秦的文化习惯,我用夷蛮戎狄这四种代表方位的地域回答他,也许他能听得懂。但是,这有风险,因为我并不知道他率领的将士正在跟谁作战,如果我说的方向恰巧是他的敌人,那我就将陷入死地了。

"嗯,嗯,我来自皖苏鲁豫之地。"

将军闻听,警惕地转过脸来看着我:"那是什么地方?"

"那是两千多年后的一个地方。"

"两千多年后?"他困惑地摇了摇头,"我不可能活到那个时候。"

他突然灵动起来,把头盔扣到头上,活力四射地跳下牛车,同时用手拍了拍我,向士兵和兵车嘈杂拥挤的地方大步走去。我赶紧攒了攒我抱着的电脑、手机等物,跟在他身后。

"让我来告诉你兵器的分类。"

他走起来时,身材柔韧矫健得不得了,我甚至得带点小跑,才勉强赶得上。他四肢健壮有力,不知他平时是用什么方式锻炼身体的。

"兵器主要分为手兵、短兵、长兵、刺兵、勾兵、远射器等几大类。"

"哦哦,什么叫手兵?"我边跟着他小跑,边在本子上或电脑上记录他说的话。

"手兵就是……"他边大步流星般往前走,边随手从身边经过的一位军官身上抽出一把佩剑。"手兵就是手持的兵器,我们见到的大多数兵器,都是手兵。"

"哦哦,那么,什么是长兵?"

将军把佩剑扔给军官,从一位站在兵车边警卫的战士手里抓过来一杆长矛,对我晃了晃,又向前方刺了几刺。"长兵就是带有长柄的兵器,像戈、戟、矛、斧、斤,都是长兵,这一类兵器就像延长了的人的手臂,隔着很远,就可以杀伤敌人。"

"啊,我明白了。"我眼睛的余光瞥见了远方的树林,浓雾在那里流动,这是大雾将要消散的信号,我向将军请益的时间也许不多了,我得赶紧把我要问的问题都问出来。

可是将军似乎浑然不觉,他在把长矛扔回给警戒的战士的同时,又从路过的士卒手里抢来一柄长斧。"斧是一种劈斫长兵,这种兵器虽然斧柄较长,但无法刺杀,只能劈斫,因此叫劈斫长兵。"

"嗯,真是很好的。"我说,"那么,什么是短兵?"

"短兵就是短柄兵器,像刀、剑、匕首等,都是短兵,这类兵器主要用于近距离格斗。"

"好的,这就是短兵。那什么是刺兵?"

"刺兵就是刺杀敌人的兵器。"将军伸手抓过一杆靠在兵车上的长矛,"矛就是纯粹的刺兵,这种武器只能向前突刺敌人,它制作十分简单,但杀伤的距离远,动力足,能够一刺致命。"

"嗯嗯,非常有前途的一种兵器。"我想起后世人们一直大规模使用的红缨枪,那就是矛的一种变体,在冷兵器时代,矛的生命力无可比拟。"那么,勾兵是什么兵器?"

"勾兵就是勾杀敌人的武器。"

将军把矛靠回到兵车上,向前走去。他突然一个快步,跳到一群蹲在一起修理兵车的战士身后,从一个战士屁股下抓起一杆长戟。那个战士条件反射般跳起来,返身回抢自己的武器,待看见是将军时,他憨厚地笑了。

"戟就是勾兵,不过是戈、矛的合体,这种兵器可以在柄前安装直刃,用来刺杀敌人,又可在旁边安装横刃,用来钩啄敌人,兼顾了勾和刺的作用。还给你。"他把戟扔回给战士。

"复合型的兵器呀!"我感叹道。"那么,远射器是一种什么兵器?"

"弓箭就是一种远射兵器。"将军在一群士兵面前站住,示意一位士兵把肩上背的弓箭取下来,他搭箭上弓,瞄向远方的树林。我忧郁地看着轮廓线愈来愈清晰的树林。大雾流动得越来越快了,天空随时可能会雾散日出,到那时,海市蜃楼将不复存在,所有的幻象都将随风而去。

正在这时,一群快鸟啼鸣着从树林后面升起、飞过来,我瞬间跳起来,尖叫着扑向将军拉满的弓弦。"不要射!"可身经百战的将军反应极快,弦响箭出,锐利的箭头嗖嗖地撕开雾气流动的空气,扑向正迎面而来的群鸟。我跌坐在脚下的麦田里,眼睁睁地看着响箭射向欢快地啼叫而来的飞鸟。快箭和飞鸟之间的距离,一格一格地缩短着。

可是奇怪的事情出现了,响箭的速度越是快,它和鸟群之间的距离越是远。哦哦，我反应过来了，将军射出的这支快箭，和我看见的这群飞鸟之间，隔着两千多年的时空距离呢，它们永远不会相交，所以这支箭永远射不中这群鸟。我放下心来。我看见将军站在原地呆住了，他身后所有的战士也都呆住了，因为将军永远是百发百中的，战士们见到的也永远是将军的百发百中，当下的这种情况，是他们从来都没有见过，也从来不敢想象的。

我放下心来，慢慢地从麦田里爬起来，轻轻用手掸了掸身上的泥土。

"嗯嗯，将军，今天的最后一个问题是，弩，是不是就是带有机关的一种弓？"

没有人理睬我。我觉得我的身后也过于安静了。在我的前方，浓雾已经消散了，树林现在看得非常清楚，包括树林里以杨树为主、泡桐和柳树为次的树种。我赶紧转过头去。我的身后哪里还有拥挤的兵车、嘈杂的战士、沉思的将军、成群的军马和吃草的黄牛。大雾已经完全、彻底地散去了。太阳已经升起来了。浍河湾平静宽阔的水面上，虽然还残留着丝丝晨雾，但它们已经遮挡不住一只小渔船无声地划过来了。那是一对夫妻，古人所谓匹夫匹妇。匹妇站在小渔船的一头，轻缓地划着桨；匹夫则坐在小渔船的另一头，无声地往水里下着丝网；他们慢慢划进水面上的一片残雾里去了，模模糊糊的，就看不见了。

并非每一个起大雾或浓雾的天气，都能遇见将军、他的战士、兵器和兵车，这总是得看运气的。

起大雾或浓雾的时候，大雾里的平原，什么都看不见，只隐约看得见脚下的土路。印象中前面是潍河的大河湾，河流在那里深切到地面下去，平坦的原野在大河湾的两边极尽可能地伸展开去。我估摸着方向往潍河大河湾的方向走，平原上的候虫还听不到一点动静，但想必它们已经伸腰蹬腿，靠近洞口醒着困了吧。古人以五天为一候，每一候里都有不同的事物变化、死生别离。这时，忽然听见前方隐约有些嘈杂的人声和马嘶声，还感受得到沉重的牛车行驶时地面微微的震动。嗯嗯，我想，前面一定就要接近一个很大的村庄了，不然为什么会有这么多马车、牛车和人声，那时只有春耕、春种，才能掀起这么大的动静。

我怀里抱着一大堆东西，有电脑、手机、茶杯、水笔、纸质的笔记本，甚至还有我座驾的电子钥匙，我刚才已经把车停在公路边的几棵大树下了，如果雾散了，太阳出来了，车里就不至于被晒得太热。每当这时候，我就禁不住会想，现代人真是太为物拖累了。

我拨开浓雾，深一脚，浅一脚，赶到潍河的大河湾。水雾气太厚了，我的头发梢上都往下滴着水了，我的鞋面都湿透了。我看见将军坐在运输草料用的重型牛车的挡椅上，身穿厚重的铠甲，手里拎着沉重的青铜头盔，膝盖上摊开一张丝帛材质的简易地图，忧郁地看着浓雾密锁的远方。远方是什么？现在完全看不清楚，只看得见一团比一团厚的浓雾，在远方时而翻滚、时而笼罩。我走过去，走到将军身边，跳起来坐在他身边的挡椅上，像他那样，脚踩在牛车笨重的车轮上。牛车周围停放着数百辆运输用的牛拉大车，或作战用的马拉战车，附近的树林旁边还用芦苇席搭了临时遮风挡雨的工棚，众多士兵嘈杂地忙碌着，修理着受损的战车，或维护着重载的牛车，或在制作战车的车轮。

"将军，好久不见。"我看着远方的浓雾说。

"嗯嗯。"将军似乎沉浸在他自己的忧郁境界里。"你们是我们的后浪。"

我对他笑笑。打开电脑，记录他说的每一句话。不过，有时我也用纸质的笔记本记录。有时候我会趁他不注意，用手机偷偷拍下他的照片，拍下走过的士兵，或者拍下我们交流的环境。

他说："我们是前浪。"

"是的。"我说，"你们比我们早出生两千多年。"

将军说："没错，你们比我们都出生得晚。也许有一两千年，或两三千年，我没法准确知道以后的事。"他用手划拉了一下周围正在忙碌的官兵，即他说的"我们"。

"是的，这没有问题。"我回应他，"我可能比你晚出生两千多年，确切一些是可能比你晚出生两千三百年到两千五百年之间。"

"嗯嗯，是这样的。"将军心不在焉地看着远方说。

我在手机的备忘录里，写下这样几行字：将军似乎不在状态，他似乎有点儿忧虑，我不知道他在想什么，也许是即将到来的决战。

"我小时候的理想是当一个匠人，能够制作几案、门户、车轮。"将军说。我知道他在主动为我提供口述实录的素材，于是我就不再回应他,而是认真并匆忙地把他的话记录在本子上,或电脑上,或手机上。如果他向我提问,我再回应他。

"战车是为什么发明的,你知不知道?"将军问我。

"这我不知道。"我说,"难道不是为了打仗?"

"是为了打仗。但战车就是为了眼前这样的大平原发明的。"将军把手挥了半圈,意思是包括整个大平原。"战车也只适配这样的大平原。"

听了他的话,我很是惊奇。"那山区就不能使用战车了?"

他果断地摆摆手:"战车对山区没有多少价值,反而会成为部队的拖累。"

"哦哦,原来是这样。"

将军说:"平原才最有战略价值。平原才能最大化地创造、承载人口和财富。"

"为什么这样说?"我好奇地问。

"等你学到了世界史,你就会知道。所有的战车都是为平原发明的。人们只是为了争夺平原,只是为了进行大规模的集团决战,才会想到发明战车。在山区不怎么好使用它们,人们不会在山区大规模使用战车。"

"那为什么人们不干脆骑马打仗?还要弄个战车,多麻烦。"

"嗯嗯,如果你生活在游牧区,你会这样想;如果你生活在农耕区,你就不会这样想。"

"这有什么不同吗?"我说。

"这完全不一样。"将军说,"对草原上的游牧民族来说,骑马一直是一种生活方式,并不是为了打仗;但对农耕民族来说,骑马是一件很稀罕的事,就是一种发现、发明和创造,那普及起来就很难了。你明白吗?"

"是的,我似乎有点明白了。"我不能肯定。

"我的战士骑在马上作战,那已经是战国中后期的事了。"将军补充说,"再说,战车不仅仅是一种快速的进攻装备,还是一种完备的防御装备,就像后来你们发明的坦克一样,是一种很好的攻防兼备的装备。"

"哦哦,这你都知道。"我喃喃自语道。

将军的兴趣似乎高涨起来,他跳下牛车,把头盔和地图塞给身边的卫士,昂头看了看天,命令道:"把马都赶过来吧!"

他又向我挥一挥手说:"好吧,你跟我来,来看看我们是如何制造大车和兵车的。"

我跳下车,和卫士们一起簇拥着将军,向修车的士兵和工棚走去。

大雾时而开、时而合,因此人们的视线时而稍好、时而受阻。工棚外和工棚里,士兵和工匠们正各自忙活着。

我们从各种军车旁边经过。将军拍着那些车说:"这是兵车,这是田车,这是乘车,这是粮车。"

"田车是做什么用的?"我跟在将军身后,趁他不留意时,用手机把那些车辆和战士抓拍下来,这些照片对我的书,应该都是极其珍贵的、世界上独一无二的资料。

"兵车是车战用的,田车是打猎用的,乘车是乘用的,粮车是运粮用的。"

嗯嗯，它们长得确实不一样。

"看一辆兵车做得好不好，要先看它的轮子。一方面看轮子结不结实，一方面看轮子是否能均匀着地，另外还要看轮子大小合不合适。"将军在一辆兵车前停下，拍打着车辆说。

"哦哦，这怎么讲？"

我跟在将军身后，记下他的每一句话。口述实录必须这样，必须记录原始对话，不能加以修饰、增删。

"车轮一定要结实，才能经久耐用。车轮要着地均匀，车才跑得平稳。轮子太大了不方便登车，会使拉车的战马疲惫不堪。但轮子太小了，速度又会很慢，车兵战斗时没有居高的优势，马拉起来很费力，不能产生战斗力。具体来说，兵车的轮子高六尺六寸，田车的轮子高六尺三寸，乘车的轮子高六尺六寸，粮车的轮子因载重不同而有区别。"

"哦哦，受教了。那么，做这些车轮，要用什么木头才好？"

"嗯，做轮毂用榆木，做轮辐用檀木，做车轮的外圈，可用枣木等硬料。除材质外，还要注意木材的阴阳。"

"什么是木材的阴阳？"

"木材生长时向阳的一面是阳面，向北的一面是阴面。阴面长得紧密、坚实，阳面长得疏松、柔软。匠人砍伐时，要注意标记好树木的阴面和阳面，不能弄混。制作时，要用火烘烤阳面，使阳面变得坚固、耐用。挑选辐条时，选材很重要，可先将相同大小的木材放在水里，木材沉浮程度相同的，材质相同，可以用在同一辆车的车轮上。"

"哦哦，"我赞叹道，"将军真是十分在行的。"

"我喜欢做木匠活，如果不做将军，我也能成一名国工。"

"国工是什么？"

"国工就是国家一流的工匠，或一流的木匠。"将军指着那些忙碌的士卒和工匠说，"我手下有一些国工，没有他们，我就没法制造新战车，也没法修好战损的战车，对我来说，他们是必不可少的。"

"哦哦，原来是这样。"

将军带我走进工棚。我们蹲下看一些工匠制作车轮。工匠们有的在水里浸泡木材，有的在火堆上烘烤木材，有的半跪在地上砍削木头，有的坐在地上刮磨木材，有的蹲着在木块上挖凿榫眼。

将军停下来，从一辆正在维修的战车上拿起一块木头，用手比画着说："一般来说，制造一辆车，车厢的长度，是车厢宽度的三分之二。车战时，战车上有三名乘员，主将在中间，御车在左，武士在右。"

"嗯嗯。"我匆忙地记下将军说的每一句话。

"如果战车在湿地沼泽打仗、行驶，要把轮圈做得宽薄、轻巧；如果战车要在丘陵、山地行驶，车轮就要做得圆厚。不能一概而定。"

工棚里光线略微有些暗淡。但是不知不觉间，工棚里的光线渐渐亮了一些，甚至偶尔有点看得清将军浅浅的抬头纹了。我警觉地抬头向工棚外望去。浓雾肯定正在缓慢地消散。我真不愿意这样。我真不愿意大雾慢慢地消散而去。我和将军正聊得来劲。不过我得抓紧了。

"嗯嗯，那真是一段好时光……"将军靠在战车上，用左手拿着一块厚实的木块，轻轻拍在右手的手心里，喃喃自语道。

"什么？"我抢拍下他沉浸在一种状态里的镜头。

"哦……"他似乎清醒过来，"我是说年轻时我做过各种器物。"

"难道将军曾经是个工科男？"

"可以这么说。"将军承认道。

"那么，将军曾经做过些什么器物？"

"做过很多物件。"将军说，"比如战士用的皮甲，有时用野牛皮做，有时用犀牛皮做，要用两张皮合起来做，才厚实、耐用，能够保护战士不受伤害。还有战鼓，制作战鼓时，要求战鼓中间隆起的高度是鼓面直径的三分之一，这样制作出来的战鼓，才符合要求，在战场上才敲得响亮，而且经久耐用。制作战箭时，要求箭的前部三分之一和箭的后部三分之二重量要相等，不然箭就飞得不稳、射得不远。制作磬笛时，要用滩水北边磬石山上的磬石，才吹得响亮、优美。制作豆的时候，也要注意选好材料。"

"抱歉将军，豆是什么？"

"豆是一种食器，上面像个大盘子，可以盛放食物，下面有一个反向倒扣的小盘子，就像是豆的脚，可以使这个豆站稳。"

"豆是用什么材料制作的，又有什么用处呢？"我觉得外面的浓雾好像又淡了一点，我更有点心神不定起来。

"豆是一种食器,可以盛放食物。豆也是一种量器,可以衡量放进去的东西有多少。豆还是一种祭器,祭祀时,里面可盛放祭品。制作豆的材料很多,用陶土制成陶豆,用瓷土制成瓷豆,用木材制成木豆,用青铜制成铜豆。"

这时,工棚外响起几声战马的嘶鸣声,卫士、工匠和战士们都向外面望去。将军把木块放下,拍拍手上的木屑。"出去看看,它们来了。"

我跟着将军和众人走出工棚,走到工棚外的河坡上。

河坡上野草茂盛,平坦无际。大雾比我刚来时消散了不少,但河面也还看不太真切。成百上千匹看上去十分矫健的战马被散放在河湾的草滩上,或浓或淡的晨雾笼罩着它们,它们安然闲适地低头吃着河滩上鲜嫩的青草。

将军从衣服里摸出一只巴掌大小的磬笛,靠在兵车上吹起来。笛声悠扬、闲适、嘹亮,却又有点悲凉。战马听到将军的笛声,都昂起头,侧耳倾听,继而嘶叫着,飞奔过来,找到各自的主人,在将军和战士们的身边和附近,抬前腿、抖鬃毛、尥后蹄,战士们则拍打它们的脖颈、腰身,河滩上刹那间热闹万分。

一匹高大健壮的黑缎子马,一直躁动不已地吼叫着,用嘴拱动着将军,将军用胳膊揽住它的脖子,它才稍微安静一些。将军说:"这些马的情况也有不同。它们之中有国马,就是国中最优良的马。"说时,他用手轻轻拍着黑缎子马的马脖。"另外还有田马,就是打猎时用来驾车的马;有服马,就是驾驶战车时,四匹战马里靠中间的那两匹马;有骖马,就是驾驶战车时,四匹战马里靠两侧的那两匹马。还有驽马,就是品质比较差的马。嗯嗯,不如你我骑上战马,在瀔水漫水滩上跑一圈。"将军向我建议。

"将军,您曾经说过,在中国,骑兵是战国中后期才出现的兵种,我们不能赶超时代哟。"我提醒将军说。

将军挥挥手,抓住黑缎子马的缰绳,飞身跃上马背,纵马向河滩上跑去。"骑兵出现得晚,不代表战士不会骑马。"他撂下了这句话。

也许我要试试这些两千多年前极其纯的战马?

我犹豫着。

可是阳光突然从雾缝里射进来了。大雾眨眼间就消散不见了。浓雾里的一切也都消散不见了。

我怀里抱着一大堆东西,电脑呀,手机呀,纸质的笔记本呀,水笔呀,充电宝呀,它们此时似乎都显得多余、无用。我呆呆地站在瀔河大河湾的草滩上,头发梢上还水淋淋的,还不时地往下滴着水,提醒我几秒钟前这里还有浓得看不见事物的大雾。

我慢慢地缓过劲来,启动脚步,走回我此前停在省道边的车。

运气好的话,我能连续在大雾天和上古的将军相遇,和他聊那些久远的事物,厘清我对上古史实的一些困惑,还能做那些珍贵的口述实录。

紧接着的又一次,我跌跌碰碰地撞进平原的浓雾里,向什么都看不见的沱河大河湾跑去,仿佛我已经提前知道将军在那里了,而浓雾存在的时间又十分有限似的。眼界里什么都看不见,只隐约看得见脚下被雾弄得有点潮湿的土路。

印象中前面就是沱河的大河湾了。河流在那里深切到地面下去,平坦的原野在大河湾的两边极尽可能地伸展开去。我估摸着方向跑向沱河的大河湾。平原上的候虫还听不到一点动静,但想必它们已经伸腰蹬腿,靠近洞口醒着困了吧。古人以五天为一候,每一候里都有不同的事物变化、死生别离。这时,忽然听见前方隐约有些嘈杂的人声和马嘶声,还感觉得到沉重的牛车行驶时地面微微的震动。嗯嗯,我想,前面一定就要接近一个很大的村庄了,不然为什么会有这么多马车、牛车和人声,那时只有春耕、春种,才能掀起这么大的动静。

我看见将军了!他正坐在运粮的重型牛车的护椅上,脚蹬在车轮上。他的眼神里有一些困惑、苦恼或忧郁。看见他时,我就不再着急了。我怀里抱着那一大堆东西,慢慢地走过去,平静地和他并排坐在重型牛车的护椅上,脚也蹬在车轮上。

"今天,我想向将军请教古代战法。"

我抛出了此次见面的主题之后,就不再说话了。我已经把球抛了出去,至于如何回应,那就是将军的事了。我放松地整理着电脑和笔记本,也不时地抬头,看看浓雾弥漫中什么都看不见的前方。

"战事开始前,建造的哨所要高方低圆。"

将军开口说话了。这次谈话的主题,应该是军队的技战术。我赶忙打开电脑、手机、笔记本,凭方便把将军的每一个举动、将军说的每一句话,记在我手中的任何介质上。

"嗯嗯，这或最早是战国时期，那个军事战略家孙膑说的？"每次来见将军，我都会尽可能地多做些功课。

"是的，孙膑最早说出这句话，并且记录在那本叫《孙膑兵法》的书里。"将军不卑不亢地说，"孙膑的原话是，建哨所要'高则方之，下则圆之'。"

"但为什么建哨所要高则方之、下则圆之？"

"我并不准确地知道为什么。"将军承认说，"但这是部队的规矩，是战争经验。"

我看了看将军。将军看着远方浓雾弥漫的平原，还有那些在浓雾里看不见的树林。

将军说："也许，从兵法守则上看，这种原则或许是建立在防御态势之上的。建在高地上的观察或军事设施，由于居高临下，因而在军事地理上是强势的；方形建筑抗攻击能力比圆形建筑稍弱，但能够布置更多的正面箭垛。而建在低地上的观察或军事设施，由于居低面高，因而在军事地理上是弱势的，仰面进攻或防御都要付出更多资源才能达到居高临下时的效果；圆形建筑的防御能力更强些，建筑的结构也更紧凑、坚固。"

我一边点着头，一边紧张地在电脑上记录。一般碰到将军有大段议论时，我也总会打开手机的录音功能，这样方便事后的整理和留存。

将军说："但我认为高地建方，低处建圆，或许更多是从自然地理角度考虑的。高处不会或较少受到流水、山洪或暴雨冲击，因而建成方形在技术难度上稍低，又有更大的防御和攻击面。低地的建筑则更可能受到流水、山洪、暴雨冲击，建成圆形，水阻更小，结构更紧凑坚固，可以更好地抵抗水流冲击。另外，方形建筑迎风面大，高地阳光相对充沛，方形建筑能够得到更多阳光；而低处阳光匮乏，圆形建筑迎风面小，能够减少热量损失；虽然圆形建筑攻击和防御面小，但权衡利弊，舍方求圆能够得到更多好处。还有，交战期间建立哨所，一般时间紧迫，或条件不从容，高地哨所由于先天条件好，因而可以建得简单些，方形建筑的建筑难度较小；低地哨所由于先天条件不利，因而对建筑的要求高一些，圆形建筑在建筑上难度较大，但为了抵消先天条件的不足，因而是值得的。"

"将军，您的评价和理解非常准确，我也认为很有道理。"我说。

"嗯嗯，这只是我个人的一些经验性的理解，如果想得到最准确的答案，先生或许可以联络孙膑将军，以便做进一步的了解和证实。"

"是的，是的，谢谢将军，我想会的。"

将军跳下运粮的牛车，向浓雾里的平原深处大步走去。我也跳下去，怀里紧抱着各种家什，紧跟着他。

"我感觉我们在往上走。这也许是我的错觉。"我疑惑地对将军说。但满眼都是大雾，什么都看不见，甚至连脚下也看不清。"这里是平原，而且我们这本书写的基本都是平原，我们应该不会走在山地上吧？"

"平原上不代表绝对没有小片低山丘陵，也不代表这些小片的低山丘陵里没有小块的平原。"将军利落地说。

"那倒是。"我承认。

我感觉我们是在上一个坡度很缓的小荒坡。将军走得飞快,我得半跑着才跟得上他。

"我是要带先生实地踏勘一下可能的战地,让先生知道哨楼、营寨为什么要建在面南的高坡上,为什么要背倚山岭、面对平原。也让先生知道,哨楼为什么最忌建在山的背阴处。"

将军突然停下了脚步,在原地站住。大雾好像不对他的视线构成阻碍,他仿佛能透过浓雾看真切眼前的一切。但我却什么都看不见。

"这里是低山的南坡。哨楼或营寨就应该建在这里。"将军一边说,一边用手画着半圆。"部队作战都喜欢居高临下、面南背北,而不喜欢居下面高、面北背南。因为山地的南坡植物茂盛、给养丰富、营地高固,这样部队人马不易生病,可以说战之必胜。因此在丘陵、坡地、高地驻扎或布阵时,一定要面南背北,这样部署的优势,是借助了地形的帮助。"

哦哦,不得不说,我喜欢今天将军跟我讨论的军事技战术内容,这也是许多男生都喜欢的野外战斗、生存技能。

将军转身快步向下走去。我紧紧跟着他。他的脚步越来越快,我只得小跑起来才勉强跟得上。我突然发现我们已经站在沱河边了,水线就在我们脚下。

"兵者,诡道也。这句话的意思是说,打仗,就是关于欺骗的艺术。但打仗也不是没有规律可循。比如,"将军用手指着脚下的河流说，"上游下雨时，水里就会有泡沫漂来，这时如果打算过河，必须等水势稳定下来，渡河时部队也必须离河稍远，不可拥堵在河边。如果对手渡河而来，不要在河里迎战敌人，敌人半数过河时展开攻击，效果最好。打算和敌人作战时，不要紧挨河湖迎敌。驻扎时要面南居高，不在敌人下游居留。这是水域作战的守则。"

"是的，将军，听起来很有道理。这是陆军或步兵作战的守则吗？"我头也不抬，边匆忙记录，边向将军发问。

"当然，这些都是步兵必须遵循的战术原则。"

将军说："如果可能的话，陆军必须避免正面的攻防。侧翼进攻是陆军制胜的不二法宝。"

将军没有对上述这句话做进一步解释，他转身离开河岸，向河坡的平原上走去。

"军事的技战术都是从实践中得来的，因而所有军事行动事前总会有蛛丝马迹。"

"这怎么说呢？"我问。

"比如，敌人逼近时却很安静，这说明敌人有险要的地形可以隐蔽依托；敌人远道而来就匆忙挑战，这是想诱我进兵；敌人屯兵在平坦地域，这必定有他的后手；很多树都在晃动，这说明有许多人隐蔽而来；草多障眼时，就值得警惕了；树上的鸟惊飞了，说明有敌人的埋伏；野兽逃走，说明有伏兵；远处尘土高扬而且势头迅猛，说明有大量战车驰来；尘土低平却面积广大，这是大量步兵前来；尘土分散但线条分明，这是对方在砍柴拖柴准备造饭；尘土稀少却有来有往，这说明敌人在察看地形，准备设营驻扎。"

我连话都来不及说，只顾埋头录音和记录。

"敌人的使者言辞谦卑，但敌人却抓紧备战，这是打算进攻的信号；敌人的使者言辞强硬，敌人此时于驱兵进逼，这是敌人打算撤退的信号；敌人的战车先出并占据翼侧，这是列阵欲战的信号；敌人没有事先约定却前来求和，这背后一定有阴谋；敌人急速调整并布设兵车，这是期待与我交战的信号；敌人欲进又退，这是诱我上钩的信号；敌人拄着兵器站立，说明敌人十分饥饿；敌人从井里把水打上来并抢先喝，说明敌人干渴；敌人眼前有好处却不争先抢，说明敌人累极了；乌鸦群集，说明那里已经没有敌人了；夜晚大呼小叫，说明敌人很惶恐；敌阵中士兵骚乱，说明将领压不住阵脚了；对面旗帜异动，说明敌阵混乱；敌人军官发怒，说明敌人十分疲倦；敌人用粮食喂马并杀牲口吃肉，部队不留炊具，不返回军营，这是打算拼死一战的敌人；敌人将领低调地跟部下说话，表明敌人将领已经失去士兵信任。"

"哦哦，是的，是的。"我十分认可将军的介绍。

我们不知不觉已经走上河岸，走进平原的原野，这从脚下微弱隐现的地面能看出来。如果地面不生植物，那就是河滩；如果地面庄稼茂盛，那就是平原农地。

我抬头看看天，再转脸看看沱河水面的那个位置，虽然所有物象都还看不清楚，但浓雾已经开始缓慢地流动起来了。今天的交流进行得似乎很快，我们剩下的时间应该不会太多了。

"请将军介绍一些战车战法。"

"嗯，嗯，是的，战车战法是值得研究的。"将军说。

将军放慢脚步，一边向停放着大量战车和粮车的地方走，一边回答我的问题。

"春秋以前，中原地区各利益群体间作战以战车为主，夏朝初期已经开始使用战车，商朝后期车战成为战争的主要样式；战车主要在平坦地形作战；战车的多少，是军事实力的直接体现，步兵则只起到辅助作用。春秋时期，战车依然是武装力量的重要指标，但步兵开始发力，其重要性与战车相比逐渐不相上下，战车也开始与步兵混编，形成不同的作战样式；这一时期，每辆战车一般配备甲士三人，另有步兵七十二人，总共七十五人；春秋末期则出现了独立于战车的建制步兵，战国时期步兵的独立性则更大。"

"战车都有些什么战法呢？"我发现雾气的流动越来越快，周围的物体正在逐渐显露轮廓，我和将军的交流，或许随时会中断。

"战车的战法很丰富。比如说，锥形阵，用来突破坚固的敌阵，消灭敌人精锐；雁行阵，用于侧面进攻迎敌；飘风阵，飘忽不定；混合阵，这是兵员不足时使用的战阵；另外还有杂管阵、蓬错阵、方阵、圆阵、疏阵、数阵、翼之阵等数十种。总而言之，用兵的原则就像水，水的原则是，避开高的接近低的；用兵的原则是，避开强的攻击弱的；水根据地形来决定形状和流向，军队根据敌情来决定取胜的方式方法。所以打仗没有固定的方法，水流没有不变的形状。能够根据敌情变化取胜，才可称为战神。"

"嗯嗯，说得好呢，说得好啊！……"

我突然发现周围没有任何响动了。

我抬起头，发现大雾已经散去，将军、战车、士兵并不存在。平原一望无边。只有我，抱着一堆什物，孤零零一个人，站在平原的中央。

大雾里的平原，什么都看不见，只隐约看得见脚下的土路。印象中前面是淮河的大河湾，河流在那里深切到地面以下，平坦的原野在大河湾的两边极尽可能地伸展开去。我估摸着方向往淮河大河湾的方向走，平原上的候虫还听不到一点动静，但想必它们已经伸腰蹬腿，靠近洞口醒着困了吧。古人以五天为一候，每一候里都有不同的事物变化、死生别离。

这时，忽然听见前方隐约有些嘈杂的人声和马嘶声，还感受得到沉重的牛车行驶时地面微微的震动。嗯嗯，我想，前面一定就要接近一个很大的村庄了，不然为什么会有这么多马车、牛车和人声，那时只有春耕、春种，才能掀起这么大的动静。

这次，将军没有坐在运粮的牛车上看着远处的浓雾苦恼或发呆。我跟着卫兵来到河岸边临时搭盖的芦苇席工棚里，将军要在工棚里召集众将领开会，决定即将开始的战役。

但会议还没有开始，我们还有时间聊一会。我们在铺在地上的席子上坐下，上身靠在席墙上，这样可以放松身体，不会疲累。我把电脑、手机、纸质的笔记本、一支新录音笔，一股脑儿在面前排开。工棚里有一股半新的芦苇的荒草味，让人觉得很有生活气息。

我们今天谈论的，是军事政治、军事谋略、军事伦理等主题，这是早就跟将军讲好的。

"也许我们可以先谈一谈战争的重要性。呵呵，谁喜欢打仗？"

将军看了看我，好像我是一个他从未见过的怪人。

"没有什么人喜欢打仗，特别是经历过残酷战争的人。但是，话说回来，我们不喜欢战争，但战争喜欢我们，因此，我们必须了解战争的规律、战争的技巧，还有战争的道理。"

"战争有什么技巧吗？"

"是的，战争有它自己的规律和道理，战争是国家层面的大事，既关系到百姓生死，也关系到国家存亡，所以应该在战争打响前，弄清楚战争的方方面面。作为政治领导人，更要把握好五个方面的工作。"

"哪五个方面的工作？"我问他。

"第一件是道义，第二件是天气季节，第三件是地理环境，第四件是将领素质，第五件是军队组织安排。"

"嗯嗯，具体而言……"

"具体来说，所谓道义，就是让老百姓和统治者看法一致，这样的话，老百姓便能和统治者同死，能和统治者共生，并且不怕危难。所谓天气季节，就是阴晴、寒暑、季节、农事。所谓地理环境，就是路途远近、险要平坦、开阔狭窄、是否有利于攻守进退等等。所谓将领素质，就是选用的各级将领要有智慧、守规矩、讲仁德、勇敢果断、军纪严明。所谓军队组织安排，就是军队结构编组、指挥系统、资财费用管理调度等等，要适合战时体制。这五个方面，决定了军队能不能打胜仗。"

"我听有人说过，战争的胜负，在德不在险。"

"嗯，这是在某种语境下说的，有它的道理。"将军说。

"有什么道理呢？"我追着将军的话问。

浓雾不时从工棚留的窗口涌进来，带来一股股湿漉漉的原野气息。

"这句话是说，一个国家能够据险而战，固然重要，但更重要的是老百姓的支持。如果没有老百姓的支持，再险的关隘，也守不住，再有利的地形，对打胜仗也没有帮助。"

"噢噢，那么，有了老百姓的支持，战争就一定能胜利吗？"

"那不一定！老百姓的支持只是战争胜利的关键性前提条件。但战争还有它自己的规律。"将军说。

"有什么规律？"我紧追不舍地问。

"战争的规律就是，必须速战速决。"

"这是什么意思？"

"战争的一般规律是这样的：战争开始之前，要动员千辆快车、千辆重车和兵卒十万，还要进行千里补给；那么后方和前线的耗费，还有谋士外交等资费、胶漆等战争物资、车辆盔甲等等费用，每天都要耗费千金巨资；这些事情都准备完毕后，十万大军才会出动进行战争。"将军掰着手指算给我听，"用这样一支大军作战，必须速战速胜。如果久拖不决的话，就会使军队疲惫、锐气尽挫，敌人的增援力量也会赶来；如果长期征战的话，势必导致国家财用不足、力量枯竭、资源耗尽，各方敌人就会趁机兴兵发难。"

"好吧。"我在心里是认同将军的看法的，"那么，当一支军队进攻时，它的给养怎么补充？"

"当一支军队进攻时，它必须就地取粮，用敌人的粮食喂饱自己的战士。"

"这话怎么说呢？"

"这就是说，一支进攻的部队，武器装备可以从国内携带，也可以从敌人那里获得，粮草则必须在敌国解决，在占领区就地取得。"

"为什么要这样？"

"向战区远程运输粮草，会导致国家贫困，在经济上十分不划算，同时，还会使自己国家的百姓变得贫困，军队征粮驻扎的地方物价飞涨，物价飞涨使百姓财力枯竭，百姓财力枯竭，便被迫通过土地和劳役透支，财物会因此耗尽，国库也会空虚，国力耗损严重。所以部队必须从敌人那里得到补给！吃敌人一斤粮食，相当于自己运来二十斤，得敌方草料一筐，相当于自己运来二十筐。"

"从占领区取得粮草，有没有战争道德的问题？"

"从占领区取得粮草补给，这就是基本的战争伦理。"将军不容置疑地说。

"那么，除了打仗战胜敌人，就没有更好的办法达到目的、取得胜利吗？"

"当然有。"

"有什么更好的办法？"我头也不抬地追问下去。

"可以不战而屈人之兵。"将军平静地说。

"什么是不战而屈人之兵？"

"这就是说，不用打仗，就能让敌人屈服。"将军耐心地向我解释，"用兵的上策是智取，其次是通过外交取胜，再次是用武力取胜，攻城则是下策，没办法时才打仗，才把攻城方案拿出来用。"

"这是完美主义吗？"

"这是战争的最高标准。"将军点点头，表示肯定。

"战争的最高标准？"

"是的。"将军进一步解释说，"不战能降服敌国最好，击破敌国就要差一等；不战能降服敌人全军最好，击破敌军就要差一等；不战能降服敌人一个方面军最好，击破敌人一个方面军就要差一等；不战能降服敌人一部最好，击破敌人一部就要差一等；不战能降服敌人一个班组最好，击破敌人一个班组就要差一等。因此，百战百胜，不是好中的最好；不打仗却能使对手屈服，才是完美中的完美。"

"这多少有点理想主义了吧。"我小声地嘟哝了一句，但还是被将军听到了。

"可是对用兵的人来说，这样的准则，是必须要有的。善于用兵的人，不动武就能屈服对手，不进攻就能拿下城池，不久拖就能废掉敌国，最高的军事政治原则，就是必须用天下视角夺取天下。"

"嗯嗯，这的确不容易，但又确实应该想得到。"我表示赞同，"但在具体的战争中，有什么必须坚持的原则？"

"战争的原则是，有十倍于敌的兵力就包围敌人，有五倍于敌的兵力就进攻敌人，有两倍于敌的兵力就分割敌人，与敌兵力相当就尽量与敌一战，兵力少倒不如摆脱敌人，兵力悬殊就尽量避开强敌，弱小的一方如果硬拼，就会成为强敌的俘虏。"

"有没有最简单的必胜术？"我故意为难将军。

"最简单的必胜术？"将军疑惑地转过脸来看着我。

"就是任何人只要掌握了，都能百分之百取胜的战略战术。"

"百分之百的……"

"是的，百分之百的，而且是最简单的。"

"也不能说没有。"将军沉思着说。

"难道真有这样的战略战术？"我莫名地有点亢奋。

"那要靠双方配合。"

"靠双方配合？"

"是的，要靠双方密切配合。"

"怎样密切配合？"

"对我方来说，先要把自己打造得不可战胜，再等待敌人露出破绽；对敌方来说，敌人必须露出破绽。"

"哦哦。"我琢磨着将军的车轱辘话。

"也就是说，敌不胜我的主动权在我，我胜敌的条件由敌人提供。"

"将军的意思是说，我取胜的条件不在我，而在敌人露出破绽？"

"你理解得很正确。"

"好吧好吧。"

我觉得现在不是深入消化将军思想的时候，一旦浓雾快速流动起来，根据我的经验，我和将军的对话就将被迫结束。所以，我必须抓紧和将军在一起的所有时间。

"作为将领，您一定知道敌人将领的致命弱点。"我换了一个话题。

"是的，将领有五大弱点最致命。"

"哪五大弱点？"

"一种是蛮干的，这样的敌将适合消灭他；一种是贪生的，这样的敌将可以俘虏他；一种是怨恨躁进的，这样的敌将适合激怒他；一种是自爱的，这样的敌将适合败坏他的名声；一种是爱民的，这样的敌将要让他分心。"

"在现实生活中，如果我方某将领具备其中一个弱点，那会怎么样？"

"那要注意监控和制约，不能因为一个人的性格弱点，影响整个国家的军事战略。"

"那么，如果一国某主要将军具备其中的全部或多数弱点……"我故意给将军出难题。

"一国的主要将领有这五类特征,那既是将领本人的弱点,更是谋兵用人的灾难,对这样的将领,不能不心中有数,重点把控。"

"那为什么不干脆撤换?"我要把将军逼近墙角,让他无路可退。

"因为这样的将领,可能会有其他方面的重大优长,因此无法简单处置。"

"哦哦,我明白了。"我吁了一口气,换一个话题,"部队行军时有什么样的纪律?"

"后浪曹操曾经发布过一个军令,要求士卒无犯麦,犯者死。"将军说,"纪律严明、战斗力强的部队,都会有类似的军令和要求。"

"那么,好的,将军,我还有最后两个问题。"

浓雾不时从席棚的窗口涌入,从涌入的雾气中能嗅出淮河水面上的清凉气息,还有遥远的平原上植物的味道。雾气的流动更快了,我和将军的时间不多了。

将军说:"请问。"

"将军,战争中最难的是什么?"

"嗯嗯,都不简单,如果处置不当,小事也会酿成大祸。"将军沉吟着说,"不过,争夺先机是一件很难的事。"

"为什么呢?"

"争夺先机的难处,在于把空间上的远变成时间上的近,把灾难变成有利。比如,想办法用小利诱惑敌人,让敌人绕个远路,这样一来,自己虽然出发很晚,却能先敌到达。但争夺先机有好处，争夺先机也有危险。比如，部队携带装备物资争夺先机，速度就上不去；如果丢弃军需去夺取先机，就要抛弃军用物资。为了争夺先机，就得收拾铠甲，匆忙上路，日夜不歇，加倍赶路。这样的话，去百里以外争夺先机，可能会损失三军将领，身体强壮的超前，身体疲弱的落后，采取这种做法只有十分之一将士能赶到；去五十里以外争夺先机，可能会损失前军将领，采取这种做法只有一半将士能赶到；去三十里以外争夺先机，只有三分之二的将士能赶到。即便按时赶到了，部队没有军用物资就会灭亡，没有粮食吃就会死亡，没有储备物资就会覆亡，也很难持久坚守。这些都是争夺先机的困境。"

"好的，谢谢将军的精彩回答！"

我看到席棚外的平原正在清晰、明朗起来，席棚里正在忙碌的士兵和工匠，他们的脸型和动作，也逐渐看得清楚了，将军或许多日缺觉，也显得有些疲惫了。大雾快要消散了。

"将军，我的最后一个问题是，战场上如何传递军令？"

"嗯嗯，所有军人都熟知这些，夜间作战多使用火光和战鼓，白天作战多使用战鼓和旗帜……"

大雾瞬间散去了。我坐在淮河的滩地上，周围不见任何人为的痕迹……

大雾里的平原，什么都看不见，只隐约看得见脚下的土路。

印象中前面是澥河的大河湾，河流在那里深切到地面下去，平坦的原野在大河湾的两边极尽可能地伸展开去。我估摸着方向往澥河大河湾的方向走，平原上的候虫还听不到一点动静，但想必它们已经伸腰蹬腿，靠近洞口醒着困了吧。古人以五天为一候，每一候里都有不同的事物变化、死生别离。

　　这时，忽然听见前方隐约有些嘈杂的人声和马嘶声，还感受得到沉重的牛车行驶时地面微微的震动。嗯嗯，我想，前面一定就要接近一个很大的村庄了，不然为什么会有这么多马车、牛车和人声，那时只有春耕、春种，才能掀起这么大的动静。

　　我一只手抱着平板电脑、手机、纸质的笔记本、录音笔、水笔、充电宝，我用另一只手拨开浓雾，小心翼翼地走进雾珠里。脚下的路看得不是太真切，我只得一脚高一脚低地摸索着往前走。头发上很快就有水珠滴下来了，裤腿也潮得沁人。走到澥河湾的空地上时，我听见水雾中的河水里，传来哗啦的一声，那一定是一只澥河大曹鱼用红尾拨水的声音。随着水声，河边一片约莫两三个足球场大小的平坦的开阔地上，浓雾渐渐薄去，光线放亮起来，但在这片地方以外，雾还仍然浓得化不开。

　　随着浓雾的摊薄，这片平坦地上顿然嘈杂起来，无数头戴青铜头盔、身穿沉重铠甲的将领和战士，匆忙地走动着，粗声大气地吃喝着。坦地上不规则地停放着成百上千辆战车，还有看不到边的笨重牛车。一些战士脱了赤膊，钻在战车或牛车下忙碌着。成群的战马和酱色的黄牛，在河边的树林里吃草、吃料。

　　我在将士、战车的嘈杂和拥挤里寻找。是他了！我终于找到了。那是指挥这些将士的最高将领。他身穿厚重的牛皮和青铜钉制的铠甲，沉默地坐在一辆牛车的挡椅上，手里拎着青铜头盔，两只鹰鹫般锐利的眼睛直盯着远方的浓雾，但也能从他的眼神里看得到一些苦恼。

我走到将军身边，转身和他并排坐在牛车的护椅上，脚也像他那样，蹬在牛车的实木车轮上。像他那样，我也瞪眼看着前方浓雾锁闭的平原。

将军忽然无声地抽泣起来。

这次，我没能控制住我的好奇心。

"将军为何哭泣？"

"我要临阵脱逃了。"将军抽咽着说。这口气、状态，似乎不像我此前熟悉的将军。

"将军为何这样说？"

"我的母亲就要去世了，我要去见我母亲最后一面。"

"嗯嗯，这是必须的。"我安慰他说，"社会伦理应该有相关的要求。"

"是的，"将军抽泣着说，"我们从内心里感觉我们必须孝敬父母，因为我们是父母生养的，没有父母，就没有我们，也不会有我们的后代。"

"这方面有些什么具体的规则和道理吗？"

"这自然是有的。"将军说，"孝敬父母，在我看来，这是天的常规，是地的常理，也是人的常性。天地有自己运行的常规，而人的品性，是从天地规律中派生出来的。"

"嗯嗯，将军可否具体说明？"

"这句话从儒家角度看，把天地和人联系在一起，暗示的是一种因果关系，即人的这种天性来源于天地。从道家角度看，这表达的是一种并列关系，即人的天性与天地常规常理，都是自然规则的一部分。这实际上说的是人的自然属性。人的文化属性固然很重要，但人的文化属性只能建立在人的自然属性之上，没有人的自然属性，哪来的人的文化属性？"

我仍有些困惑不解。不过，我和将军之间，是在进行口述实录，并非在进行伦理研讨，有些弄不清楚的话题，以后还可以进行深入探讨。

"那么，关于孝敬父母的问题，我们应该怎么做？"

"在我看来，孝爱自己父母的人，不会厌烦别人的父母；尊敬自己双亲的人，不会怠慢别人的双亲。自己能对父母极尽爱敬，才有资格对百姓进行孝德教育，才能成为全社会效仿的榜样。这是我们全社会对天子的要求。"

"那么对您这样的人来说，社会又要求有什么样的孝道呢？"我很好奇。

"嗯嗯，我们在家当然应该孝敬父母；上朝当然要尽心尽力，退朝后则要想着怎样弥补国是的漏洞；在理想和事业中，要尽力做到格物、致知、诚意、正心、修身、齐家、治国、平天下。"

"也是很累的呀。"我感叹道。

"习惯了，就并不觉得有什么累了，倒觉得是一种责任。"

"责任？"

"是的，责任，一个人对上、对下、对国家、对家庭、对社会，都有一种天生的责任。"

"这是不是传说中的'移孝为忠'？"我突然转变了话题。

"这话怎么说？"将军似乎是第一次听到这种说法。

"移孝为忠，就是把对父母的孝道，搬移到工作中，对领导和上级也像对父母一样，这被称为忠心，或忠诚。"

"嗯嗯，我闻到了你话语中贬低的气味。"将军说。

"我并不完全是那个意思。"我否认说，"不过，两千多年以后，人们的价值观和参照系，都有许多变化，人们不再盲目地忠诚，而是有自己的看法和立场，这些看法和立场通过交流和沟通的方式，会相互影响。"

我似乎忘了我此行的主要目的，开始滔滔不绝起来。我不知道我这一趟的口述实录任务能否完成了。

"我们也有你们后浪所说的那种价值观，还有修正系。"

"我说的不是修正系，而是参照系。"

"但我说的就是修正系。"将军固执地说。

"好吧，那就是修正系。"

我突然发现将军执拗起来，跟我有一拼。"怪不得人们都说，再好的朋友，甚至家人，也不能在一起讨论政治和道德观点，只要在一起谈论政治或道德观点，亲人都会秒变敌人。"我自言自语地嘟哝道。

"在这一点上，你们后浪和我们前浪完全一样。"没想到我的自言自语，被将军听得清清楚楚。

"嗯嗯，好吧，好吧，将军，请说说您的修正系吧。"

"哦哦，修正系。我是说，我们有我们的谏诤体系。"

"谏诤体系？那是什么？"我好奇起来。

"这是孔子老人家说过的一段话。"将军说，"孔老先生说：如果天子有诤臣七人，就算天子昏愦，也不会失去天下；如果诸侯有诤臣五人，就算诸侯昏乱，国家也不会灭亡；如果大夫有诤臣三人，哪怕大夫昏庸，也不会失去食邑；如果士人有那么一两个诤友，那么美好的名声终生都不会离开；如果父亲有个诤子，他就终生不会陷入不义。所以，面对不义，儿子必须规劝父亲，臣子必须规劝君主。只要面对不义，就要规劝。绝对地顺从父亲，怎么可能称为孝呢！这就是我们的谏诤体系。"

"哦哦，将军，讲得好！讲得好！"我不得不由衷地敬佩将军他们那一辈人，他们考虑问题果然周全。

"这并不是我讲得好，我只不过是转述而已。"

"嗯嗯，是的，是的。"我一边和将军互动，一边急促地把将军的话一字不落地记在电脑上，我的录音笔也一直在工作。"将军，请您继续告诉我孝亲的事。"

"孝亲？"

"是的，就是孝敬父母的事。"我觉得将军有点走神，也许他的内心有些悲伤过度。

"哦，哦，是呀，是呀，孝敬父母的主要内容，有尊亲、敬亲、荣亲、养亲、谏亲、敬终等等。"

"这都怎么说呢？"

"尊亲就是尊重父母，敬亲就是礼待父母，荣亲就是光宗耀祖，养亲就是供养父母，谏亲就是直言规劝，敬终就是处理好父母的后事。"

"处理好父母的后事……"

"是的,这是孝爱父母的一个重要方面。"

"那具体都是怎么样的呢?"

"嗯嗯,孝子的父母去世,孝子的哭声一定会不加修饰,并且发自内心,礼仪方面也会不守常规,说话也不再讲究文采。这时如果孝子穿着讲究,心里就会感觉不安;听到音乐,也很难愉快起来;吃到美食时,并不觉得好吃。这些都是他内心忧伤造成的。"

"是的,是的,在各个时代,人们失去亲人时的心情,都是一样的。"我表示认同。

"在具体规定方面,父母去世三天后,孝子必须要吃东西,政府也会教育百姓,不要因为亲人去世而伤害自己的身体,不能因丧亲过哀而危及孝子生命;另外,居丧不得超过三年,这就告诉民众,居丧有个结束的期限,不得无限期地居丧。"

"嗯嗯,就当时的情况来说,这也是人性化的。"

"丧葬时,孝子要提前准备好棺椁、寿衣、包被,以便安放逝者;要摆放好祭品,沉痛哀悼;要捶胸顿足地哭泣,以便悲哀地把父母送走。在这之前,孝子要用占卜的方式,选择吉祥的墓穴,以便安葬父母。此后,要在祖庙里祭祀父母,让父母的魂灵享用祭品;要四季依时而祭,以便时时思念父母。父母在世时,要用爱敬侍奉他们;父母去世时,要用哀戚孝哀他们。人该做的孝道本分都做到了,生养死葬的道义也没留遗憾,孝子侍奉双亲也就完满结束了。"

"哦哦。"我突然明白了将军多次哭泣的含义了。我抬起头来，看到浓雾正在涌动起来。除了对母亲内心的思念外，将军还必须做好形式上的孝道。

"那将军为何不立刻就走，立刻赶回家乡，尽完孝子的那一份孝道？"

"这正是我的困境呀！"

"困境？"

"也就是有些中浪常说的，忠孝不能两全……"

"忠孝不能两全？"我表示我完全不明白。

"是的是的，我还要解救我的一队将士，此刻他们正走向死亡。"

"你还有一队将士？他们在哪里？你的将士难道不都在这里休整？"我疑惑地问。

"这正是我的困境。此前有一队将士被我派往澥城攻击敌人，此刻他们可能已经到达战位，正在准备发起攻击。可是，现在战争已经彻底结束，我必须防止攻防双方再有哪怕一丁点无谓的牺牲，但此刻我却无法向他们传达停止进攻的命令。"

"嗯嗯。"这的确是个棘手的问题，"不过，为什么不给澥城打个电话，让他们告知城外正在准备攻城的部队呢？"

"电话？"将军疑惑地说。

"是的，"我拿起手机，"让我来给澥城的朋友打个电话，告诉他们事情的真相。"

"但是,你的手机,这个东西,它没法穿过这么浓厚的大雾,你也不可能比我的国马跑得更快。"

"我的手机并不需要亲自前往。"

"它不需要亲自前往?"将军的神态似乎越来越困惑,眉头也越皱越紧。

"我们可以试试。"我很有信心地说。

我拨通了我澥城朋友的电话,前些日子我们还在一起吃饭,在一个偏僻的农庄里,我们还在讨论两千多年前,在当地发生的一场战役,有一些考古发现带给我们一些新的历史线索。

我的朋友在手机里告诉我,当年的那支部队在大雾中迷失了方向,就在澥城附近的湿地边缘定居下来,他们垦荒农耕,和当地人通婚生子,他本人就是那支部队的将士和当地人的后代,他们说话时还保留那些将士的口音,他们的方言被当地人称为猫音,但周围的当地人都不那么说话,因此很容易把他们和当地人区分开来,这种现象被后人称为方言岛现象。

"啊啊……"将军听罢我的转述后,睁大双眼,表示完全不知道我在说什么。

我想,或许他可以通过方言和口音,明白这些。于是我把电话靠在将军的耳朵边,让他和他的将士后代说几句话。

"将军,不要用您和我交流时用的官话,也就是雅言交谈。请用您家乡的方言和您将士的后代交谈。"

将军半信半疑地看了看我,然后用方言和我的朋友交流起来。

我仔细地观察着将军的表情。

我发现他的表情愈来愈明朗、愈来愈兴奋了。成功了！这我真没想到！我只不过是急中生智，无奈之中想试一试的。

"现在放心他们了！我可以回家尽孝了……"将军喜极而泣，涕泪横流地对我说。

将军抓过了我手中的手机，自顾自地和我的朋友聊了起来，他说出了一连串人名，听上去都有些复古的气息。我窃喜着收拾我的电脑、笔记本等家什。人都会为自己做了好事而喜不自禁的，我也是这样。

可是我突然从喜不自禁中惊醒过来。是周围的一片寂静惊醒了我。我正呆立在漷河的河湾里。薄雾正在快速地散去。除了远处一个放羊的小娃儿和他的三五只酱白山羊，没有别的人和别的大动物。但我知道，在这之前，这里是发生过一些事情的。我很肯定。

平原上的白日梦

　　不管阴晴雨雪，立春这一天，我都会挑一本书，今年这一本是《麦作学》，泡一杯金银花茶，到东边的房间，面朝东，坐在椅子上，读上半天。东方太阳升起，是植物和动物苏醒的起点，又是浩瀚海洋的方向，总是让人期待的。面朝东的方向，能通过事物的变化看得到太阳正向北回归线方向飘移，东窗早晨的太阳愈由窗户的北部升起，气温总体向暖，阳台和飘窗里冬天太阳能照晒到的地方逐渐向南萎缩，有些地方在夏至到来以前再也照晒不到了。拿着书，虽说是读，但往往只是半读半想，有时候沉湎于冥想，有时候和自己脑袋里一个叫庄周的人对话，有时候做白日梦。

　　孟春的一天下午，我突然被一片白花花的光芒弄醒。我睁开眼，一时不知自己在何时、何处，因何而在此时、此处。我愣怔了一会，慢慢才明白过来，原来，我在这个初春的下午，歪在窗边的躺椅上睡着了。但我现在突然醒来了，是被移动过来的阳光弄醒的。暖和的阳光照在我脸上和身上。我身上搭着一条玉色的毛毯，躺椅边的飘窗上反扣着一本翻开的书，书里还有作为记号的折页，一杯茶静静地待在反扣着的图书边，茶杯里还能看见一束伸展开的青绿色的干刺蓟。

我怎么都想不起来我是怎么在飘窗边睡着,又在刺眼的阳光里醒来的。难道是这连续一二十天的阴沉雨雪和天寒地冻,使我对摆脱阴冷冰雪的渴望达到峰值后,不可抗拒地产生了某种渴望的结果?我只记得下班时我穿着皮鞋走到街上,街边的人行道上到处都是脏污的冰雪。皮鞋很快就进了雪水,公交车站挤满了下班后着急赶回家的人,但街道车流拥堵,很久都没有一辆公交车能开过来。

于是我决定步行回家。做出了这个决定后,我就在冰雪泥渣的街道上走去。车在车道上拥堵不动。人在人行道上也拥挤难行。雪水和泥水弄湿了我的鞋和裤腿,鞋里面又滑又凉,冰碴子一定弄到鞋里面去了。街道的最前方是一片高大的楼群,几乎所有的窗户都亮着灯光,但色彩和亮度各有不同,有的白亮,有的淡黄,有的粉红,有的橘红,有的亮度淡一些,有的很明丽。那里就是我的目的地。隆冬时节,人们无不渴望着那些温暖的灯光。

那片高大的楼群可能有成千上万幢楼,这种估计让我心安,因为有那么多亮灯的窗口,就说明有那么多人生活在那里,人的孤独感就好许多,就感觉有人能帮自己承受苦难,也有人能帮自己分享幸福。大厨房里灯光明亮,我仿佛能看见我妻子那无比熟悉的身影。表面上她正里里外外忙碌着,准备我和孩子的晚餐,但我知道,她内心只在倾听门铃声是否响起,如果门铃声突然响起,她会第一时间跑去开门,让孩子,或我,带着冷风和欢笑扑进门来。一个人可能有许多牵挂,但只有一种牵挂最永久、最上心，那就是亲人和骨肉的牵挂，除了骨肉和亲人的牵挂，其他的牵挂，或许都无关紧要，都可以舍弃。

我走得很累，可是家却总也走不到。灯光通明的楼群，像陡立的悬崖一样矗立在街道那头，但街道似乎无止境地向前延伸着，怎么走都走不完。我着急得几乎要哭起来了。不知怎么的，我坐在人行道边的花坛上了。我弓着腰，眼睛只能看见冰碴、雪泥的地面，以及不同的裤腿和鞋子。有黑色的皮鞋，有紫红的皮靴，有系鞋带的运动鞋，有手绘图的胶底鞋，有水靴，有米黄的皮棉鞋。这些各种各样的鞋，有的走得快，有的走得慢，有的走得急匆匆的，有的走得不急不躁。不过无一例外，这些鞋都泥泞不堪，看上去一片污染。

不过我不知道我怎样才能走回自己的家。我从人们的腿缝里看到街边的一家茶店正在营业。我起身走进明丽温暖的茶店。起初我很拘束，我为我鞋上、腿上和身上的泥污不好意思。我在门里边靠墙的地方站了很久，可是人们都在喝茶、吃小零食、各自说话，系蜡染小围裙的女店员来来回回地忙着，没有人特别注意到我。

我小心翼翼找个靠窗的座位坐下。哦哦，我注意到那个系蓝花扎染头巾的女孩，她那么好看，动作那么柔和，皮肤细白。我知道她是谁。我熟悉她的。我的心安定下来了。我把头扭向窗外。街道上似乎正在亮起街灯，但没有一丁点车声和人声。当人们心里不嘈杂的时候，幸福就会降临到人们的身上，这大概就是吉祥止止的含义。

哦哦，是的，我完全安下心来了。我知道她，没错的，我知道她是谁。我对她熟悉到没法再熟悉的程度了。我看见楼群里所有的窗户都亮起了灯，这说明所有的人都已经回到自己熟悉的家中，没有人还流落在冰天雪地和泥泞的街道上了。是她，没错的，没错的。她正是我的爱妻。她给我端过来一杯冒着热气的茶。她把它放在我面前的小桌上，妩媚地对我笑笑，就转身忙她的去了。

我低头看那个杯底有小红花的平口杯。杯子里一棵蜷曲着的植物正慢慢地伸展开来，正慢慢地、慢慢地、慢慢地伸展开来。我相信所有的人都猜不到那棵伸展开来的植物是什么。或许你会猜它是茶叶，又会猜它是石斛，又会猜它是菊花，又会猜它是枸杞叶，又会猜它是金银花，又会猜它是柳芽，又会猜它是蒲公英，又会猜它是荷叶，又会猜它是橘柚花，又会猜它是银杏叶，又会猜它是水芹梗，又会猜它是荠菜梗，又会猜它是蕨，又会猜它是红芋梗。不过都不对。

我看着它在白底红花的平口小杯里慢慢地舒展开了。那样的鲜绿，那样的鲜嫩，甚至让我忘了窗外正是泥雪冰碴天气，正是下班的高峰期，忘了我是因为坐不上车而步行的，也忘了我最初感觉街道无穷无尽，而我是个回不了家的人。突然，干刺蓟在热水里瞬间弹了开来，在清洁的开水里呈现出一棵完美的植物的形状。

好了好了。我的关子卖不下去了。好吧，它就是生长在春天田埂上的一棵刺蓟，虽然某个时刻它已经成为隆冬城市里一个关键性的精神抚慰。这会儿我已经坐在春天的田野上了。我说的就是这会儿。前两天刚刚下过一场透雨，小刺蓟正在疏松的土壤里伸出小小的芽头。不过这时候最好不要随便去摸它。它的小刺芽虽说刚钻出土壤，不过它也能把人细嫩的手指刺得猛然一缩。田埂上、水塘边、路边和地头，用眼光仔细搜索一番，都可以看见小刺蓟冒出的芽头了。

这时候，我不希望我的白日梦过早醒来。我要一直享受刺蓟带来的春意。虽然我知道我的白日梦已经清醒过来。此刻，我只不过是假装仍在做着白日梦。

无论刮风下雨，惊蛰的这一天，我总会挑一本书，今年这一本是《河流学》，泡一杯水芹梗子茶，到东边的房间，面朝东偏南的方向，坐在椅子上，读上半天。东偏南的方向，是海洋暖湿气流吹来的方向，这是大陆季风区的特点，当东南风吹来时，亚洲大陆东部就变得温暖湿润了，万物都生长开了。虽说是读，但往往只是半读半想，有时候沉湎于冥想，有时候和自己脑袋里的一个人物对话，有时候做白日梦。直到窗外像是隔着一层层纱滤过来的鸟叫唤醒我。

我梦见仲春时我在荒原上的巨型高速公路立交桥附近，发现一大片荒地。那一大片荒地有一小部分在巨型立交桥附近，大部分延展到更远的原野上去了。荒地略微有些起伏。荒地上有几个或细长或椭圆的池塘。荒地的中心区域，有一个废弃的小村庄。小村庄的人都统一搬迁到附近乡镇去了，但他们原来居住的紧凑的屋舍都原样保存下来了。

下过春雨的日子，我穿着胶靴从荒地踏过。荒地里各种野草和野菜都长起来了。但这时的枯草地里还没有地皮出现。地皮就是那种黑色可食的菌类，春天和夏天，当气温高于二十摄氏度时，雨后的枯草地就会长出地皮。

我梦见我正按照我自己的思路打造这一片荒地。我把废弃的村庄都利用起来，按照村道和房屋原来的走向、朝向、高矮、形状，打造成一个独具特色的民宿群。村里原来的村民可以优先到这里工作，我给他们较高的薪酬。他们中年纪轻的做管理人员，年长的打扫卫生、修理草坪和绿化带。我安排管理部门为他们购买各种保险，这样他们就既能衣食无忧，也无后顾之忧，还有能力接济其他亲友。

我在荒地上开挖一些不规则的小河，把各个池塘串联起来。因此水体从巨型立交桥附近，忽圆忽扁，忽宽忽窄，忽东忽西，忽深忽浅，一直蜿蜒到很远的另一端，都串联在一起了。挖出来的土在水边堆成一些高低不同的土坡，土坡又被改造成绿草茵茵的草坪。微雨时打着伞，划着小舟，从立交桥下芦苇丛生的幽深处荡出，从南到北，慢慢滑过雨雾迷蒙的原野，很有一种滋味。

水里和水边生长着许多水生植物，有菱角，有荷，有菖蒲，有香蒲，有芦苇，有再力花，有水竹，有鸢尾花，有铜钱草，有芦荻，有毛芋头。水里放养了许多泥鳅、黄鳝、草虾、鲫鱼、参条、鲤鱼和老鳖。多年以后，水里的鱼虾多得吃不完，住在民宿里的客人需要时，就可以到小河边随便捞几条，做成鲜香的美味。

我在靠近巨型立交桥的宽阔水塘边，种植了一大片野蔷薇。

野蔷薇攀附在石墙上，每年它们从仲春开始怒放，一直怒放到初夏。野蔷薇花色繁多。有偏紫红的，有偏素白的，有偏粉红的，有偏深黄的，有偏浅蓝的，但还是以偏粉红的为多。当无数朵野蔷薇怒放时，它们偏淡的香气也会浓郁起来。各种蜂虫绕着花朵飞动，整个原野都弥漫着一股野蛮的香气。

我在靠近村庄的水边种了一架金银花，它们矗立在草地上，绵延了一两百米。也是从仲春开始，金银花就开放了。金银花的香气清甜。它们鼓苞成熟时，是青白色的，它们开放时，是银白色的，它们怒放时，就变成金黄色的了。金银花也有不同品种。一种叶片呈金脉的金银花，开花时节早；另一种叶脉青绿的，开花时节晚。不同品种的金银花接续开放，花期就能持续很久。

我在靠近小河拐弯的地方，种植了近百米长的一墙垂丝海棠。初夏时垂丝海棠进入盛花期，那近百米的一面墙，都红艳欲滴、娇香媚人。人们划着扁舟经过，虽然会停下来，但并不会有欣喜若狂的声音。扁舟在水里轻轻晃动，那是一只较大的鲤鱼摆尾引起的。除了原野本来的声音，人们都万分安静。花农走过草坪时听不到什么声音。原先住在这里的一个中年农民坐在柳树下吹柳枝笛，也听不到什么声音。一只小水牛走向妈妈，也听不到什么声音。世界似乎本来就这样安静。

不知为何，我的白日梦这时突然从农庄的画面跳开，接驳到另一个频道。我的脑海里出现了一些格言警句类的东西。它们似乎是这样的：如果你自来就要管理社会和一统人心，你最终会有正统相；你自来就是休闲人生，你最终会有休闲相；你自来就事事仰望上面，你最终会有奴才相；你自来就落魄自己，你最终会有江湖相；你自来就仰望思想，你最终会有深刻相。

这是另一个公众号，我对自己说。但我不想从我的荒原农庄里撤出。我的思维强扭着要回到垂丝海棠、金银花、野蔷薇和水鲜遍河的地方。但并不是那么简单就能回去的。那些本来无声的画面剧烈地嘈杂并波动起来。这是怎么搞的！我生气地想。不过渐渐地，画面的质量又高了。画面终于稳定下来了。可是画面却切换到了非洲平原上。我是怎么知道这一切的呢？因为我看见几位年轻的高个子非洲男女，头上顶着巨大的物品，围巾被狂风吹向一边。我懵懂地坐在小船上，看着他们从遥远的稀疏草原上走过去。按照许多人的说法，我们曾经都是亲兄弟、亲姐妹。但我们现在是那么不同。

画面再一次切换到仲春的平原上。仲春的平原上下着细雨。烟雨蒙蒙的样子真好。可是除了我，又有谁知道时空已经移换了呢？我们不会再局限于平原的一隅，虽然我们只能生活在大地的某个地方。我们必须扎根在一个地方，而把另一些地方当成我们的逆旅。我的思绪再次混乱起来。格言警句类的东西似乎又出现了。我的思路不知又接驳了突然冒出来的哪一个公众号。好吧，只好这样了。就这样吧。

无论阴雨晴暖，清明这一天，我总会挑一本书，今年这一本是《稻作学》，泡一杯蒲公英茶，到东边的房间，面朝南偏东的方向，坐在椅子上，读上半天。现在太阳更向北回归线归来了，天气愈加温暖了，阳台和飘窗里冬天和初春太阳能照晒到的地方，有些在仲冬到来以前再也照晒不到了。虽说是读，但往往只是半读半想，有时候沉湎于冥想，有时候和自己脑袋里的一个古人对话，有时候做些白日梦。

暮春时我只能梦见开花的原野。我梦见我在平原上碰到父亲和母亲，他们像生前一样，乐呵呵的。有时候是春阳暖照的日子，有时候是微风小雨的日子，有时候是朝阳初起的日子，有时候是落霞满天的日子。只是当我想去摸一摸他们的身体和手的时候，他们就会消失不见。他们不让我再一次摸到他们。起初我不懂他们为什么不让我再一次摸到他们。但后来我觉得这可能是他们的规则使然。

据说与老子同时代的关尹子说过这样的话：好仁者多梦松柏桃李，好义者多梦兵刀金铁，好礼者多梦簠簋笾豆，好智者多梦江湖川泽，好信者多梦山岳原野。不知道这是不是真的。当然这不是真的。老子那个时代并不流行这种古汉语的句式。这是后人编造的，无疑。

但我知道，如果你想要在暮春这个月见到自己的亲人，你可以到平原或田野上去。你在那里坐下。在一片长着牛筋草的野草地上坐下。这时你要用心。我说的用心，就是要能凝静。你要能凝静自己。其实就是安静下来。安静下来就可以了。这时你要能想到一本读过的书。一个人总是读过一些书的。比如你读过《庄子》这本书。好吧，你没有读过《庄子》这本书。但你或许读过《孝经》这本书。和我们寻常的认知不太一样的是，《孝经》不是后人写的，是公元前就基本编辑成形的。和我们一般认知的另一个不同，《孝经》的"经"这个字，是原来就有的。这和《诗经》《易经》《道德经》等书不同。《诗经》《易经》《道德经》等书名中的经字，都是后人加上去的，是经典的意思。

如果你想在暮春这个月，见到自己逝去的亲友，你可以到平原上去，坐在一片草地上，进行自己的一个仪式。但首先你要能想起一本读过的书，比如《庄子》，或《孝经》。《孝经》一般被认为是孔子的学生曾子编成的。曾子这人比较有孝道，他说过慎终追远一类的话，又向孔子请教了许多孝敬父母一类的话，可见他很看重人的亲情。

好吧，你并没有读过《孝经》，但你可能读过《庄子》。庄子在《庄子》这本书里，借助孔子的嘴，说出这样一段话来。孔子对他看好的学生颜回说，一个人，做人的最高境界，就是顺天而为、吉祥止止。什么是顺天而为、吉祥止止呢？那就是，不摆出医师的门面招来病人，也不把自己的主张当成治病救人的药方，凝神静气寄托自己于远离名利的境界中，这就差不多了；不走路容易，走路不留痕迹却很难；被人驱使容易虚假，顺天而为想虚假都难；只听说有翅膀能够飞行，没听说没有翅膀也能飞行；只听说有智慧就能认识事物，没听说无智慧也能认识事物；你看那虚空之处，虚空无涯的心界已萌生纯洁光明一片，美好和吉利此刻正降临于若水凝止的心境。是的，吉祥止止的意思，就是说，当我们凝静安详时，吉祥善福就会降临在我们身边。由此可知，一个人的凝静和安详有多么重要。

好的好的，我们此刻已经凝静安详下来了。这是我们想要进入某种境界的终极前提。我们在暮春平原的草地上想起我们曾经读过的一本书《庄子》，我们想起《庄子》里的一句话，"吉祥止止"。这就是我们的心灵仪式。我们想要在清明的春天里见到我们已逝的亲人。我们的仪式感已经那么浓烈。这时我们闭上双眼。我们必须闭上双眼。因为睁开双眼时，我们一般即无法进入白日梦的那种幻境。

我们闭上双眼，内心已然吉祥止止。至少此时的我将逐渐进入一片开花的原野——我们逝去的亲人都生活在开满鲜花的原野上。我看见我曾经有气息、有体温的父母正在开满鲜花的原野上漫步。我呼喊着，"爸，妈"，我跑过去拥抱他们。他们似乎听到了我的呼喊。他们回过头来，笑吟吟地看着我。但我要刹住脚步了，虽然我早已泪流满面。但我必须得刹住脚步了。因为我知道，我虽然能够借助吉祥止止的咒语，进入这个开满鲜花的世界，但我抚摸不到虚幻的东西。如果我一定要去拥抱父母，他们就可能在我的拥抱里消失。因此我必须得刹住我的脚步了。小孩见到娘，有事无事哭一场。但我只能远远地看着他们，泪流满面，轻轻地呼喊他们，尽可能长时间地再一次和他们在这个鲜花满园的地方相逢。我甚至能听到父亲轻轻的咳嗽声，能听到母亲轻柔的走路声。但没有办法，我现在只能远远地看着他们，听着他们轻柔的呼吸声。

立夏这一天，无论晴阳雨雷，我总会挑一本书，今年这一本是南北朝的《齐民要术》，泡一杯榴叶茶，到南边的房间，面朝南略偏东的方向，坐在椅子里，读上半天。现在太阳更向北回归线归来了，天气已经暖热了，阳台和飘窗里冬天和春天太阳能照晒到的地方继续萎缩，有些地方在季秋到来以前再也照晒不到了。虽说是读，但往往只是半读半想，有时候沉湎于冥想，有时候和自己脑袋里一个叫孙武的人对话，这时我能看见大雾浓裹的河湾里兵车陈列的壮阔场面，有时候做白日梦。直到妻子敲敲敞开的门说，"吃麦黄杏啦"，我才会从自己的境界里惊醒。

我梦见我从平原来到山区。那似乎是一个晴天的上午，因为太阳有点刺眼。后来我知道，是窗外的阳光照到了我脸上。我似乎是和许多人同行的。我们顺着山道往上盘。山道十分弯曲，盘旋而上，走到上面一盘的人，好像走在下面一盘人的头顶上。但抬头看时，会发现山路一直盘旋到云端，好像没有尽头。

大家努力往上攀爬。渐渐地我发现，一路上，同行者不断变换。一会儿，看看身边，熟悉的面孔不见了，身边出现一些新面孔，大家都尽力往上爬。过一会，身边又换了一批新人，还有人向我微笑。过一会，我身边一个人都没有了。我站下来定定神，接着往云端爬。过一会，身边又围满了人，十分热闹，大家说说笑笑，一起往云端攀爬。

这时突然下雨了，风吹在脸上，有一点凉意。原来已经爬到云中了。山上的树都长在悬崖旁，很粗壮，这里人迹罕至，不会有人来偷伐。山坡上的竹林正在换叶，颜色有些灰黄。土里的竹笋有的已经长出两米高了，有的刚长出半米，有的才冒出笋头。

有几个人想去采几棵笋子带走,他们离开道路,消失在山坡后面,后来再也没有见到他们。

同行的人都穿上了一次性塑料雨衣,颜色有红有绿。雨唰唰地下着。看不见前面的路,也看不见云端的峰顶,只能看见周围同行的人。前面有些人蹲下去围着一片湿淋淋的植物看。我也跑过去看,原来是玉簪花,它生长在潮湿的水边,或植物丛里,很耐阴,它会开出一种洁白的花来,显得高洁。

同行的人在路边的小溪旁发现另一种野草,原来是萱草。由于下雨,小溪里的水量很足,叮叮咚咚地往下流。萱草就长在小溪旁边的卵石里和石缝里,一丛一丛的。小溪边还有几株野山楂树,正在努力地打着花苞。这里海拔高,山楂开花也会推迟。我心里想,这一趟不一定能看到这几棵山楂树开花了。当它开花时,大概率没有人能看得到。不过,路过的野黄羊大概能看到。

突然,我们来到了云端。这里天清气朗,空气清新,山峦重叠。同行有人说,如果能看到五重山,就很有福气了。我们都去数那一重重山。有人看到了五重,有人看到了六重,还有人看到了七重、八重,最多的看到了十二重。一柱柱浓云从山后垂直地升到天空中,像是擎天的柱子。头顶山峰的云彩里有几排红顶的房子,那就是我们要前往的峰顶小学。

我们继续攀登。似乎过了很久,终于到了小学的院子里。峰顶小学有两排漂亮的房子,一个长满花草的院子,院子里有个乒乓球台子,还有一个沙坑,一个双杠。学校里有三个小学生,都是小女孩。一个小女孩的爸爸死了,妈妈嫁人走了,不要她了;

一个小女孩爸爸有残疾，妈妈是缅甸来的，妈妈被遣返了，她就没有妈妈了；一个小女孩爸爸到山外打工了，妈妈头脑不太好，她每天要负责给妈妈穿衣服。

学校里有两个女老师，还有一个当地的男校工。两个女老师负责给三个小学生上课，还负责当她们的临时妈妈、疼爱她们，还负责照顾她们在学校里的生活，还负责送她们回家。男校工负责打理学校，负责采买，负责做饭。中午饭最热闹，六个人在一起吃。吃过饭，老师和孩子们就开始画画，她们抬一张桌子到院子里，铺上白纸，就描着头顶上的山和水，一笔一笔，认真地画起来。

这时有人提醒说，大家这次是干什么来了？干什么来了？我使劲想也想不起来。我一点都想不起这次是干什么来的，来前似乎并没有人通知过呀。我使劲想，使劲想。这时，同行的人都纷纷从口袋或包里拿出各种各样的东西。我问他们在做什么，他们都不回答我。他们甚至连看都不看我。

我觉得很孤单，因为他们都不回答我。我只好走到一边，继续想这次为什么要来这里。难道就是为了攀上云端？我想得肚子都发胀了。肚子越来越胀，胀得难受。我得去找厕所。我在学校里找，怎么都找不到。却又不好问别人。我找到学校外面。我看到有人在路边露天上厕所。这怎么好意思呢。我看见他们都对我指指点点，好像在议论我。不过也只好这样了。似乎也没什么，谁不是光着腚来的？谁也不可能穿得样整地来到世上。想想他们或她们说得也对。也只好这样了。

我似乎在露天上了厕所。不能确定。但肚子已经不胀得那么难受了。我站起来，想回到学校里面去。这时我发现我已经回到平原上了。在我的头脑里，刚刚的云端记忆还那么清晰。我想回到云端去。我来到汽车站，却怎么都没有车来。我开始步行去那个峰顶云端。山路上仍然有许多人在行走。但我脚下的路却怎么都走不完。遇到山峰时，我怎么爬都爬不上去。我很伤心。甚至心都开始抽泣了。

后来，我就醒来了。我看见有一盘麦黄杏放在身旁的茶几上。妻子告诉我刚下过一场雨。现在太阳又出来了。

芒种这一天，无论阴雨晴热，我总会挑一本书，今年这一本是《麦作学》，泡一杯芫荽梗子茶，到南边的房间，面朝正南方向，坐在椅子上，读上半天。现在太阳更向北回归线归来了，天气炎热了，阳台和飘窗里冬天和初春太阳能照晒到的地方，有些在仲冬到来以前再也照晒不到了。虽说是读，但往往只是半读半想，有时候沉湎于冥想，有时候在自己脑子里和平原上的一条河流对话，有时候做白日梦。直到窗外传来惊呼声，有人在小区尽头处喊了一嗓子："要下暴雨啦！那谁家，赶紧把晒在外面的被子收家去！"

我梦见雨后的草甸子上，有一位牧童骑在一头大水牛身上吹牧笛。我被他悠扬的笛声吸引，不顾一切地向他跑去。可是我冲得太猛了。牧童身后却是一条汹涌澎湃的大河，我收不住脚，掉下河去。牧童可能知道我水性好，他并不担心，他就在我身后的河岸上，哈哈哈哈地放肆开怀地大笑起来。我心里觉得有一点狼狈。

我梦见雨后的大草甸子上，有一个腰身很好的女孩子，在大草甸子上弯腰采野花。当她弯下腰时，她上身的小吊褂收缩上去，露出白皙柔韧的小腰肢，很诱人。我被她白皮肤的小腰身吸引，不顾一切地向她跑去。可是我冲得太猛了，女孩不经心地一闪身，她身后却是一个大土坑，我收不住脚，掉下坑去。女孩知道坑不太深，摔不死人，因此她站在坑沿上，直起腰，哈哈哈哈大笑起来。我抹抹脸上的灰土，心里觉得有一点狼狈。

我梦见雨后的草甸子上有一只八哥，它在草甸子的鲜草丛里、鲜花枝旁，一会儿低头啄一根草叶，一会儿抬头向我挑衅，它嘴里说着人话道：来捉我呀，来呀，来捉我呀。我有些生气。你当我不敢，你当我不能！我就扑过去捉它。不过我知道，我只是去捉它，并不会伤害它，即便捉到，我也会第一时间放掉它。可是我扑过去时，它已经闪开；我再扑过去时，它又已经闪开；我又扑过去时，它早又闪开。它还不断嘲笑、挑衅我说：来捉我呀，来呀！来扑我呀，来呀！来打我呀，来呀！我累倒在草甸子上，没办法好好思考，呼呼喘息。

我梦见雨后的草甸子上有一位老头，看上去瘦筋筋的，身材不怎么矫健，脚力也好不到哪里去，可就是和我对着干。我看上一朵花，他抢先伸手摘了去；我看上一片草地，想倒在上面睡一会，他抢先一步占了去，还脱下球鞋，放出臭脚气，叫我干生气；我离他远去，他却紧跟我；我打电话报警，电话没有人接；我扑上去擂他,他身手比我还敏捷,腾挪躲闪,我也打不着他。我觉得自己身手笨拙,已经奄奄一息了。

我梦见雨后的大草甸子上,有一只屎壳郎在推牛屎球。我想避开它和它的牛屎球,可是它和它的牛屎球总在我眼前。我跑到草甸子的高坡上,屎壳郎推着屎球拦在坡顶;我跑到草甸子的最低处,屎壳郎抱着它的屎球滚到我的脚跟前;我跑到一大丛救荒野豌豆后面想躲起来,屎壳郎已经在那里挖坑埋它的屎球了;我跑到一片小根蒜里,蒜味或许能把屎壳郎赶走,可是它在小根蒜的丛棵里推着屎球,来去自如;我跳进刚才追女孩掉进的坑里躲避,可是下一秒屎壳郎却把它的屎球从上面砸在我脸上。我索性不再躲避,而在雨后草气清鲜的大草甸子上漫步,屎壳郎推着它的屎球,从我左边不远处路过,又返回从我右边不远处路过,想吸引我的注意。我装作没看见它和它推的牛屎球。很快,它就觉得无趣了。它就远远地走开了。

我梦见雨后的大草甸子有一只红毛长尾巴狐狸。狐狸飞快地向水边跑去,我也赶紧飞快地跟过去,想看看狐狸要出什么幺蛾子。狐狸跑到水边,从鱼腥草里选出一种花叶的,摘下来扔进水里。很快有一只大鲤鱼升上来,把花叶鱼腥草吃了下去。大鲤鱼昏醉后升上水面,狐狸伸出爪子拨水,想把大鲤鱼拨到岸边吃掉。正在狐狸快要得逞的时候,蹲在花椒树上的牛背鹭叫了一声,把狐狸吓了一跳。牛背鹭趁机扔下一串花椒籽,大鲤鱼吃下去之后,醒过来钻进水里去了。牛背鹭也扑噜噜飞到不远处一头水牛的背上去了。

我梦见雨后的大草甸子上有一只红毛长尾巴的狐狸。狐狸飞快地向水边跑去，它一定又想去捉鱼吃了，我赶紧飞快地跑去跟着它，看它今天可有什么收获。狐狸飞跑到水边，四面看了看，四周什么动静都没有。狐狸在雨后的大草甸子上打了个滚，它的红毛都被草色染绿了。它一转身跑到花椒树下躲了起来。一直待在水牛背上的牛背鹭，笨拙地飞起来，飞过来落在花椒树上。牛背鹭用嘴梳梳羽毛，又抬起头观察着大草甸子。浑身染绿的狐狸悄悄伸出爪子，伸向牛背鹭的长腿，打算一下子攥住牛背鹭的大长腿，然后把牛背鹭从花椒树上拉下来，再拧断它的脖子，把它当成一顿美味的午餐。正在这时，水面上哗啦一阵大响动，一只大鲤鱼从水下摇着尾巴跳出来，把一串花椒籽甩在狐狸头上。狐狸疼得大叫一声。牛背鹭受到惊吓，一蹲身子，飞起来，飞到水牛背上去了，它现在安全了。

　　我心里知道，我现在为什么总是梦见雨水和雨后。仲夏时节，雨水总是很多的。雨水滋润着人的思想和梦境。哪怕我拼尽全力，想从雨水的梦境里挣脱出来，可是我挣得脱梦境，却挣不脱季节。我只好在雨后的梦境中深陷下去。我心里似乎清楚这是白日梦，但是我似乎又控制不了自己，也由不得自己要做白日梦。

　　季夏是夏天的最后一个月，也是最热的一个月。大暑这一天，无论阴雨晴热，我总会挑一本书，今年这一本是《逍遥游》，泡一杯单丛茶，到南边的房间，面朝南偏西的方向，坐在椅子上，读上半天。现在太阳正向赤道回归，天气的暑热即将达到顶峰，阳台和飘窗里夏至前太阳照晒不到的地方逐渐又能照晒到了，这些地方在冬至到来前将一直能够照晒到。虽说是读，但往往只是半读半想，有时候沉湎于冥想，有时候和平原上一些集镇里的人说话，有时候做白日梦。

我梦见有个人递给我一把木头锹，让我把一段决口的堤坝堵上。我用眼量了一下决口堤坝的长度，仿佛一眼望不到缺口的那一端。于是我从缺口的这一端开始走，用步量的方法实地感受一下决口的长度。我走了很久、很久，好像天都快亮了，城市中心的钟声都响了，我还没走到缺口的另一端。我不再计较缺口的长度，开始用木锹挖土，填堵缺口。木锹一挖就断了，等我蹲下去修理的时候，它又变得好好的。我站起身来，卖力地再挖，它却又断了，我蹲下去修理它，它又好了。我想到附近的集市上去换一个合用的锹，可是集市上的人都散了，剩下的几个小贩也在收拾摊位。我回到河堤旁。我知道我必须有耐心，不去计较，才能把这件事做好。

我梦见自己在一个西晒的屋子里午睡。屋子在一个楼房的顶层，离太阳的位置最近，屋顶被太阳晒得滚烫。西窗窗帘没有拉上，刚过正午的明晃晃的阳光倾泻到屋里。我盖了一床用老式方法做成的厚棉被，身子底下还铺了一层厚棉絮。我热得浑身冒汗。我想把被子掀掉。于是我就用力把被子掀到一边去。我松了口气。可是我刚想接着睡，棉被又盖到我身上了。我知道我必须耐受这些，因为这样的情况每年夏天都会出现。我站起来去拉窗帘。只听刷的一声，厚厚的窗帘把明晃晃的阳光挡在窗外了。但是当我回到床上，想接着再睡时，我发现窗帘并没拉上，阳光越发刺眼了。我转身往另一个方向睡。可是另一个方向也有大窗户，也有太阳，阳光也是明晃晃的。

我梦见我和许多人在一个空旷、酷热的地方排队，要通过一个关口，才能到一个风景如画的地方去。队伍并列排了三个，都很长很长，一眼望不到头。我不知道该排哪一队，心里特别想问问别人，可是一个人都不认识。我只好到处听别人说话，了解一些情况。人们都在议论纷纷，有人介绍说，排在左边队伍里的人，都很听话，管理人员怎么安排，他们就怎么做，如果不按要求做，就有人把他们从队伍里拉出来，从左边的悬崖上推下去，摔得身首分离；排在右边队伍里的人，都不听话，也没有管理人员，大家想怎么做就怎么做，如果只会模仿别人的做法，就有人把他们从队伍里拉出来，从右边的悬崖上推下去，摔得粉身碎骨；排在中间队伍里的人，都会根据情况决定怎么做，他们有时候按左边人的做法做，有时按右边人的做法做，如果不能随机应变，就有人把他们从队伍里拉出来，随机把他们推到左边的队伍或右边的队伍里去。我很焦虑，不知道该排在哪个队伍里，最后的时间也快到了，真急人。

我梦见天气酷热难耐。正在这时，天空乌云密布，轰雷闪电。我心想，这下可好了，雨如果能尽兴地下下来，天气就会凉快！大雨倾盆而下。下得太尽兴了！可是大雨过后，空气变得又湿又热又闷，人气都喘不上来。这时，我恰巧走在一个刺眼而又封闭的地道里，身上黏巴得受不了，我心里想，如果这时能冲个温水澡，那是最爽的一件事。可是澡堂还在很远的前方，我必须尽力往前走，才可能走到那里。我终于领到澡牌，走进浴池，可以洗上澡了。但浴池里水太热，开水里还翻着滚。我蹲在浴池上，又想洗去污躁，却又不敢往下跳。这时旁边有人说，静一静就好，心静自然凉。我试着把心静了一静，果然身上凉爽多了。这时我似乎又可以坐下来，看书学习了。

我饿极了，终于找到一个牛肉汤店，老板拖了很久，他给别人从大锅里爽快地盛牛肉汤，还要在里面撒上香菜，可一直拖着不给我盛，后来他终于给我盛了一大碗牛肉汤，我搅些辣子在里面，胡吃海喝起来，这时一个凶人走过来夺走我的碗说，人要吃七成饱，才能长寿。我急得干瞪眼。我想和几个朋友在一起打牌，开始是一缺三，只有我一个人，我一直耐心地等待，终于等来了一个人，我们说着话，喝着茶，等其他人，接着又等来一个人，我们说着话，喝着茶，等最后一个人，这时门铃响了，最后一个人来了，我们赶紧搬桌子，摆椅子，可是突然走过来一个凶人，把最后来的那个人拉走了，还骂我们熬夜伤身，我急得结结巴巴解释不清。我的性欲来了，终于和一个异性睡到一起，我赤身裸体，可她总是推三阻四，开始说身上不方便，后来说没洗脸刷牙，又说灯光太亮，又叫我先去洗澡，可是等我洗了澡急不可耐地上床时，一个凶人突然闯进来把异性抱走了，还对我说要悠着点，不然会乐极生悲，急得我张口结舌。我碰到一个知音，于是没日没夜和他说话，说起来就没个完，也不觉得累，也不觉得困，坐在飞机上说，坐在汽车里说，在一个陌生的国度里游览时说，吃饭时喝茶时一直说，可是这时突然走过来一个凶人，像牵小孩一样，一把把那人拉走了，还撂下一句话，说是为人只说三分话，不可全抛一片心，我急得抓耳挠腮。

立秋这一天，无论阴雨晴暖，我总会挑一本书，今年这一本是《考工记》，泡一杯荷叶茶，到西边的房间，面朝西偏南的方向，坐在椅子上，读上半天。现在太阳已经向赤道方向回归了，天气的热度下降，阳台和飘窗里夏天阳光照晒不到的地方逐渐又能照晒到了，这些地方在冬至节气到来之前将一直都照晒得到。虽说是读，但往往只是半读半想，有时候沉湎于冥想，有时候和自己脑袋里的一个影子对话，有时候做白日梦。

我梦见我在潍河注入潍水湖的三角地带的荒地里，开荒种了成百上千亩紫云英。我选的是那片海拔不太高，但潍水湖涨水也淹不到的地块。那里有的地方高一些，有的地方低一些，显得错落有致。那里树木不多，相距很远，有几株大杨树，还有几株老柳树、几株大槠树，另有几株大椿树。那整个地域显得十分空旷，有起有伏，在高地上看见远处的湖水了，但真要走到湖边，摸一摸湖水，还需要一些功夫。

紫云英开花时蜜蜂就来了。我在一望无边的花海里随机支起了上百个木制蜂箱，蜂箱上面有人字脊，可以为蜂箱遮风挡雨。花开得太盛了，蜜蜂们被吸引来，它们钻进蜂箱，酿蜜生子，繁衍成群。蜜蜂们酿成的紫云英蜜，则储存在蜂箱后部的一个蜜盒里。会有无数人开车或坐车来看紫云英花海。志愿者会教游客打开蜂箱后部的开关，让蜂蜜流出来，流进自己带的瓶子里，免费带走。或者打开蜂箱后部的开关，让蜂蜜流到自己带来的面包上，孩子们就可以开心地边吃边玩了。一些收入很少的人可以住在蜂箱附近的帐篷里，他们离开的时候，可以尽量带一两桶蜂蜜走，到城里卖掉，换一些钱来补贴家用。剩下的蜂蜜由志愿者开车送到附近的学校、养老院、医院、收入不高的家庭，免费送给需要的人。

我梦见我在滩河流入滩水湖的三角地带的荒地里，开荒种了成百上千亩野山药。其实野山药不需要刻意去种。去年秋天收获山药豆和地下的山药棍的时候，遗落的山药豆，挖剩下的山药的根须，都能长出山药小苗。仲春时，一场春雨过后，山药苗纷纷出土。山药的叶子是心脏形的，宽厚、墨绿。山药出苗时，先钻出一根藤蔓来，藤蔓劲道有力，上面布满了倒刺状的刚毛，可以钩在他物上攀爬，它们一晚可以伸长大半米。如果附近有可依凭物，藤蔓就攀缘而上，如果附近没有可攀缘物，藤蔓就向上相互缠绕伸展，或向南相互缠绕伸展。藤蔓一边向上或向南伸展，藤蔓的节点上一边长出心形的叶片，心形的叶片越长越大，叶片向着太阳展开，尽情地吸收阳光和热量。

到了夏天，山药的叶柄处，长出山药豆来，就像一个个极小的土豆，不过颜色更深灰一些，皮肤也较粗糙一些。山药豆如果滚落到地上，第二年就可长出一棵新山药来。山药豆收集起来，可以放在米里，煮成粥来吃；也可以和别的粗粮混杂在一起，打成汁来喝；还可以和猪排骨一起放进炖锅里，炖成排骨汤来吃；

还可以磨成山药粉，用来做各种食品。山药地下的部分，就长成我们常见的山药棍。秋天山药成熟时，会有无数人开着车或坐车，从四面八方来看山药园。孩子们兴高采烈地采收一颗颗圆溜溜的山药豆。每个人都可以免费把自己采收的山药豆或山药棍带走，只要他们不忘记这一段快乐就好。收入少的人可以采收更多的山药豆和山药棍，到城里卖掉，换一些钱补贴家用。剩下的山药和山药豆，由志愿者开车送给附近的学校、养老院、医院、收入不高的家庭，免费送给需要的人。

我梦见我在潍河注入潍水湖的三角地带的湿地和浅水里，养了无数只小鸭子和小鹅。从仲春到初夏，我一直开着一辆皮卡，在附近的集市上收购鸭苗和鹅苗。鸭苗和鹅苗都是黄颜色的，毛茸茸的一团，挤在一堆，抱团取暖，很是惹人爱怜。小鸭子和小鹅买回来，先在大棚里养一养，养到天气暖和了，它们也长得大了些，就放到潍河注入潍水湖无际无涯的湿地和浅水里，由它们自己生长去。湿地和浅水里生长着各种小鱼小虾、小螃蟹小湖蚌、螺蛳昆虫、浮水植物、沉水植物和挺水植物，湖边长满了野草，小鸭和小鹅不愁没有食物。到了夜晚，湖滩和浅水里的几百盏紫外线灯都亮了，这些灯会把野外的小飞虫吸引来，它们撞在灯上，掉落在湖滩上或浅水里，就成为鸭子的活食。鸭子天天吃活食，长得又快又健壮，个个都精神饱满，欢叫个不停。

从秋天开始，湖滩的小坑里、浅水的野草丛里，每天早晨都会有无数个明晃晃的鸭蛋和鹅蛋。志愿者每天都要早早起床，提着竹篮，或端着木盆，到湖滩上或草丛里，去拾鸭蛋、鹅蛋；到浅水里去摸鸭蛋、鹅蛋；到小岛上去收鸭蛋、鹅蛋。志愿者们每天的餐食，都离不开鸭蛋和鹅蛋。厨房会煮鸭蛋、鹅蛋；烧鸭蛋汤、鹅蛋汤，黄澄澄香喷喷的；用野蒜炒鸭蛋、鹅蛋，味道鲜辣；炖老鸭汤，非常养人；制作贡鹅和盐水鸭，味美无比。鸭蛋和鹅蛋吃不完、送不完时，就制作成可以冒出黄油的咸鸭蛋、咸鹅蛋。人们从四面八方，开着车或坐车来到鸭鹅湖。每个人都可以免费在餐厅吃这些美食，但不可以浪费。收入不高的人可以当志愿者，他们离开的时候，可以免费带走一些鸭蛋、鹅蛋，到城里卖掉，换些钱，补贴家用。志愿者每天都会开车，把鸭蛋和鹅蛋送给附近的学校、养老院、医院和收入不高的家庭，免费送给需要的人。

  白露这一天，无论阴雨晴暖，我总会挑一本书，今年这一本是《天工开物》，泡一杯银杏叶茶，到南边的房间，面朝正西的方向，坐在椅子上，读上半天。现在太阳更向赤道方向回归了，地球北半球气温愈加下降了，阳台和飘窗里有更多地方能够照晒到阳光了，太阳升起时北边的窗户逐渐照不到朝阳了，太阳落下时北边的窗户也逐渐照不到夕阳了。虽说是读，但往往只是半读半想，有时候沉湎于冥想，有时候和自己脑袋里一个穿衣服的人对话，有时候做白日梦。

  我总是梦见自己仲秋在平静的河水边打水漂。我梦见我一个人在寂静的河边行走，有时候在河岸边坐下，默默地坐着，一句话都不讲，或有时候想一些无关的内容，就像是在寂然无人的高原一样。20岁时我一个人在夏天的高原上行走。不知道为什么会走到高原上，也不知道生命中为什么会有那样一段历程。高原上寂静无人，只有刮个不停的风和不知从哪里传来的鸟鸣。风略有些凉意，于是我把内衣内裤都穿在身上。但是高原上太阳从云朵里钻出来照在身上的时候，就觉得晒人，也觉得热，太阳被云朵挡住时，又觉得很有凉意。我一个人在寂静的河边行走时，就从河滩寻找一些薄片类的东西，最好是石片，有较大的重量。我侧过身把石片在水面上打出去。石片在仲秋平静的水面上形成七八个水漂，最后沉入水底。有些晒人的阳光照射在无人的河流、水面、河滩、水边的农田、水边的植物和我身上，使我觉得寂然却又丰盈，使我觉得寂然又略感怆然。就像当年我一个人在高原上行走，高原的太阳照射在我身上、照射在草原上、照射在戈壁上、照射在蓝色的海子上、照射在格桑花上一样。河岸边的天空里也有不知道从哪里传来的鸟鸣，就像高原上不知道从哪里传来的鸟鸣一样。不过，在高原上，人觉得人更小，人觉得天地更大。这时，我的内心就既充实，又寂然，又寂寥，有时也怆然。

我总是梦见我仲秋在平静的湖水边打水漂。我梦见我一个人在寂静的湖边慢慢地行走。我不知道那是哪里。只看见一面大湖，湖水清澈淡静，湖里有一些水鸟，时而飞起，时而落下，时而漂浮在水面上。没有人来打扰这个湖；没有人来打扰这个湖上的水鸟；没有人来打扰这个湖边的松树和结桑果的桑树；没有人来打扰随性来去的湖风；没有人来打扰兀自随风晃动的莎草；没有人来打扰湖岸上几个忙着整理网绳的渔人——我把他们也归于湖、树、草、风和水鸟一类。我是说它们互不越界，各自依规生活，不是说它们互无影响，相互无关。风会推动湖水起波浪，湖水会淹没湖边的草和树，草和树会变成水里的营养，营养会养活浮游生物，浮游生物会养活各种水族，各种水族会成为水鸟和渔人的食物。只要它们不越界妄为，那就一切都好了。每当想到这一层，我的白日梦就会转换一个画面。我就会梦见我在湖岸边找到一块薄薄的片石，我倾下身，挥动右臂演练一番，心里想，如果这块片石能在湖面上打八个以上水漂，那么将世界大同。我在片石上吹一口仙气，把片石向平静的湖面上扔去。我直起腰，伸长脖颈，向湖面上看。一，二，三，四，五，六，七。这块片石只打了七个水漂。也不错了，我心里想。离世界大同，也就一步之遥了。真正的世界大同是不存在的，那只是我们的一个理想。我满意地看着愈来愈平静的湖面。我想，这的确已经是一个令人满意的结果了。

　　我总是在仲秋梦见自己在平静的池塘边打水漂。池塘离村庄较远，周围长着许多大树，四周没有人迹，一时也听不到鸟啼，更没有鸭子和鹅等喧闹的家禽。我梦见自己想在池塘的水面上打几个轻盈的水漂。可是，池塘边不容易找到那种薄薄的片石，能找到的，大多是砂姜、碎石头、厚树皮或硬泥巴，有时候也能从泥土里抠出一两个碎瓦片。用砂姜打水漂，砂姜较重，疙疙瘩瘩的，又没有平面，只能形成阻力，不能形成浮力，所以能打成两个水漂就算不错了，往往是直接闷头栽进水里。用碎石头打水漂，也和砂姜类似，而且石头更重，没有一点浮力，打不起来一个水漂，都是直接栽进水底的。用厚树皮打水漂，树皮太轻，虽然能浮在水面上，或半浮在水面上，却也缺少了相应的重量，惯性形不成前行的动力，不能在水面上飞起来，它们落在水里，就直接浮在水面，或半浮在水面上了。用硬泥巴打水漂，湿的硬泥巴太重，会直接栽进水底；干的硬泥巴又太轻，打进水里，起一两个水漂，就沉进水里，分解得无影无踪了。碎瓦片是打水漂的好材料，但想找到又平又薄的瓦片，却十分不容易，要么就是太厚了，要么就是太小了，要么就是弯曲度过大。打水漂打累了，我就一屁股坐在池塘边，暗暗地想，我们的一生犹如打水漂：能找到一个宽坦平静的水面，不容易；能找到一个载梦飞翔的理想工具，不容易；能找到一个角度适当的切入方式，不容易；能让梦想飞起来，不容易；能让梦想多次腾飞，更不容易。不过回过头来想，倒也没有什么。能在仲秋的池塘边，能在一片平静凝和中，心无挂碍地度过这段悠然的时光，不也是一段精彩的精神升华吗？甚至，我竟可以不努力地去找瓦片或石片，不去激起水花，不去打出水漂，我只在池塘边坐着，默念着古人的诗句"池塘生秋草，园柳变鸣禽"，也能达致内蕴的发酵和升腾。

寒露这一天，无论阴雨晴暖，我总会挑一本书，今年这一本是《淮南子》，泡一杯红芋梗子茶，到南边的房间，面朝西偏北的方向，坐在椅子上，读上半天。现在太阳更向南半球方向飘移了，地球北半球气温也要愈加下降了，阳台和飘窗里有更多地方能够照晒到阳光了。虽说是读，但往往只是半读半想，有时候沉涵于冥想，有时候和自己脑袋里小时候的自己对话，有时候做白日梦。

我梦见自己慢慢安静下来了。室外下着秋雨。这时检验自己的内心是否焦躁，就是看自己是否急着要到室外去。如果并不急于要去室外，或能够不慌不忙地前往室外，都是内心慢慢安静下来的标志。

我不急着要到室外去。除了《淮南子》以外，我可以捧起任何一本厚书，坐在任何一把椅子上，心无旁骛地读起来。我从纸的气息中，嗅到了青草和大树的味道。发明了纸的那个人真是太厉害了。没有纸，人们就只能读到像《老子》那样简单的短句，因为可以书写的介质太大、太重了，非常不方便携带。但是有了纸以后，也出现一些问题，就是人们逐渐变得没有节制，很容易把书写得很长、很厚。但是这不包括《庄子》《孟子》《荀子》《礼记》《史记》《淮南子》等等，这些书虽然厚，但它们厚得有质量，它们必须厚，厚了才是唯一的它们，如果不厚的话，那就不是它们了。觉得一本书厚，潜台词就是那本书厚得没必要，厚得没质量。觉得一本很厚的书不厚，潜台词则是那本书厚得有价值，应该再厚些。我这不是典型的双重标准吧？

古代的人都善于发现吗？比如，庄子等人很善于发现自己的影子。他们发现了自己和影子之间有太多的逸闻趣事。他们发现自己走时，影子也走；他们跑时，影子也跑；他们停时，影子也停；他们动时，影子必动；有光亮时，才有影子；无光亮时，没有影子。这的确是一个了不起的发现。说这个发现了不起，是说这种现象太寻常了，就在我们每个人的身边，但我们却不能发现。发现寻常事物中的道理，似乎比发现无法知晓的事物中的道理更不容易。但庄子他们没有发现影子与声音之间的关系。有光亮时，必有影子；无光亮时，必无影子；他们走时，影子也走；他们跑时，影子也跑；他们停时，影子也停；他们动时，影子必动。但是，他们说话，影子不语；他们唱歌，影子不吭；他们怒吼，影子沉默。影子为何不对声音做出对等的反应？影子真的信奉沉默是金的法则吗？这难道不是值得我们沉思的一个问题吗？

现在，室外的秋雨下个不停，室内既没有阳光，也没有灯光，因此我在梦里看不到自己的影子。但是，我可以把灯打开呀，活人难不成要被自己的尿憋死？灯一开，世界就完全变了，变成一个现实的世界了。我发现，影子不出现在梦境中，影子只出现在现实的世界里。我相信没有人在梦境里见到过自己的影子。我很自信。没有人比我更了解影子了。灯一开，影子就出现了，这是一个百试皆灵的规律。我看见影子出现在灯光的现实世界里。我走时，影子必走；我跑时，影子必跑；我停时，影子必停；我动时，影子必动；我侧立，影子必侧立；我倒立，影子必倒立；我金鸡独立，影子必金鸡独立；我躺下，影子被我压在身下；我走到无影灯下，影子淡化成许多个几乎看不出来的影子。但我说话时，影子却不语；我唱歌时，影子一声不吭；我怒吼时，影子保持沉默；我叫骂时，影子装没听见；我骂累了喘息时，影子无动于衷；我安静时，影子和我一样安静；我出门时，影子立刻消失不见了。

我梦见我在细微的秋雨里慢慢地走。天地间没有人，但我知道影子忠诚地跟着我。我不告诉你们它在哪里,但我告诉你们它一直跟着我,而且永远不会背叛。因此我并不感觉孤独。我走过平时人流如织的公园、车水马龙的街道、学子如潮的大学城。现在,室外没有什么人,人们大都待在开着灯的室内,看书、学习、喝茶、交谈、吃饭、做爱。但当我走过有灯光的门廊,或走进商场时,我的影子就第一时间出现了。我停下来,欣赏着我的影子,它的忠诚是举世无双的。我走时,影子必跟我走;我跑时,影子必跟我跑;我快走时,影子必跟我快走;我慢行时,影子必随我慢行;我停下时,影子必随我停下;我有举动时,影子必随我有举动;我侧立时,影子必跟我侧立;我倒立时,影子必随我倒立;我金鸡独立时,影子必仿我金鸡独立;我在商场的阔床上躺下时,影子必在我身下为我垫腰。影子的忠诚是无与伦比的。

有人曾经想要斩断影子与自己的关系,这样的想法够大胆、够狠、够顽强、够执着。这并不好笑,也不一定是愚蠢的行为,有时候还是必需的。例如,一只老鹰在天空盘旋时,它要尽量隐藏自己的影子,因为影子会暴露它的行踪,猎物在地面上看到老鹰的影子,就会快速地躲避。一只飞鸟在海洋上飞翔,它的影子落在海面上,海水里的一种飞鱼,就会从海水里跳起来扑食这只暴露了自己的飞鸟。

不过,影子更多的还是我们每个人最优质、可靠、简省的宠物或伴侣。我们不用喂养影子,不用单独给它房间,不用为它布置一个影子窝,不用担心雨淋了它、太阳晒了它、风吹了它、冰雪冻了它,不用担心它会走失,不用担心它来生理期(例假),

不用担心它有情绪。当我们孤独时，当我们忧愁时，当我们失落时，当我们伤心时，当我们的幸福需要分享时，当我们喃喃自语需要听众时，影子都会应召而来，即时出现，为我们分忧，为我们解愁，听我们的自白，分享我们的幸福，陪伴我们行走，让我们知道自己仍然活力满满，生命旺旺。有了影子，孤寂就再也不能随我们而行了。孤寂被我们的影子赶走了。

立冬这一天，无论阴雨晴暖，我总会挑一本书，今年这一本是《诗经》，泡一杯石斛茶，到北边的房间，面朝北偏西的方向，坐在椅子上，读上半天。现在太阳更向南半球飘移了，离我们生活的北半球更远了，天气愈加冷凉了，阳台和飘窗里夏天和秋天太阳照晒不到的地方，很快又都能够照晒到了，床和地板也要用床单和地毯盖上了，以免阳光长期照射，出现老化现象。虽说是读，但往往只是半读半想，有时候沉湎于冥想，有时候和自己脑袋里的一个知识辩论，有时候做白日梦。

我梦见我在雪原上跋涉。我看见从地平线冒上来一个秀丽的小脑袋，我知道那是雪原上的熊，它很快就消失不见了。我又看见一只小狐狸，它停下来看看我，舔舔嘴唇，左右看看，转过身去，很快也消失不见了。我走过去，看见雪洼里有一个体形丰满的女人，衣衫都被撕烂了，露出伤痕累累的肌肤，雪地上都是鲜红的血，雪地还有滚爬碾压的痕迹。我赶紧跑过去，看见她还睁着一双清澈的大眼睛。我动了恻隐之心，伸手想察看她腿上的伤口，可是她突然张口怒斥我，说我想欺负她。我尴尬地站起来。

周围又找不到人证明。我束手无策地站着，不知道怎样才能解释清楚。

我梦见自己在砾石滩上跋涉。我看见一群野狼从天际线上呼啸而来，又呼啸而去，那阵势有点吓人。我又看见一头棕熊心满意足地从天际线蹒跚走来，走到离我足够近时，驻足看了看我，又面无表情地走开了去。我走到天际线那里，看见砾石滩上有一个丰盈的女人，衣衫被撕得稀烂，身上都是鲜血，头枕在一堆枯草上，微弱地喘息。我赶紧跑过去，看见她还睁着明亮的大眼睛。我动了恻隐之心，伸手想察看她胸脯上的伤口。可是她突然开口痛骂我，说我想戏弄她。我尴尬地站起来，四面看看砾石滩，没有人替我作证。我无奈地垂手站着，心神不定地看着她。

我梦见自己在寒冷的平原跋涉。我看见一群乌鸦在村后河边的树林里叫，好像是在招呼我过去。我走过去时，它们往小河边一个麦秸垛方向蹦跳，然后又一个接一个飞走了。我又看见一只冬眠的獾子钻出枯草丛，懵懵懂懂地跑到离我不远的地方，立起上身，呆呆地看看我，然后又懵懵懂懂地跑走了，消失在小河边的一个麦秸垛后面。我走到麦秸垛那里去，闻到麦草的香气。我看见麦秸垛后面的碎麦草上，睡着一个赤身裸体的女人。她的腰肢纤细，四肢有力，脚上的皮肤很光滑。但我不知道她是死了还是活着。我动了恻隐之心，伸手想去试试她的鼻息。可是她突然翻身坐起来，痛斥我的流氓行径。我吓了一跳，跳到一边。周围没有别人，谁也不能证明我的清白。我惶恐地在原地站着，不知她会怎样制裁我。

我梦见我在一个冰凉的荒原跋涉。我看见几只老鹰在天空盘旋，看见有人走过来了，老鹰们就俯冲下去，片刻以后，它们又升上天空，然后就不情不愿地飞走了。我又看见一头身手敏捷的猎豹，它像一道黑色闪电一样，无声无息地窜过，忽然它停下来，扭过头来看我，然后改变路线，折了个九十度的弯，又像一道闪电，向另一个方向跑去。我走进荒原的草丛里，看见一个健美的女人，衣衫破损，鲜血淋漓，躺在草丛里，大口喘着气。我想看看她手里紧攥着的是什么留言。可是她突然发飙，大骂我不要脸。我吓得滚到一边。荒原上没有人，我支支吾吾的，想辩解却辩解不清，周围也没有人能证明我的无辜。

我梦见自己在一片火苗上跋涉。一群灰白色的飞蛾纷纷张开翅膀，慢悠悠地，从火苗上悬飞而去。接着，一群烤蝗虫也飞起来，从火苗上飞走了，起初它们向离我远去的方向飞，飞着飞着，忽然它们掉转方向，向我头顶飞来，从我头顶飞过，我都能听到它们的翅膀发出的吱扭吱扭的转动声，还能闻到一股烤煳的味道，它们很快就飞远了。一群烤鹅又拍打着翅膀，身上冒出烟缕，哦哦地叫着，半飞半跳着跑开去。我走到前方，看见几颗雪白的鹅蛋旁，躺着一个浑身焦煳的女人。我赶紧冲过去救她。我蹲下去抱起她。突然她睁开一双明亮的大眼睛，呵斥我不要占她的小便宜。我惊得一松手，她的身躯掉在厚厚的灰烬上，溅起无数草木灰，呛得我咳嗽半天。我不知道该不该救她。四周也没有人见证，我不知道应该怎么办。

我梦见自己在一条商业街跋涉。一些人向我指点前面的一条小巷，我不懂得他们是什么意思。我继续往前走。又有一些人从我面前经过，向我指点前面那条小巷。我向他们露出困惑的面容和手势，可是他们什么话都不说，只是指点着那条小巷。我继续向前走，又一群人从我面前走过，他们都向我指点那条小巷。我想，那里必定有什么事情。我继续向前走，一大群人从我面前经过，纷纷把手指向那条小巷。怎么回事呢？我赶紧跑进小巷。原来小巷里躺着一个衣衫不整、面黄肌瘦的女人。我冲过去，一条腿跪在地上，一只手掏出一个白面馒头递给她，想让她吃下去。可是她突然抬手把馒头打出很远，怒目圆睁，大骂我干涉她的隐私。我手足无措地站起来，用眼神向周围求助，可是路过的人都向我投射鄙夷的目光。我不知道如何是好。

无论阴雨晴冷，大雪节气这天，我总会挑一本书，今年这一本是《湿地与沼泽》，泡一杯刺蓟茶，到北边的房间，面朝正北的方向，坐在椅子上，读上半天。现在太阳更向南半球方向飘移了，离我们生活的北半球更远了，天气愈加寒冷了，阳台和飘窗里夏天和秋天太阳照晒不到的地方，很快又都能够照晒到了，床和地板也要用床单和地毯盖上了，以免阳光长期照射，出现老化现象。虽说是读，但往往只是半读半想，有时候沉湎于冥想，有时候和自己脑袋里的一个思想辩论，有时候做白日梦。

随着冬天的深入，我的心地越来越纯洁，我的梦境越来越干净，我的思路越来越想向着简单、透明、宽坦的地方去。我声名浩大时看到的都是笑脸，声名消退时听到的都是质疑，这一定律在冬天似乎不再起作用。因为我的注意力转移了。我的心似乎渐静下来。我的梦似乎越来越清净。

冬天我最常梦见的，是我又走上了雪原。有时候能在雪原上见到长成白雪般的麦子，那真是一种奇怪的幻觉。那种体验是十分独特的。一个人在雪原上跋涉。当然我知道那只是一种梦境。不过我能听见自己脚下"咯吱咯吱"踩雪的声音。梦里的整个星球都是雪原，因而雪原上的行走无所谓始，也无所谓终。无所谓从哪里走起，也无所谓要走到哪里去。

这时我看见远方有一片金黄色的冬小麦。起初我并不相信那是冬小麦，但是又想什么事情都可能在梦境中发生，于是就在雪原上跋涉过去，到那里去看一看，实地验证一下。脚上的鞋踩在雪上，"咯吱咯吱"地响。坚韧的表象，都是单调的。因此"咯吱咯吱"的声音听多了，而且节奏同一，就觉得单调并且乏味。

我觉得我必须跑起来才好，这样才能尽快抵达目的地。于是我就尽力地要跑起来。但是启动似乎很困难。我的胳膊，还有腿，都十分僵硬，很难启动起来。我尽力地划动双臂。我也尽力地迈动双腿。但我怎么卖力效果都不太好。我的胳膊和腿都打不开局面。不一会我就累得气喘吁吁了。在梦境中，雪麦始终在远方，我永远走不到它的近旁。

冬天我最常梦见的，是我又走上了平原。起初一切都很正常，平原上生长着常见的植物和农作物，春天下着雨，夏天打着雷，秋天刮着风，冬天下着雪。可是平原很快就变了。平原上的小麦变成了白雪。白雪又变成了小麦，白雪般的小麦。我有些困惑，这样的场景似乎有点面熟。我不明白这是怎么回事。也许在上一个白日梦里，我梦见过这个场面。

我觉得我应该跑起来才好，这样才能尽快看真切前面的实事。于是我决定跑起来。但是启动似乎很困难。我的内心很想跑快，但我的胳膊，还有腿，都十分僵硬，很难跑动起来。我很着急。我尽力地划动双臂。我也尽力地迈动双腿。但我怎么卖力效果都不太好。我的胳膊和腿都打不开局面。我喊妈妈来帮我。但妈妈没有来。我在梦里抽泣起来。我坐在雪地上哭泣。我还想着白雪和小麦的事情呢。我抹抹眼泪抬头看。在梦境中，雪麦始终在远方，我却永远走不到它的近旁。

冬天我最常梦见的，是我又走上了草原。我看见大河拐弯的地方，有一群黑色的牦牛，正低着头，专注地吃着夏季牧场上的草。夏季牧场上的草丰美茂盛。我手搭凉篷，向远处那群牦牛张望。那附近仿佛有一两只牧羊犬在叫。还有一顶白底蓝边的帐篷，帐篷旁边有人在忙碌。大河边有人在为逝者进行水葬，旗帜在那里飘扬，摩托车一片一片地停在草原上。但我只能看得朦朦胧胧的，却看不真切，看不清细节。我怎么擦眼睛都看不真切，我把眼镜拿下来，用绢布擦拭了很多遍，也不起作用。

我觉得我应该跑起来才好，这样我就能靠近看清那里的细节了。于是我决定跑过去。虽然我内心很想跑快，可我的胳膊，还有腿，都十分僵硬，也很重，重得都迈不动。我很着急。我尽力地划动双臂。我也尽力地迈动双腿。但我怎么卖力效果都不太好。我的胳膊和腿都迈不动。我喊人来帮忙，却没有人理睬。我明明看见不远处有一些熟面孔的人，但他们都听不见，也不过来帮忙。我想，下次见面时，我要问问他们，问问他们为什么不来帮忙。也许他们没听见，也许他们顾不上。

冬天我最常梦见的，是我又走上了冰原。我看见前面的冰河汹涌奔腾、波浪滔天、凶险无比。不过，那条汹涌奔腾、波浪滔天、凶险无比的冰河，是凝冻了的冰河，是凝冻了的汹涌奔腾、波浪滔天。汹涌的波浪，还有波浪里的大鱼，都凝冻在半空中，都还是汹涌动感的模样。远远地看去，那些几米长的大鱼，甩着尾巴，立刻要从半空中掉入冰河里的样子，可是它们被冻在半空中，就是掉不下去。

我觉得我应该跑起来才好，这样我就能靠近看清冰河的细节了。于是我决定跑过去。虽然我内心很想跑快，可我的胳膊，还有腿，都十分僵硬，也很重，重得都迈不动。我很着急。我尽力地划动双臂。我也尽力地迈动双腿。但我怎么卖力效果都不太好。我的胳膊和腿都迈不动。正在这时，数学课代表又来催促我赶快交考试卷。她对我说，全班只剩我一人没交了。我焦急地看着她。她说，她可以陪着我，直到我把试卷做完。有她这句话，我就收了心，坐下来做考试卷。可是当我抬起头来的时候，我发现她正在不远处和几个男同学说话，还看着我，用手指点着我。我心里酸酸的，很难受。

无论阴雨晴冷，小寒这一天，我总会挑一本书，今年这一本是《历史地理学》，泡一杯小火黄茶，到北边的房间，面朝北偏东的方向，坐在椅子上，读上半天。现在太阳已经开始向北回归线归来了，白天已经开始变长了，阳台和飘窗里秋天和仲冬太阳能照晒到的地方，有些在夏至到来以前再也照晒不到了。虽说是读，但往往只是半读半想，有时候沉湎于冥想；有时候和自己脑袋里的一个臆想斗争，它要让我相信它是真的、正确的，我要告诉它我不相信它是真的、正确的；有时候做白日梦。

我梦见我向一位老年人请教生活经验。他说，要听其言并观其行。我说，这是什么意思？他说，这不是我说的。我说，这是谁说的？他说，这是孔子说的。我说，哦哦，孔子说的……他说，孔子以前对人，是听其言信其行，可是后来因此吃了亏，于是孔子总结了半天，总结出一条经验，叫听其言观其行。什么意思呢？就是对一个人，只听他自己用言语表白，还不能全信，还要看他怎么做。我恭敬地说，受教了。

我梦见我向两位朋友请教如何让友情保鲜。一位说，不向朋友隐瞒什么就好了。我问她，这是什么意思？她说，如果你事事瞒着朋友，那这还叫朋友吗？另一位说，必要的时候瞒着朋友就好了。我问她，这是什么意思？她说，没必要太过透明，好坏信息都涌向朋友那里，朋友负担也重，承受不了，久而久之，朋友就没得做了。我对两人恭敬地说，受教了。

我梦见我向一位在公园草地上玩气球的小朋友请教对生活的态度。小朋友说，保持真情就好。我问他这是什么意思。小朋友说，就像我这样。我说，像你什么样？小朋友说，像我这样就好。说着，小朋友放开气球，气球升上天空，小朋友拉着气球的线，脚离地面，被气球带着飞向旁边的树林。气球碰到树枝，嘭的一声，爆破了。小朋友掉在草地上，手揉着脚，哇哇地哭起来。我赶紧跑过去哄他。哄了半天哄不好。我说，咱们到前面去滑草吧，那是一个刚开放的游乐项目。小朋友立刻破涕为笑，爬起来拉着我说，快去，快去。我说，这个破气球……他嘴里一迭声地说，不要了，不要了。我被他拉着跑，嘴里钦佩地说，受教了，受教了。

我梦见我向一对夫妻请教对社会问题的看法。先生说，管理一个大社会不容易，要包容。妻子说，必须提出批评，社会才能管理得更好。先生说，批评必须是善意的。妻子说，批评就是批评，没有善意恶意。先生说，怎么没有善意恶意？有人批评是为社会好，有人批评是为社会垮。妻子说，社会这么脆弱，一批评就垮？先生说，如果恶意批评，社会就会撕裂。妻子说，如果隔靴搔痒，那干脆不用批评。先生说，建设性的批评才有建设性。妻子说，真批评才能触动灵魂。我手足无措地站着，插不上嘴，只好喃喃地说，受教了，受教了。然后就悄悄地溜走了。

我梦见我向一位成功人士请教怎样做事。成功人士说，保持底线思维。我说，这是什么意思？成功人士说，凡事做好最糟糕的打算就好了。我说，这怎么说呢？成功人士说，比如说，你打算下河游泳，最糟糕的结果就是被水淹死，你有这个思想准备，就可以放心下水游玩了。我说，哦哦。成功人士说，比如你想向女友表白，你爱她。我说，哎呀哎呀。成功人士说，最糟糕的结果是，大不了女友拒绝了你，天并不会塌下来把你砸晕，你有这个思想准备，一切就好了。我说，哦哦，不要这样，不要有这样的结果。我不想向成功人士请教了，因为我感觉他举的例子都让我受不了。然而，成功人士仍然滔滔不绝地说。他说，比如你想把所有积蓄拿去投资，最不堪你血本无归就是了，你的命还在，老婆也没跑，孩子仍叫你爹。我惶恐地说，受教了，受教了。

  我梦见我向两位青年请教时尚。小男生说，想怎么做，就怎么做，不要听长辈的。小姐姐说，享受生活。我说，这是什么意思？小男生说，长辈总是想把他们的生活强加给我们，但未来总是要我们当家吧，我们为什么都要听他们的？小姐姐说，享受生活就好了，不必要讲那么多理论。我说，可是他们有那么多经验、教训，也包括理论。小男生说，可是我们不一定爱听……我说，嗯嗯，也许应该站在巨人的肩膀上……说完，我发现他们已经不在了。我尴尬地向他们消失的方向说，受教了，受教了。

  我梦见我向一位专家请教人性。专家说，你知道人性善就好了。我说，这是什么意思？专家说，人的本性是善的，如果人的本性不善，那社会还有什么希望，现在谁敢说他生活在一个恶社会里。我说，那为什么还有许多谩骂、侮辱、战争、凶杀、抹黑、猥亵、暴力？专家说，人性还有恶的一面。我说，这是什么意思？专家说，人性本来就有恶的一面，正因为如此，人类社会才有种种丑陋和恶行，也才凸显出教育和文化陶冶的重要性，如果人人天生都是君子，那社会早就大同了。我说，还有很多现象，既不是美好的，也不是丑恶的，只是自私的小事，又怎么解释？专家说，人性还有自利的一面。我说，这是什么意思？专家说，人的本性中本来就有自利的一面，人首先要保护自己的利益，然后在可能的情况下，才会考虑别人的利益，这是人的本能，因为如果不这样的话，人自身就活不下来，就更不可能去保护别人了，就像爱哭的孩子有奶吃一样，他首先得自己吃饱，才能长大，才能为社会做贡献。我虔诚地说，受教了，受教了。

平原上的庄周

庄周老婆去世了，庄周该吃的吃，该喝的喝，该遛的遛，该干啥干啥，就像这事没发生。他老婆去世当天，他饭前还搞了两盏山楂果酒，本来就不胜酒力，喝过了就赤脚敞怀，衣衫不整，叉开两腿，歪靠在已经去世的老婆床前，胡乱地敲一个泥瓦盆，嘴里还含混不清地唱：

破草鞋
冰凉凉
穿它哪能踏秋霜
弱女子
手纤长
用它哪能缝衣裳
缝好纽子系好扣
俺送贵人试新装
俺送贵人试新装

惠施赶来吊唁。还没进村，就听一些村民在村口议论，都是讲庄周不好的，说庄周这人咋恁薄情，自己老婆死了，不但不悲哭，还喝浊酒，唱淫歌，想别的女人，以前倒没看出来。

惠施听了，心里生气，又不敢相信。赶到庄周家，推开门一看，果然如此。只见庄周半醉在堂屋的灵床前，他半歪在地上，赤脚露体，敞怀裸胸，蓬头垢面，衣衫不整，手里胡乱敲着一个破泥盆，口里含混不清地哼唱着一支淫曲，家人和几位弟子想扶他又扶不起来，搓手相觑，正不知怎么办好。

惠施见状，气得七窍生烟。上前奋力一脚，把庄周踩翻在地，又连上几脚，把庄周踢得在地上啃了泥，然后一脚踩住庄周，一手指着他骂道："好你个没讲究的薄情郎！人家嫁给你，辛辛苦苦给你做饭洗衣，端水盛汤，生儿育女，夫妻恩爱一场，你不领人家的情便罢了，却在这里淫声秽语，玷污天地，看俺不打肿你个没良心的烂嘴！"

庄周家人和弟子赶紧上来扯住惠施，劝慰消气。惠施骂骂咧咧地随庄周家人去里屋洗了脸，整饬了衣裳，再转回堂屋来看庄周，庄周却已经就地在泥地上睡着了，脸上红扑扑的，扯着小呼，嘴里流着哈喇子，睡得那叫一个香。惠施又气又恼，又万般无奈，叹了口气，摇了摇头，也只得屈腿在庄周身边坐下，支着头，悲愁去了。

三日后，办了丧仪，逝者入土为安。庄周送惠施归乡。两个人走到濠水的木桥上，庄周说："惠施兄还记得当年的话题不？"惠施说："当然记得。"庄周说："当年咱俩在这里游玩，俺扶着桥栏，看见濠水里有许多白参条子，正在水里灵活地闲游，俺不由就说，参条子从容地出游,鱼真快活呀!"惠施说:"俺就抬杠说,你庄周不是鱼,你哪里知道鱼的快活!"庄周说:"俺就接着跟你抬,俺说,你惠施不是俺庄周,你咋知道俺不知道鱼的快活!"惠施说:"俺又抬,俺说,俺惠施不是你庄周,俺当然不知道你知不知道鱼的快活;可你庄周也不是鱼,因此你庄周当然也不知道鱼的快活!就这么简单。"

庄周说:"于是俺就狡辩说,那咱们从头捋一遍。"惠施说:"俺上了你的当,俺也说,那咱们就从头捋一遍。"庄周说:"俺说,你惠施先生是不是说过,你哪里知道鱼的快活,这句话可是你说的?"惠施说:"俺当时承认说,这句话是俺说的。"庄周说:"俺当时说,那好,你是问俺是从哪里知道俺知道鱼的快活的,俺现在就告诉你,俺就是刚刚在这座桥上知道的。"惠施说:"俺当时被你搅浑了,俺说,就算你刚刚在桥上知道,那又怎样?"庄周说:"俺当时说,你惠施先生只是问俺是在哪里知道鱼的快活的,这说明先生已经默认俺是知道鱼的快活的了。"惠施说:"俺当时说,先生的狡辩术算得上一流了。"

两人说得兴起,不由在濠水桥上坐下,胳膊伏在桥栏上,两脚悬在水面上,在水面上踢踏着。

原来桥北不远,就是濠水的入淮口。小小的濠水,汇入大大的淮水。入淮口岩石夹峙,时而水花激荡,时而风平浪静。

庄周说:"惠施兄那几脚,把俺踢得好疼。"

惠施说:"俺也是一时气不过,并没往要害里踢。"

庄周说:"俺是说,把俺的心踢得好疼。惠施兄误会俺了呀。"

惠施说:"俺没误会先生,你看当时先生那作态,俺只嫌踢得还不够狠。"

庄周说:"惠施兄,不是这样的。俺家她刚死的时候,俺怎可能与众不同,不伤不悲呢!可是俺倒叙回去想,她最初本来没有性命,不仅没有性命,甚至原本连形状都没有,不只没有形状,甚至原本连气息都没有;她杂混在恍惚莫辨之中,渐渐演变有了气息,气息又演变为形状,形状又演变成性命,现在又演变为死亡,她的这种演变,和春秋冬夏四季的运行,有什么两样吗?假如人家已经安息在天地之间了,可俺还跟在后面连哭带叫,那俺傻还是不傻呀?想到这些,俺因此就不再为俺家的她悲哭了。"

惠施惊讶地张了张嘴说:"嗯嗯……"

庄周说:"俺记得早些年,闹春荒俺家里没有隔夜粮,俺家她对俺说,先生只得厚了面皮,到监河官家里走一趟了,看可能借点粮食来,度过春荒。俺知道先生面皮薄,开不了口,只是因为先生家先人曾有恩于监河官,或许有一线生机。俺听了俺家她的话,也是被逼无奈,只好硬了硬心,上监河官家里借粮去。

"到了监河官家,俺厚着脸皮,结结巴巴地说明了来意,没想到监河官一口答应了俺。监河官说,没问题,没问题,俺借给你。俺正要感激涕零地谢他,没想到他接着又说,你不就借三笆斗粮食嘛,没问题没问题,等到夏秋粮食收下来了,俺借三百笆斗给你,你说好不好?俺叫他一闷棍打蒙了,俺那个恼怒呀!当时俺真恨不得扑上去撕了他,啃了他,灭了他!可那又有啥用呢?再说人家本来又不欠俺的,就算他以前欠俺家先人的人情,人家不认那个情，你又能咋着人家。

"俺气得牙痒痒，把牙咬得咯吱咯吱响。俺对他说，俺来的路上，碰见一桩怪事。他说，啥怪事？俺说，俺正在路上走着，忽然听见附近有个声音呼救'救命呀，救命呀'。俺回头四面看看，没有人呀。这时又听有人喊'救命呀，救命呀'。俺仔细一看，原来在路上的车辙里，有一只鲫鱼，躺在那里呼救。俺很惊奇，对它说，你躺在这里弄啥？那条鲫鱼说，俺是东海水族社会里的大臣，落难在此，先生给俺一口水喝，就能救俺的命，今后一定涌泉相报。俺听了鲫鱼的话，马上满口答应它，没问题，没问题，俺马上启程前往南方的大江边，说服江神，用最大的水头来迎接先生，先生不必着急，在这里等着就好了。鲫鱼听了俺的话，大怒道，先生是人吗！先生你这说的是人话吗！你不给就不给，玩这套虚的，有意思吗！俺现在只要一口水，就能活命，你叫俺在这等个一年半载，到时候你上干鱼店找俺去吧！

"打那以后，俺就陷入苦恼当中，俺苦苦地想，人生到底是为了啥？人与人之间，到底应该是个啥关系？到底啥叫好，啥叫不好？到底啥叫对，啥叫错？俺苦苦地想，想不明白，俺就叫俺家那个她，给俺打了个小包袱，里面装上草鞋、粗布衣、粗粮饼，俺背上小包袱，出门找俺的答案去。俺没日没夜地在平原上走，走到哪里，就在哪里睡觉，走到哪里，就在哪里喝水，走到哪里，就在哪里问人家要一口饭吃。俺啥都不想，俺只想着弄清楚俺心里的这些问题，解开俺心里的这些疙瘩。

"这一天，刚下过雨，俺走近平原上的一片树林，那里有河滩，有树林，有灌木，也有草滩，也有砂姜瘠地。俺听见雨后的树林里有一些轻微的响动，俺就冒险走进去看。只见一个很小的人，正用手轻轻拍着大腿，在潮湿的树林和灌木间，专心地往前跳着走。俺惊讶得迈不动脚。俺想，这一定是个神奇的人。俺就慌忙上前向他请教说，老先生，老先生，您是谁呀？那个小人头也不回地讲，鸿蒙。俺紧跟着他问，老先生，老先生，您为啥这般举动？老先生不搭理俺，几步就跳了开去，这样一来，俺倒更觉得他神秘了，就紧赶慢跑地跟着他不放，问他，您这是在干啥呀？老先生带搭不理地说，闲游。俺赶紧说，鸿蒙老先生，俺有问题请教您呀，老先生。老先生望了望天上的云，装傻道，啊？俺死皮赖脸地跟上去问，请问，人与人失和，人与天失谐，这可有啥好办法调理？老先生说，不知。俺上前恳切道，俺求教是真心的。那个小人不再搭理俺，往前猛跳几步，钻进杂树林里不见了，把俺一个人丢在那里发呆。

"过了几天，俺在雨后的原野里又遇见了那个小人，他正在草梢上跳来跳去，不知道他要跳到哪里去。俺赶紧跑上前去，跪在他面前说，老先生，鸿蒙老先生，您不记得俺了吗？俺是您的崇拜者呀！俺们前两天见过的。鸿蒙怀疑地摇了摇头，表示不记得了，转身向另外一个方向跳去。俺又跑过去拦住他的去路，向他求教说，请问如何找到自己的人生？那个小人说，闲游。说着就跳开了。俺着急上火，带着哭腔追上他说，求您给俺支个招吧，俺见您一次不容易，闲游又有啥用呢，这段时间俺天天闲游，却没见有啥起色。小人边跳边吐出两个字说，养心。养心？俺连滚带爬追在鸿蒙身后问，啥叫养心？小人说，你不用关注你的形体，你要抛开你自认为的聪明，你要融入万物不分彼此，你可放飞心情，茫然无感，浑然淳朴，如此这般，万物便可自生了。小人跳得越来越快，他的声音越来越小，很快就见不到他的身影了。俺趴在地上，连着磕了几个响头，才站起来走开。

"俺一边琢磨着鸿蒙的话，一边在平原上步行。这一天，俺和弟子们走到一个叫奢的地方，据说古代的高人都在那里居住过。只见前方混沌一片，云来雾去，恍如梦境，叫人十分向往。俺们正充满期待地走着，俺突然发现俺的胳膊弯里长出一个鸡蛋大的肉瘤子。说实话，俺起初有点心烦，可那种念头一秒钟就过去了，俺就不烦了。俺的弟子们围过来问俺，老师讨厌它吗？俺说，最初有几秒钟，俺的确有点心烦意乱，可是这种念头很快就过去了，生命都不过是一种借助，就像这个肉瘤，它本来并不存在，本来只有灰尘和泥土存在，可是不知怎的有了个组合，它就成为一个越长越大的生命了，它的生和死，应该就像白天和黑夜的轮替一样自然而然吧，现在它长在俺的胳膊弯上，俺正好借此机会，观察生命的此消彼长。

"俺天天在平原上行走，天天接天踩地。有一天，俺猛然发现，事物都是源起于那些极细微处的。先是有土有水有气，有土有水有气，就能变化出一种生命来。这些生命长在水和土的过渡地带，就长成了青苔；长在丘陵山地，就长成了车前草；车前草得到粪肥的养育，就变成了蒲公英；蒲公英遇到寒潮，就变成了刺儿菜；刺儿菜的根变成蚯蚓，刺儿菜的叶子变成蝴蝶；蝴蝶喝了露水，就变成了黄鹂；黄鹂落到枣树上，就变成了酸枣枝；酸枣枝在灶下燃烧，从火里飞出凤凰，凤凰活到一千天，就变成一种翼天之鸟；翼天之鸟的唾沫落在草里，变成一种菌丝；菌丝遇水遇物，变成香醋；香醋洒到竹林里，变成一种不长笋的竹；不长笋的竹老了，就生出一种叫狗獾的小动物；狗獾跑到河边喝水变成马；马变成人，天天劳累不已；人死了变成另一种菌丝；另一种菌丝死了，变得极细微，肉眼看不见；极细微的物质分裂得更细微，万物都由这种极细微里出生。所以说，万物都从极细微之中生长出来，而又最终都会回归到这种极细微中去。

"这一天，俺来到东海的海岸边，看见一个披头散发的人，正要往大海里跳。俺赶忙跑过去，匍匐在他脚下，扯住他的脚说，先生，先生要到大海里去吗？披头散发的人说，你这个爱管闲事的东西，你不要管俺。俺抱住他的脚说，先生，先生，俺不是爱管闲事，俺是想向先生请教，为啥要到大海里去？披头散发的人稍微消停了些，对俺说，俺很好奇，大海作为普通的世上一物，怎么往里面灌水，也灌不满，怎么往外面舀水，也舀不干，俺要去探个究竟。俺说，人世间也有很多值得好奇的事情，先生为啥不先探探人世间的事情？披头散发的人说，俺不想做那样的人。俺说，那先生想做啥样的人？披头散发的人说，俺想做这样的人：普天之下，大家好处均摊了俺就高兴，大家都得到财物了俺就放心，俺天真的时候就像找不到妈妈的婴儿那样无助，俺没心没肺就像走着走着迷了路一样不存心机，财物丰足俺从不在意从哪里来，饮食足够俺也不关心来自何处，俺只愿意摒弃俗务却与天地同乐，万物混同并且复归真情，这就是俺的意愿。

"又有一天，俺云游到濉水的一条小支流，偶然碰到一个正在专心拾柴的无名人，俺就向无名人请教说，俺请教您，怎样才能生活得更自在？没想到无名人很粗暴，怒斥俺道，滚开呀你！没见过你这样粗鄙无知的家伙！俺吓得仓皇后退，绊在树根上，跌倒在地。俺趴在地上，不敢站起来。俺爬到他的脚边，诚恳地说，高人息怒，俺不是有意的，俺只是想请高人解开俺心中的疙瘩。无名人怒气冲冲地说，你咋能不咳嗽一声就发问呢？你这个没教养的东西，你吓得俺不轻！此刻俺正在跟造物者结为好友，正要乘轻盈之气逸出天外，悠游于啥都不存在的元气清虚之境，正在此关键时刻，你却用躁狂浮热的俗问来打断俺，你这个粗鄙无知的东西！俺跪在无名人的脚底下，大气都不敢出。俺知道，发自内心的谦逊并不是自卑，俺不是被虐狂，一个人要想学到真东西，就必须放软身段，匍匐在最低的地方。无名人骂够了，这才一脚把俺踢开，背着柴捆，扬长而去。

"又有一天，俺乘船过潼水，船上有一位少年，正坐在船头，默默落泪。这时，一位长须长者看在眼里，便上前问他，少年为何在船头默默掉泪？少年回说，俺不知道如何度过俺的人生。长者说，你应该洒心去欲，游于逍遥之野。少年说，洒心去欲是什么？长者说，洒心去欲，就是洗心去欲。少年说，这个俺愿意，可就是做不到。长者说，你可往淮水左近一游，那里有一个混沌群落。那里的人单纯而质朴，私念很少，清心寡欲；他们懂得耕种却不懂得私藏，帮助别人但不求回报；他们无拘无束想做什么就做什么，只管脚踩在大地上；他们活着时尽享欢乐，他们死了后也可以得到安葬。少年为难地说，那地方路途遥远、险恶，可能还有河流山岭阻隔，俺没有船和车，咋办呢？长者说，你不要姿态傲慢，也不要贪恋现状，你把谦卑等观念当车用即可。少年说，那地方道路幽远无人，俺能跟哪个做邻居？俺没有粮食，没有吃的，咋能顺利到达呢？长者说，减少你的耗费，清淡你的欲望，即便没有粮食，你仍很富足，即便没有邻居，你仍很充实。

"有一天，俺去拜访贤者丙丁，可是丙丁乘风出行了，他驾着风，在各地轻快畅游，十五天后才回来。像丙丁那样追求自在的人，天地间是很少见的。但虽然丙丁能够御风，免去了徒步的不便，可他毕竟还要依赖风力而未能达到超然之境。那些真正能够顺天应时的人，哪里还需要借助风力的推动呢？

"丙丁对俺说，早年他刚问学的时候，有一天看见市场上来了一名术士，他能测知人的死生存亡、祸福寿夭，并且能够预知具体的时间，就像有神相助，市场上的百姓见到他，都赶紧逃亡般携儿带女地跑走，怕被他看出命门来。丙丁也吓坏了，跑回学堂，报告老师甲乙说，老师，不好了，大事不好了，市场上来了位术士，能看破人的命门，这个国家的人有一半都逃难到邻国去了，俺本来以为老师您是世界上最高明的，可现在俺知道世界上还有更高明的人，老师您不要怪俺胆小，俺要赶紧去拾掇俺的包袱，俺怕跑晚了被他看出破绽，丢了小命。他的老师甲乙说，何必如此恐慌，不如你明个约他来，给俺看看命途，那时再跑不迟。丙丁既不敢答应，又不敢不答应。不答应吧，这是老师的指示；

答应了吧，又怕老师有什么灾难。甲乙说，你尽管明个约他来，出了事，俺不要你负责。丙丁只好答应，一宿都没睡着。

"第二天，术士应约前来，离开时偷偷对丙丁说，你老师快死啦，他活不过十天啦，死神正要落在他的头顶上，你看他面如死灰，表情僵滞，你赶紧为老师准备后事吧。丙丁哭着回到学堂，衣襟都哭湿了，他对甲乙说，老师，您就要死啦，活不过十天啦，呜呜，老师您走了，俺可怎么活呀！甲乙说，弟子莫慌，俺今天向他呈现的，正是死神的降临，你约他明天再来。第二天，术士又应约而来，离开时他欢快地对丙丁说，你唱起来，跳起来吧，你老师遇见我，命运有了转机，死神已经离他远去，性命重新回到他身上，他的脚后跟都开始红润啦。丙丁高兴得又唱又跳，回到屋里，对甲乙说，恭喜老师呀，死神已经离您远去，性命重新回到您的身上，您的脚后跟都开始红润啦。甲乙说，嗯嗯，俺今天给他看的，正是俺性命的旺盛，你约他明天再来。

"第二天，术士又应约而至，离开时小声对丙丁说，你老师心绪不宁，情绪不稳，因此俺现在没法给他看命，你让他稳一稳情绪，俺明天再来。丙丁回到屋里，把术士的话告诉给老师。甲乙说，刚才，俺向他显露了极度的虚静调和，但实际上俺在频繁地调动体内的物质，因此他无法看透俺生命的本质；鱼在水流回旋的地方盘桓那叫深潭，水集聚不动的地方也叫深潭，水流不止的地方还叫深潭，深潭一共有九种状况，有九个名称，此前俺展示给他看的，仅是其中的三个；且看他明天怎样说。

"第二天，术士又应约而来，进了屋，脚跟还没站稳，张眼望见甲乙，大叫一声，失控转身向门外窜逃而去。甲乙大叫，把他给俺追回来！丙丁追出门去，不一会回来报告说，术士已经窜得远了，影子都见不到了。甲乙说，此前俺展示给他的，都超不出常规的理念，因此他还能应付；今天俺展示给他的，已经超越了正常的人伦，因此他受到惊吓，只得快快窜逃。从此以后，丙丁知道自己要学的东西太多，他回到家乡，三年没有离开，他帮妻子烧火煮饭，他喂猪就像给人东西吃一样上心，他打磨自己回归质朴，像大地那样浑然一体，个性鲜明，虽置身尘世，但他总在内心保留一块净土，并且执守这方净土，直到生命的终止。

　　"有一天，俺和弟子们在浅山里行走，俺们看见一棵大树，枝叶茂盛，但伐木人即使在它旁边逗留，也都不会动斧砍它。俺们都很好奇，就向伐木人问不砍这棵大树的缘故。伐木人回答说，这棵树什么都做不了，砍它有啥用，白白浪费俺的气力。俺听了很感慨，不由得说，这棵树由于无用，而能够活满天寿呀。俺们从浅山里走出来，走在平原上，住到一位旧友家里，老友很高兴，安排童仆杀鹅烹煮了招待俺们，童仆询问说，一只鹅能叫，一只鹅不能叫，请问杀哪只？主人说，杀不能叫的那只。第二天，俺们离开老友家，走在路上，学生们问俺说，昨天山里的树，由于无用而能够尽享天年，可是主人家的鹅，却因为无用被杀掉，老师您打算选择哪种生存方式立身？这个问题真是超难回答的。俺认真想了想，说，俺将选择有用与无用之间的生存方式立身，游移于有用与无用之间，像它们却不是它们，以平衡恰当为准则，漫游在万物育生的初始状态，把外物当作身外之物而不因物欲受制于外物，这就是俺的行为准则呀。

"又有一天，俺去拜访高士大卷，大卷刚刚洗了头，披头散发地坐在席子上，双眼紧闭，嘴唇紧抿，看上去面容枯焦，就像一具干尸。俺吓坏了，以为他死掉了，可俺又不敢冒昧地喊人救命，只好跪在他面前，头叩在地上，大气不敢喘，静待事物出现转机。过了很久很久，俺听见大卷微弱地吐了一口气，俺知道大卷的魂灵重新附体了，俺心里的一块石头才放下来。大卷说，你是哪一个？俺说，俺是庄周。大卷说，俺不认得你。庄周说，先生刚才像一段枯木，把俺吓坏了。大卷说，方才俺正专注于万物的初始状态，俺抛弃了外物，脱离了俗世，正自立于独在之境。俺求教道，先生这是啥意思呀？大卷说，内心纠缠不能确知，嘴张开来却说不清楚，吃草的动物不担心改变草泽，水里的虫子不担心变换水域，瓮里的小飞虫，快活不快活，只有它自己知道。俺还想从大卷那听点什么，但大卷已经闭上双眼，不再搭理俺了，俺只好磕了几个响头，退着爬出门，离去了。

"又有一天，俺率领众弟子去沱水湾拜见一位高士苍株，俺的徒弟甲牵牛，俺的徒弟乙赶牛车，俺的徒弟丙徒步跟车侍候，俺坐在牛车上。快到沱水湾的时候，漫天起了大雾，俺师徒四人因此迷了路。待到大雾消散，俺看见前方河滩的草地上，有个牧童，正骑在牛背上，把一根竹笛，竖着吹来。俺们便上前讨教，问他可知道沱水湾在哪里？牧童说，俺知道。俺们又问他此地离沱水湾还有几里？牧童说，还有五里。俺们又问他可知道高士苍株住在哪里？牧童说，俺也知道。俺们觉得惊奇，心想这小孩非同寻常呀，这位牧童莫不就是位高士？于是俺们就向他请教说，小师傅教俺，您可知道咋样治理天下？牧童说，俺知道。俺慌忙请教道，那该咋样治理？牧童道，治理天下，就像俺牧牛一样，它要来，它就来，它要去，它就去，它来，它去，并不干你的事。俺慌忙又请教说，又该怎样养性？牧童道，像俺这般悠闲即可。俺慌忙说，偶遇不易，请小师傅多讲几句。牧童说，你可乘坐阳光之车，漫游在这无涯之野；你可乘坐轻风之车，飘浮在这平原草地；俺打小就自游在天地之间，这叫游世；俺又打算自游于天地之外，这叫游心。这是惊世之言、骇世之语呀！俺连忙率众弟子在草地上跪下了，俺们叩着头说，受教啦，受教啦。俺们连叩了几个头，才小心翼翼地爬起来，倒退着离去。"

惠施说："哦哦，这便是听闻已久的游世与游心……"

庄周说："正是。人游于天地之间，便是游世；心游于天地之外，便是游心。这么多年，俺虽然走得脸瘦毛长，可俺心里，却慢慢变得踏实了。入无穷之门，游无极之野，真是有大滋味的！"

过了些年头，有一天，庄周给一个逝者送葬，恰巧经过惠施的墓，不由得扑过去，在惠施的墓前痛哭起来，哭得鼻子一把泪一把，很久才止住。庄周抹了把鼻涕，回头对同行的人说，从前，楚国有个人，他鼻尖上抹了些白泥，薄得就像苍蝇的翅膀，他叫匠石把这抹白泥削去；于是匠石把斧头舞得呼呼生风，他任凭匠石砍削，白泥削尽了，鼻子还完好无损，楚国这人也面不改色地站着。宋国有个君主听说了这件事，就召见匠石说，试着为俺削一次；匠石说，小臣的确曾经能削，虽然能削，不过能把身家抵押给小臣的人早就死了呀！自打惠施先生离世，俺庄周就没有配得上的对手啦！俺庄周就没有说得上话的人啦！呜呜，呜呜……

又过了些年头。有一天，庄周在濮水里钓鱼，水面上突然旋起一阵风，庄周就变成一只大鹏飞走了。大鹏拍击水面飞行了三千里，又盘绕着风暴直达九万里高空，所有的风都在它的翅膀下面，这样它就能充分地凭借风力了，它背对着青蓝色天空，因此也没有什么可以阻碍它的飞行。高空中像野马一样无拘束的水雾气呀，空气中的尘埃呀，各种微小的生命物呀，都因各自微小的气息而相互扰动。天的颜色茫远深蓝，这才是天的本色。它飞了六个月才会停息一下，吃一些楝枣子，再接着飞。它要飞到南海去。它就这样一直不停地飞，往南飞。

平原上的小麦

我从城里出发前往乡下，不是去麦田，就是去水边。

在黄淮地区，从公历4月到6月，都是小麦抽穗、灌浆、成熟的时期。在这段时间里，我会控制不住自己，即刻就要起身前往原野和麦田，去回应那种听不见声音的生命的呼喊。有时我步行前往，有时我骑自行车前往，有时我搭农村客运班车前往，有时我乘铁路慢行客车前往，有时我自己开车前往。有时我会去到城郊，有时我会去到离我生活的城市稍远些的麦田里，有时我会去到离我生活的城市比较远的地方，有时我会去到离我生活的城市有近千公里的生长着小麦的平原上。有时我上午出门下午回，有时我当天去当天回，有时我会在当地的小旅店里住一晚，有时我会在当地的小旅店里住好几晚，有时我会连续在当地多个乡镇小旅店住好几晚。都不一定。

公历4月到6月，是黄淮海平原小麦抽穗、灌浆、成熟的季节。平原一片温热，麦子特别的香气越来越足，从5月中下旬到6月上旬，整个平原都笼罩在一片蒸麦面馍的蒸笼的香气里。只要到了有小麦生长或黄熟的麦田里，我的心情就平静下来了。我有时在麦田里步行，有时在麦原的河流边溜达，有时在平原的土坡高地上俯瞰整个麦原，有时把麦原里的坟茔一个一个细细看过，有时坐在麦田之间的田埂上听鸟叫，有时仰躺在麦田中间的一棵大榆树下，嘴里呾着一根鲜草，让溜溜的小风吹过。有时我会想起已经去世的父母和其他亲人，有时我会感叹生命的起源，有时我能悟出一些生活的规则和道理，有时我突然明白了人与人关系中的一些为什么，有时我什么都没想，就是感受着麦田里的温热、成熟、香芬和时光。

小麦的原野、河流、芦苇丛生的湿地、平原、树林、果园、河流拐弯处的村庄、乡道尽头的小镇，都是一段生命的完美组成部分。

或许我能在熟热的平原麦田里，坐在干爽的麦垄的一头，听见那种天命的运行。在城市里我听不到麦原里那种熟悉的天命的运行，在城市里我或听到的是另一种天命的运行。其实在麦原里听到的天命的运行并不神秘，它们不过是流散在麦垄间的一种气息，不过是弥漫在麦原上空的一种温度，不过是沾染在蛇麻花花序上的一种苦香，不过是通场而过的一种季节风，不过是河流和麦田之间一小片柳树林里枝叶间的一种张弛，不过是平原一片鲜黄的那种色彩，不过是平原上所有平凡事物的一种组成，不过如此而已，但也已经完全不是不过如此而已了。只要有一种组合，那就是一种天命。那就不可能是不过如此而已了。

或许我能在平原的麦垄间抚摸到父母和其他亲人的体温与气息。一般我总是能听见他们的不知觉的呼吸声的。对他们来说，不不，是对我而言，他们的呼吸声变得那么重要。如果能听见他们的呼吸，那就说明亲人仍在你的身边；如果你听不见他们的呼吸，那就说明亲人已经离你而去，你只能带着心底的伤痕，默默地、孤寂地生活在人世间，无所谓大小，无所谓美满，无所谓盈亏，无所谓喜悲，无所谓时光。那一丝丝带有小麦香气的空气竟然无比重要，牵连到一个生命的存在，一个美满的幸福，一个温热的依恋，一个心底的慰藉，一个回家的理由，一个奋斗的动力，一个生活的底质。我想要伸手抓取一把麦垄里的空气，看看它们到底有怎样的神秘，或怎样的神奇。可是我抓不住空气。麦原已经索然空寂。

或许我能在麦垄里寻找到时光的意义。我经常一大早乘坐农村班车前往乡镇。在乡镇街道的一头下了车。别人都往小镇里去，他们到乡镇来，都是有事做的，都有具体的目的，要么要探亲，要么来访友，要么来赶集，要么来议事，因此都匆匆忙忙地赶时间。而我却无具体的事情要做，我也并不往乡镇的街道里去，下了车，我直接就离开公路，一头拐到小麦正在香熟的麦原里去了。我走到麦田与麦田之间的一道田埂上。当我站在那道田埂上的时候，我就高出麦穗们半个身位，我也能看见原野上的一切。当我坐在田埂上的时候，我比麦穗们矮一个头位，我看不见原野上的一切，原野上的一切也看不见我，我只看得见我面前和附近的麦穗。这时我看见的麦穗和我平时笼统一看的麦穗不一样。小麦每一颗都总是从根部先黄枯，然后再一点点往上黄枯到麦穗的梢顶；它们每一颗高矮不同，穗长有异，粗细有别。这或许就像我们人类一样。当我们笼统地看一群人时，我们不会、不想也不愿去分辨他们，因为他们与我们无关，这时的视角说明我们是不带感情的。当我们细心地看一些人时，我们能够、愿意也必须去分辨他们，因为他们与我们有关，他们要么是我们的亲人，要么是我们的朋友，要么是我们的熟人，要么是我们的同事，要么是与我们有各种关联的人，这时的视角说明我们是带有感情的。

　　麦田里当然还有其他时光的意义呈现出来。我下了车，直接拐离公路，一头拐进香熟的麦原里去，然后就找到一道干爽的田埂，在田埂上坐下来，嗅闻着小麦正在成熟的香气，察看着小麦的长相、黄熟度和一只张翅欲飞的七星瓢虫。我很可能会在那里枯坐上两三个小时，然后看着太阳已经转到头顶上时，我才不情不愿地站起来，拍拍屁股上的灰尘，走回到公路边停着农村客班车的地方，走上排在最前头正要启动的客车，找一个靠窗的座位坐下来，一个小时后回到城里的家中。表面上看起来，这一上午的时光似乎是没有意义的，但对我而言，这一上午的时光恰恰是最有意义的。我没有虚度。正因为我找到了适合自己的生活的方式，而且也能够光明正大地享受这种生活的方式，我的时光才是有意义和有价值的，才不是虚度的。

　　有时候我会一直在麦田的田埂上宴坐两三个小时，安逸而且闲适。这时夏天的太阳照在身上，照理说是很晒的，但这完全取决于心态和心情。有时候我会翻过来掉过去让太阳照晒甚至是烤炙。我一会把胸脯和脸的一面朝向太阳，让太阳照晒我的正面；我一会把后背和屁股朝向太阳，让太阳照晒我的背面；我一会把左侧暴露在太阳下，让太阳照晒我的左脸、左臂、左腰、左腿和左脚;我一会又把右侧暴露在太阳下,让太阳照晒我的右脸、右臂、右腰、右腿和右脚。我用长达数小时的时间让夏天的太阳烤晒,但我并不觉得这有什么不妥,或有什么不适,或有什么不可。太阳猛烈地照晒我,而且是长时间和免费地照晒我,这是一种多么美好的赏赐!我的身体不但能足够地吸取必需的能量,使我身体的动能更加充足,阳光还能杀死我身体内外那些看不见也用不着的病毒和细菌。我的头脑在太阳长时间的照晒下,变得愈来愈清醒、愈来愈有条理。这种安逸和闲适的时光,才是我生命中最享受的时刻。

有时候我在麦田的田埂上闲坐两三个小时,看一只土蛤蟆从田埂右边的麦田里,跳到田埂左边的麦田里,向田埂左边麦田里的一只土蛤蟆示爱或挑衅。有时候它向对方射出尿水,有时候它掉转身向对方刨起尘土。两只土蛤蟆都是土灰的颜色,它们的大小也差不多,都大约有小醋碟大小,它们都有一个半露天半地下的土窝,它们的土窝都是半个椭圆形。麦田田埂左边的土蛤蟆是浮躁型的,它总是不停地在窝里进进出出,东张西望,并且不时前往田埂右边骚扰。田埂右边的土蛤蟆是安静型的,它总是安安静静地待在自己的窝里,如果出来到门口溜达,也总是小心谨慎,稍有风吹草动,它就赶紧跑回土窝里去。麦田左边的土蛤蟆总是主动的,它在自己的窝里待不了多久,它总是按捺不住地要到右边骚扰挑战,它到右边折腾一阵子累了,就跑回自己的窝里休息片刻,再去挑逗。麦田田埂右边的土蛤蟆总是被动的,如果田埂左边的土蛤蟆不主动骚扰,它就一直待在它的半地下的土窝里，一会伸头向外张望张望，一会躲在土窝里不动。一直看不出来它们是竞争对手的关系，还是异性相吸的关系。一直都看不出来。

小麦香熟的时节，天空和原野的色调为黄。首先是整个原野的小麦，都成为贵黄；贵是贵重的贵；小麦的籽实沉甸甸的，又是在平原上生活的人们的主食，因而它无比金贵，它在当地人心目中有着沉实的分量，它既是粮食，也是人的生命。麦熟的时节，大杏也成熟了，一树的杏子，都成为鲜黄；从麦田拐弯那个池塘边的杏树上够下几颗麦黄杏，两手一掰，熟杏就分成了两半，露出沙沙的杏瓤；扔一半在嘴里，呱唧呱唧地吃着，既面且甜，还带点几乎感觉不到的鲜酸，这是正宗麦黄杏的标志。麦熟的季节，月季都开成丽黄；丽是艳丽的丽；这里的人家喜欢种月季，因为月季泼辣，不操心，好养活；村中心人家密集，就用月季做隔挡的篱笆；村边缘人家稀疏，也把月季种在门口、路边；这里的月季开黄花的多，开红花的少；丽黄的月季在小麦香熟的时节，挤挤挨挨地开出碗口大的花，丽黄丽黄的，适配了这个季节。小麦香熟的时节，阳光成为一片火黄；早晨太阳喷薄而出时，就像涌起了一团火；日升中天时，整个天空都是一片火黄；傍晚太阳息落时，西边的半个天，都烧成一片云火。

小麦香熟的时节，平原上各有风情。由大地上生成的风叫地升风，或地生风；这些风从麦田的一端升起，至麦田的另一端停息；或从河堤的堤脚下升起，至另一条河流的堤脚下结束；或从平原的一角生成，至村庄外的小树林结束；或从大麦田的田埂上生成，至小镇面粉厂的围墙外结束。由天际生成的风叫天升风，或天生风；这些风多由天际升起，掠过平原和麦田；公历4月时多流行偏东风，偏北风也不时来袭；公历5月时会有西南热风吹来，西南风会吹熟小麦，几天西南风吹过，小麦就黄熟了，就可以收割了。由河流水泽生成的风叫泽升风，或泽生风；这些风从河流、湖泊或水泽上升起，微微地吹向附近的平原大地、麦田农居；公历4月的泽升风饱满潮润，滋生万物，公历5月的泽升风丰厚温热，催熟诸物。由地表各种事物生成的风叫物升风，或叫物生风；这些风可由地表所有事物生成；从高坡的半坡生成的半坡风不吹向坡脚，反而吹向坡顶；从枣树抖动的树叶间生成的枣叶风不吹向臭椿树，只吹向香椿树；从一块麦田生成的麦田风只吹向隔壁的另一块麦田；从泡桐树上生成的泡桐风吹不出去十米远就会在空中消散；从浮萍上生成的萍升风会在附近的水面吹起几波幼小的皱纹；从空中飞鸟的翅膀尖生成的风，却能被停留在一千米外一棵杨树上的喜鹊探知。由内心深处生成的风叫心升风，或叫心生风；这些风经由不同的形式，或不同的介质，吹向另一个心灵，吹向另一些心灵；或由动物到植物，或由植物到动物；或由无生命物到有生命物，或由有生命物到无生命物；或由高而低，或由低而高；或由宽而窄，或由窄而宽；或由凝固的到流动的，或由流动的到凝固的；或由瞬间的到永恒的，或由永恒的到瞬间的。

　　在成熟或即将成熟的麦原步行或者骑自行车，最能贴近麦田的实况，也最能感知事物的真味。一个人的脚力，来源于他的心力；心灵的动机才是他的动力。我可能一整天都在小麦原野里行走。我穿着一双已经穿了两三年的牛皮鞋，一条有多个口袋的布裤子，一件黑色的短T恤，还背着一个在火车站旁的小店用10元钱买来的廉价书包。我清晨在一个村庄的早点铺里吃过早饭，就开始了我一天的行走。我走出小村，沿着干白的土路走到小麦原野里。太阳热滚滚地升上来，照射在大平原上，这样赤辣的阳光对正在成熟的小麦无疑是最好的。清晨的风有点凉爽，但空气很快就干热了。但这些对我都不是事。我喜欢平原上小麦成熟时的一切，包括晴晒和干热。我在麦田夹道的乡道上一直往前走。我走过一片正在开花的枣林；我走过一个发红的砖厂；我闻到一股异味，知道前方那片低矮的建筑是养猪场；我走过一段杨树夹道的小路，有两个上学的孩子从前方的十字路口跑过；我走过麦田里孤零零建立的小学校，小学校建在一小片高地上，有一排两层的小楼，小楼前有个小操场，小操场上有个旗杆，一位老师从一个教室的门里出来，又走进另一个教室的门里；我走过一片大池塘，大池塘里长满了菱角；我走过一个墙壁都漆成紫红色的小村庄，小村庄的路边还有路灯，这是很罕见的，不知道路灯晚上会不会亮；我走上一个高坡，我听见高坡下的村庄有个女人吆喝鸡的声音，还有个弓腰的老男人背上背着什么重物，正沿着蛇形路向高坡上走来，不知怎么的我想起了我父亲，虽然我父亲并不弓腰，也比他高大许多，但人生本不会有根本的区别，我赶紧从高坡的另一面离开，我怕我无法面对一个陌生人的人生；我走过河湾，一个男人坐在家门前干净的平地上吹笛子，有些生涩，但感觉他很内秀，只不过他完全不为人知，可他又为什么要为人知？我走过小麦原野里的一切。我让毒辣的太阳暴晒着，却不做任何隔挡。我觉得这样真舒服。是完全敞开的那种，因而没有任何心机和掩盖，心灵轻松无比。

麦田里有各种树，它们是平原植被多样化的象征，虽然跟更早先的平原相比，现在的平原已经不是那么多元化了。桑树的叶缘是波纹形的，它们还没有长老，还显得十分鲜嫩，不知道把蚕直接放到桑树上吃桑叶，会是什么情况。榆树的叶缘也是波纹形的，只不过它们比桑叶的面积小，它们已经显得老熟多了，不知道一只雨后的蝉爬到榆树上吸食嫩汁，蝉身上会长出什么样的保护色来。杏树的叶子也有波纹，杏树的树干呈亮红色，叶子是小圆脸，不知道杏坛下孔子可还在聚徒授业。楝树的树干上麻麻点点，楝果子正开花结果，楝有恋音，所以许多楝树种在土坟边，象征着思念，不知道南方的怪鸟落在楝树上时会不会尝尝楝果子的味道。枫杨树的叶子是长卵形的，夏末时枫杨树的枝条上就挂出一串串小飞机般的果实，成熟时它能随风飞出一小段距离，在新的土地上出芽、生根、长大，不知道蜜蜂喜欢不喜欢枫杨树开的花。楮树的叶子是个大圆脸，又软又毛，显得不那么利索，但麦地里只要有了一棵楮树，不几年那里就会生出几十棵上百棵楮树来，它还都是自生的，不用人来栽种，不知道小松鼠会不会被楮树毛茸茸的叶子粘住。柳树的叶子是长条形的，它树姿婀娜，枝条柔媚，但就是喜欢生钻心虫，树干上总是有紫红色的树渣，不知道啄木鸟爱不爱吃钻心虫。槐树的叶子是个小圆脸，光光滑滑的，怪不得螳螂最喜欢在槐叶上打架。

一只白花狗从村庄里跑出来，匆匆忙忙穿过麦田，跑向远方的一小片刺槐树林，别问它要去干什么，它自己都不一定知道它要去干什么。一位缺牙露齿但身板健壮的小个子老太太，胳膊弯里挎着一个大竹篮子，慢慢地从刚收获的大蒜地里走过来，向麦田里的一个小石桥走去，小石桥那里有几棵大树，别问她去那里干什么，老太太都不一定知道她去那里到底要干什么。一只青蛙从麦田里的蜿蜒的池塘里跳出来，浑身水淋淋的，它努力跳过麦田之间的小路，向另一块干燥的麦地里跳去，难道干燥的麦地里有很多可以吃的小虫子在等它吗？难道青蛙也很喜欢吃还有些青嫩的麦粒吗？不要问它要去干什么，它自己都不一定知道自己要去干什么。麦田之间种了一小块早熟品种的西瓜，西瓜授过粉打了纽子后，快速地膨大起来，很快就看得出西瓜那种青翠的大模样了，从早晨到傍晚看不出来西瓜长大了多少，但是过了一夜，早晨再去看，就能看出来西瓜又长大了许多，不要去问西瓜为什么要匆匆忙忙长大了给人去吃，它自己都不一定确定地知道它为什么要匆匆忙忙地长大，再匆匆忙忙地长熟了给人去吃掉。从麦田里曲折流过的小河里，有一条鱼在正中午泼剌剌地在水面上拨出一些水花，把水花泼剌到岸边的麦穗上，它又沉到水底去，再也见不到它的影子了，阳光酷热的正午复又恢复了平静，不要去问这条鱼为什么要在正午把水泼剌到河边的麦穗上，它自己都不一定知道它为什么要这样做。在夏日的麦田里，你总会遇到许多无目的的事物。这是夏日麦田里的常态。因此，你不用问那么多，你只管对此习以为常即可。

小麦原野永远有相辅相成、相依相转的两种力量在博弈；强势的一方永远有能力并要求所有事物选边站队，弱势的一方无力要求所有事物选边站队，但永远希望所有事物不完全选站在强势的一方；而所有事物都必须一方面适应强势一方的规则以便进化成长，另一方面又要暗自为弱势转强而预留接口。正在成熟的小麦在白天接受酷烈阳光的照晒，夜晚则接受阴湿的滋润，将营养转化成果实；池塘树荫下的小麦既要顺从地接受树荫的遮盖，又要在阳光出现时尽力进行光合作用以便成熟；柳莺利用白天获取食物和养料，又利用夜晚消化储存白天获得的资源；芦苇一类的挺水植物被水淹没后只得在大水中扎根，但它们又把茎叶伸展到空中，呼吸空气并且接受阳光的照晒；一只惊起的野兔飞速跑向高坡背后，它既要利用地面与脚掌的摩擦跑得更快，又要尽力克服与地面的摩擦以便跑得更快；下大雨的夜晚知了从地下挖洞而出，它必须借助雨水浸泡地面才能逃离地面，它又需借助晴暖和阳光的照晒才能长硬翅膀飞翔；从树枝上牵一根丝线悬挂在空中的毛虫可以安全地化蛹成蝶，可是它又必须回到树枝上生活、产卵、孵化下一代。利用多种资源是生物的本能。

有时候我能很轻松地记住麦田里的片断，很久很久以后还能记住，甚至永远忘不掉。比如我看见偏僻的乡村土路上落下来一只斑鸠，咕咕地叫着，它昂首挺胸，在干爽的土路上散步，两边都是正在香熟的麦田。因为正值夏天的正午，土路所在的地区又比较偏僻，因而没有人看到这些。又落下来一只斑鸠。两只斑鸠咕咕叫着，交互一下脖颈，都昂首挺胸的，在干爽的土路上散着步。由于它们所在的地方位处偏僻，平时就鲜有人走过，夏天的正午就更没有人看见它们的这一段生活了。所有的斑鸠都长得挺拔、俊俏，这两只斑鸠尤其如此。它们在乡村土路上咕咕叫了一会，散了一会步，低头在土路上啄了几啄。然后，它们就飞到附近水塘边的柳树上去了。乡村的土路上重新回复了寂静。此前的一切似乎都不曾发生过。

  比如有时我开着车离开城市，经过市郊，进入平原上的麦田。我下了车。我从麦田之间的小路上一路走过去。有时候我俯身看小路旁长些什么野草。小路边的野草以蛇麻花居多，它们开着伞状的白花。有时候我会坐在小路边看这些蛇麻花。我会把手机斜放在蛇麻花白色伞状花的侧下方，背景是夏天有太阳的天空，拍几张照片，放到我的朋友圈里，但不留什么文字，也不流露任何画面以外的情绪，因为此时的情绪说不清道不明，无法言说。麦田的主角是小麦，具体的一个麦穗上，分明看得清它黄色的花粉。小麦是自花授粉作物，它用自己的花给自己的蕊授粉；但当它失去自花授粉的机会时，它也能接受异花授粉。麦田里所有的大麦都高于小麦，它们的麦芒显得长而锋利。麦田里少量遗存的燕麦最容易识别，燕麦的果实像一个个小燕子，很有动感，也很是神奇。我会在麦田里的小路上看看、走走、坐坐，或坐坐、走走、看看，一直到傍晚。回到城里时，我知道此刻的我，已经不是此前的我了，我的内心已经完全变化了，我已经丢弃了以前的我。

比如有时候我会在嘴里衔着一根自己倒伏断裂的麦秆，靠在逼近河岸的麦田地埂上，在太阳的照晒下睡着。当我醒来时，我的身体干爽且凉快。我并不立即起身，而是就地原姿势安享人生的这一个时刻。我眯着眼看着无人但丰熟的小麦原野，长时间地看着，一动不动。偶尔有一群小蠓虫飞来，在我眼前和脸上扰动、再扰动、再飞走，我也不为所动。我想，我们的时光都是由一个一个这一个时刻组成的，能够安享许多这一个时刻，这是我们的福气。

有时候我一整天都在小麦原野里感受和体验天地之间的动、静、刚、柔。大批麻雀，或许有五百只，甚至有上千只，一呼隆落到存放小麦的麦场上吃香喷喷的麦粒，这时候从远处看它们是静的；突然有人吆喝了一声，它们像无数片树叶飞起来，又黑压压地飘走，这时候它们就是动的。一面高坡上正在成熟的小麦都一动不动，忽然一阵大风从我身边掠过，吹向高坡上的麦田，于是一整个高坡都涌动起来，你看见的不是小麦在相互推拥，你看见的是一整面高坡在移动。柳树的树叶晃动是柔和的，但杨树动起来声势就很浩大，杨树的树叶都很刚，动起来哗哗啦啦地响，或毕毕剥剥地响，不会温柔。水边的再力花的叶子很刚，但卷毛菜的叶子又绒又柔。傍晚的风特别刚，但清晨的风特别柔。瓢虫很刚，蚜虫很柔。杨树上的黑牵牛很刚，柳树上红色斑驳的毛拉子虫很柔。我的心绪很刚，但我的身体很柔。正午时分，我眼睛里看到的香麦原野是静的，一丝风都没有，甚至连一点声音都听不到，但我内心里可能正起着风暴，我内心里或愤怒，或因故有一点点小涟漪，或如大海涌潮，看似静却动，看似动又静。小麦原野在暴风雨到来之前看似很安静、很肃穆，其实内心正翻江倒海、忐忑不安，暴风雨到来后小麦原野看似翻江倒海、惊恐万状，但由于恐惧已经顿然释放，其实内里已经回归平静，只消顺势而过即可。

平原上的河流

在沥河的下游

我出来已经五天了,我的假期也即将用完,梨花镇距沥河进入缠河的入河口还有将近二十公里,今天应该能够结束沿着这条河徒步行走的全过程了。早晨东方天际刚刚打算泛亮,我就起床了。洗漱完毕,我坐在旅店的简陋床头,定定神,隔着窗户看一眼窗外迷蒙的原野。其实就算在白天,这间旅舍窗外的原野也看不远,因为窗外是大片玉米地,这些高拔的玉米把视线截得很短。高拔的玉米正在秀穗,在打开的窗里,伴随着一阵阵清凉空气的涌入,能闻得到初秋田野的芗气,还有玉米的味道。田野的味道是植物入秋的成熟味,玉米的味道是玉米结实的嫩香味。

把早就准备好的方便面从双肩包里拿出来,用水瓶里的开水泡发,再加入两根火腿肠,打开一小袋甜丝丝的榨菜,一顿诱人的早餐就安排好了。

早餐后走出房间,走到旅店的大院里。室外似乎比屋子里要黑很多,但天际确实已经泛出些梨花白了,所以院子里朦朦胧胧的,所有的物件都还能看出个大概。昨天就见过面的那条看家的黑狗，从柴棚下面站起来，伸了个懒腰，也不叫唤，也不过来，又落到地上，伸长了狗嘴，把下巴搁在水泥地上，装睡去了。我走到大门口，昨天老板已经交代过的，大门的钥匙就放在大门旁的一个砖洞里，果然一伸手就摸到了。开了院门，出去了，再关上，门吱咂一声，响得好远。

平原的小镇上，家家都还关门闭户，没有一星光亮，只有一家卖早点的师傅刚开了门，把煤炉捅开，上面放一把铁壶，浇点开水备用，不让炉火浪费。唯一的一条省道兼街道上，一位六十多岁的当地老汉，骑一辆三轮车，往田野里去。车上载了几件农具，有一把铁锹，一个粪耙子，一个竹筐，还载着他老伴。他老伴穿一个黑布小袄，头上扎了一条暗花毛巾。

我走得较快，逐渐就赶上老汉的三轮车了。便一路跟他说些话。

"老人家这是下地的呗？"

"嗯哪。"

在当地的方言里，"嗯哪"就表示肯定。

他又问我："你这是上哪去的？"

我说："俺上前头去的。"

在城市里要是这样回答，就等于没回答，人家就会觉得十分不礼貌，对话就进行不下去了。但是在平原的乡村却没有关系，因为在平原的乡村，这样的对话只是一种纯粹的说说话，不是真的要问你去哪里。

我说："你老两口这么早就下地了？"

老汉说:"不早了,俺俩天天这时候醒,再睡就睡不着了。"

我说:"那是的,恐怕是早睡早起惯了。"

老伴插话说:"到这年岁,就睡不着了。"

我说:"就是的,就是的。"

老汉说:"老了。"

我说:"就是的。"

我又说:"这时候下地能干啥活?"

老汉说:"碰见啥活干啥活。"

我说:"那要是碰不到活呢?"

老汉说:"那俺就遛遛。"

我说:"就骑着三轮车遛遛?"

老汉说:"人家城里人早上起来跑步,俺们就在野地里遛遛。"

我说:"城里哪有乡下空气好。"

老汉说:"谁不说哩,乡下的空气都甜,那一点都不带掺假的。"

老伴插话说:"咋都能碰到活干。"

她还停留在稍早前的话题里。

我说:"能碰到啥活?"

老伴说:"拔个草,放个水,撵个羊,都是活。"

老汉说:"要是眼里有活,就哪都是活。"

我说:"那倒是的。"

说讲着,不觉来到了沥河边,老汉和他老伴要过桥往东去,我要沿河往北走,便就此别过,各走各路去。

这时,天已蒙蒙发亮,原野里的河坡上,还清寂无比着,只有一条人踩出来的便道，显得有些灰白。原野清晨的气温比小镇的旅店里要低一些，显得十分清凉，气息也比小镇上丰富得多。空气的湿度饱满丰厚，脚上的鞋很快就潮湿了。玉米的气味当然更加甜嫩了，黄豆的气味略有点苍老，河流的气味掺杂着一些鲜腥，柿子树的气味有点甜腻，苹果树的气味略带酸涩，鸭棚的气息混浊，微风的味道清淡，晚稻的气味有点温厚，河坡外村庄的气味略带点沟塘的腐草味和机械的机油味。我大口地呼吸着天地间这些熟悉的味道，并且拉开架势，甩开双臂，甩开大步，使劲往前走。我真的太喜欢这种无目的的行走了。当然这也不是无目的，这也算是有目的的：我要按照计划，今天要步行走到沥河入河口，沥河要在一个叫峡石嘴的地方，进入它的母河缠河，它的母河再向东流入大海。

太阳脱云而出。田野里谷物类散发出的芗气，由于清晨水湿气的逐渐干淡，越来越明显了。阳光从一侧照晒我的身体。我步子均匀地大步往前走，这是我身体的状态，我的身体一直不停地运动着；同时，我的大脑也一秒没停止运转，它一直都在思想，一直都不断地闪现着图片、形象、思想的片断、语音、对话和感觉。我的身体只要走动，我的大脑就会不断动转，如果我的身体停止了走动，我的大脑也会因动力不强劲而节省能量，变得懒惰，显得运转不灵。不停走动的身体好像一架永动机，能源源不断地给大脑提供胡思乱想的动力。

我灵感一现，想到的一个警句是：一个人攻势心太重，他早晚得倒在自己的炮火中。或：一个人如果攻势心态过重，那他早晚得倒在自己的炮火中。

我又想到的一句话是：自以为是明白人的所谓明白人，或许永远弄不明白什么是明白人。

我又想道：所谓白露降，是说天地之间的露水，都出现在夜晚，因为夜晚气温相对较低，夏天夜晚的露水，是清水，秋天夜晚的露水，颜色变白，因此叫白露，随着天气越来越凉，露水也越来越白，到了冬天，露水就变成白霜了。

我又想道：所谓聚旗效应，就是在一个社会里，不管这个社会的领导人表现如何，如果此时出现重大危机或灾难，人们都会在出现危机的时刻聚集在领导人的旗帜之下，以求渡过危机；当然，狼来了的次数不能过多，领导人的表现也不能过于糟糕，次数过多或过于糟糕，聚旗效应就可能反转。

我又想道：生活体验和文学创作的关系，有两个方面，一个方面是密不可分，一个方面是毫无关系。密不可分是说文学创作直接建立在生活体验之上，一个人不亲历战争，很难写出战争的体温感；毫无关系是说有多少思想就有多少生活，生活体验并不等同于文学创作，生活体验丰富的人不一定都能成为作家，生活体验丰富的人即使想努力成为作家也未必就能成为作家，而生活体验单调贫乏的人却有可能写出辉煌和经典，这说的就是这个道理。

我又想道：自然界中边飞行边成长的例子不胜枚举，已经灭绝了的翼龙就是边飞行边成长的，非洲草原上刚出生的小角马、小羚羊等，都是边飞奔边成长的典型，它们一出生就必须面对残酷的现实，如果不能尽快跌跌爬爬地学会奔跑或飞行，那么等待它们的就只有死亡。人生必须向那些边飞行边成长，或边奔跑边成长的动物学习，必须不断完善自己，必须不断催促自己去感受那一个个激荡心灵的内心体验。是内心体验，而不一定非得是社会的实际体验：人可以在内心进行物质和思想的高峰体验，在内心变得无所不能、拥有无数财富、拥有无上的权贵，但不一定非得通过实际的社会操作。梦想可以获得一切。

我又想道：我现在正在进行快闪式的自由联想，但我的快闪式的联想真是自由的吗？我的联想真是快速闪现的吗，还是本来就存在于我的脑海之中？我的思绪真是一种看似无关却极有内在联系的联想吗？或者我的意识和思考的结果早已由各种起因决定了？但我的思考不是起因之一吗？

升起的太阳晒干了原野上所有的露水。阳光的烈度有些显得像秋老虎那般模样了。在愈显干燥和热乎的原野里，农作物的芗气更加浓厚了。河岸上有一大片花生地，花生叶子已经老青了，有七八个中老年人，正在地头收花生，他们全用人工，都蹲在地里，用手一丛一丛地拔花生，然后摊排成一排，放在地面上，让太阳晒。我站在花生地的这一头，看他们在花生地的那一头拔花生。我想过去和他们说说话，但又怕耽误人家干活，就没有过去。

我仍沿着河岸往北走。我脚下的小路越来越干燥了，扫在我脚上的草梢也越来越干硬。我的身体被太阳晒得发热，河流的两岸也一时看不到有人走动。按照往常的规律，我在行走时的思维活跃程度，总是行走开始时非常活跃，两个小时后逐渐衰减，接下来进入一个稳定期，再往后就越来越少，直到思维消失，进入不动脑子的惯性思维阶段。我的身体也是这样，总是行走开始时浑身是劲，两个小时后略觉衰减，接下来进入一个疲乏期，再往后越来越疲乏，坚持下去以后，进入一个惯性行走阶段，直到进入某个小镇，找到街头的某个小旅舍。

我感觉我已经走进了原野的腹地，因为我觉得原野变得越来越深、越来越厚了。我好像也有很长时间没有看到人了。沿着河流拐了个弯，这时我看见前方的河道上，出现一座崭新的大桥，大桥的水泥护栏显得很白，护栏的顶端还刷上了鲜亮的红漆，很有乡土气息，在无人的乡野间，显得很抢眼。

我加快脚步走过去，从大桥的西端上了桥。这果然是一座刚刚建成的大桥，桥西路上的槐树，还是移栽不久的，土还是新的，还没长出野草。大桥上还留有一些废弃的水泥残块，和一小堆碎石子，没有清除掉。我走到大桥的中间，站在护栏边看一看沥河水。沥河有些弯曲，这正是自然河流的特征，如果是人工河流，河道都会比较宽直。大桥附近十分清寂，既没有村庄，也没有人，也没有车，甚至因为没有大树或树林，因此连鸟叫也没有，能见到的人工的痕迹，除了桥，就只有大桥两端的道路了，在这样的地方，道路竟让人感觉很亲切，因为它是人类在这里留下的不多的几件东西。

我想到桥东去看一看，看看那里和桥西有没有不同，或者那里是一种什么样的原野和风景。我顺着干爽的道路走到桥东。桥东有一个和缓的堤坡。到了堤坡上，才发现路到桥东和缓的堤坡上后，分成了三个岔道，从堤坡后面，一条直往东去，一条沿堤坡直往南，另一条则沿堤坡直往北。桥东的原野竟是一片宽阔无比的草场，草场里绿草茵茵，粉花片片，草场里有一条时宽时窄的河流，河流两边的草场上，有几群黑底酱花的山羊，边移动，边低头吃草。草场上的风也有些大，吹得羊的毛往一边翻动，风吹到堤坡上的时候，秋阳的燥热顿时就去了许多。

我的心和视野立刻宽展起来，像是一下子扩张了成千上万倍。我惊奇得几乎要张嘴叫唤起来了，要知道，这里不是西部的高山草甸，不是草原民族的牧区，这里只是东部的季风平原，是传统的农耕地区。

这时我看见堤坡下十字路的靠堤坡的一边，有一个很小的人字形草棚，棚子外有两棵不算大的刺槐树，刺槐树下边有一张用秫秸扎成的笆子，放在两个X形的木架上，笆子旁坐着，或蹲着三个男人。我走过去，跟他们点头、打声招呼。在乡野里，点过头，打声招呼，就算熟人了，也不失礼。

"天有点热了噢，这秋老虎。"

"这天就这样。"他们说。

"还有点风。"

"不错，有点风。"他们都赞同。

"天快凉了。"其中的一个说。

"就是，时候到了。"我附和着说。

"你是干啥的？"另一个看着我问道。乡下人问话都很直接，不拐弯，但他们并不是非得打听你的隐私，大家只不过是说说话而已,没有明确的目的。

"俺是走路的。"

他们就不再问了。

我在笸子旁边找到一个土坯,我把土坯短的那一边竖起来,坐在上面。这时,我才有空细看周围的情况。那三个男人,一个有六十多岁,他应该是在这里临时卖早点兼茶水的,因为笸子上有两个用方形玻璃盖住的茶碗,茶碗里是微暗发红的凉茶,另外一个小瓷盆里,还有卖剩下的两根油条和三四块糖糕。另一个男人四十多岁,身上围着灰白色的围裙,他应该是个卖肉的,因为笸子上还有一小块五花肉,一小块暗黑色的猪肝,一把尖刀。最后一个男人三十来岁,皮黑肉糙,他蹲在小刺槐旁边,有时则坐在干泥地上,靠着刺槐树,他应该是放那些羊的羊倌,因为他手里总是摆弄着一根柄短鞭长的羊鞭。

看见凉茶、油条和糖糕,我就饿了。

"这都是卖的呗?"我盯着糖糕看。

"你要吃你就吃呗。"

我从瓷盆里捏起一个糖糕吃起来。真香。人饿的时候,吃什么都香。我一边吃,一边站起来,装作好奇的样子,走到人字棚里,去看棚子里的情况。人字棚里面空空荡荡,但棚里的泥土地面,已经被人踩得又平整又光滑又实在了,说明这里时常有人来往,棚梁上挂着几个铁钩,其中的一个铁钩上挂着一个油腻的竹篮。我的猜测是,在新桥修好之前,这里以前应该有一座老旧的桥,但因为来往这里的人不多,因此未能聚集成一个村落。虽然这里来往的人不多,但毕竟还有一些人,而这些人还有生活的需要,因此这两个男人,一个早晨在这里卖些猪肉,另一个在这里卖些早点、茶水,有需求就有供给,虽然他们的收入不多,但想必是固定的。

我走回笆子旁,继续吃剩下的油条和糖糕,喝碗里的茶水。

"这里是啥地方?咋有这样大的一片草场?"我向大片的草场努努嘴。

"这里原来是军马场。"卖肉的男人说。

"军马场早就不办了。"放羊的插话说。

"后来才租给私人的呗。"卖肉的说。

"你可知道是哪年租的?"放羊的说。

"那没有十年,也有八年了。"卖肉的说。

"十一年了。"放羊的说。

"哪有十一年,顶多十年。"卖肉的说。

他们之间争论起来,没我的事了。

"俺说十一年就十一年,你叫俺大爷说。"放羊的说的大爷,应该是那位卖茶水早点的大爷。

"二子讲得对,"卖茶水的大爷说,"他天天在这放羊,你说他哪天不来?"大爷说的二子,指的是放羊的。

"那也就十年多几天的事。"卖肉的说。看样子他们天天在这抬杠。

"多几天也是多。"放羊的笑嘻嘻地说。

正晌午时,眼看着没有人经过了,这平常的半天也如常地过去了，他们三个男人都起了身，要各自回家了。他们把X形的木架、筢子和屁股下坐的土坯收进人字棚里。卖肉的把剩下的一小块猪肉和猪肝扔进油腻的竹篮里，哼着小曲往西边的大路上去了。放羊的甩着羊鞭，往草场里去赶他的羊了。我付了茶水和早点钱，卖茶水和早点的大爷把碗和瓷盆收拾收拾，把上衣往上披一披，往南边的小路上走去，走了几步，又回过头来叮嘱我。

"走的时候把土坯搁到棚子里，放外边下雨就淋散了。"

"大爷，放心呗，俺懂这个。"

他们都走了，我一个人坐在小刺槐树下的土坯上。我默默地坐着，眼睛盯着下面的无边际的草场。后来，我又把地图从双肩包里拿出来，仔细看着。放羊的早把他的羊赶得不知去向了。正午的阳光很热、很辣、很晃眼。我眯着眼睛，看着远处。随着阳光的移动，小小的树荫很快就遮不住我了，我就把土坯往树荫下挪一挪，过一会再挪一挪。我似乎都忘了我来干什么的了。我是来走这条河流的呀，而且按计划，今天应该走二十公里，走到这条河的入河口呀。但这又算得上一个事吗？就算我今天走不到河口，就算我现在回家，就算我从来就没在这条河边走过，那又怎么样？又有谁会知道或关心？与大千世界又有什么妨碍？可是，不过，这就是我的人生，是我喜欢的人生，这点自由我还是有的吧。

太阳已经有点往西偏了，我终于决定离开这里，继续前行了。我按照大爷的叮嘱，把屁股下坐着的土坯搬起来，放进人字棚里，然后四面张望一番，把双肩包在肩头背好，沿着河坡上的小路，继续往北走去。

下午阳光依然灿烂、晒人。从新桥那里开始，我不再多想什么，只是一个劲地、持续地顺着河沿往前走，既不走得过快，因为那样无法持久，也不走得过慢，因为那样很容易懈怠，我保持一种巡航速度，走得既不过快，也不较慢。正像我前面说的，按照往常的规律，我在行走时的思维活跃程度，总是行走开始时非常活跃，两个小时后逐渐衰减，接下来进入一个稳定期，再往后就越来越少，直到思维消失，进入不动脑子的惯性思维阶段；我的身体也是这样，总是行走开始时浑身是劲，两个小时后略觉衰减，接下来进入一个疲乏期，或叫倦怠综合征时期，再往后越来越疲乏，坚持下去以后，进入一个惯性行走阶段，直到进入某个小镇，找到街头的某个小旅舍，或者到达了目的地。

　　河沿上的小路现在变得十分干燥，河岸边和原野上现在更没有人了，既没有种地的，也没有放羊的，也没有修路修桥的，也没有行走的，也没有闲散的。太阳已经偏西了。按照以往的经验，我大概能在天要黑没黑的时候，到达沥河的河口，不过这是在一直不停下脚步的情况下才能完成的任务。我全神贯注地往前走，脚步越来越实在，越来越有动力，也越来越有紧迫感。太阳愈来愈偏西了，和夏天的太阳不同，夏天的太阳偏西或降落时，气温不会大幅度下降，但秋天的太阳就不一样，秋天太阳偏西时，气温会急速下降，除非人在运动，不然就会有明显的凉意袭来。

　　我手边的河流在逐渐变宽，水流逐渐变得平缓，这是这条河快要到达自己的河口、流入另一条大河的标志和特征。我看见河岸的前方出现一片很大的村庄，那应该就是那个叫峡石嘴的村庄。

村庄看起来很大，显得白花花的。村庄被一大片灰色的雾霭笼罩着。我很奇怪，不知道这座村庄为什么是这种颜色。

我加快脚步走进村庄。村庄里的响声很大。一辆接一辆重型卡车在村庄里缓慢地、歪歪倒倒地行驶着。村庄宽阔的村道被这些重型卡车轧得一个大坑接一个大坑。这些运送石粉的卡车驶过时带起的尘土封闭了村庄的道路和道路两边的房屋。这一辆重型卡车带起的尘土还未落下，另一辆重型卡车带起的尘土又笼罩了村庄，看这个样子，村庄至少在白天的12个小时里，是被大量粉尘笼罩着的。不过奇怪的是，道路两边人家门口，坐着一些老年人，他们看上去心态安详，手里要么剥着花生，要么摘着黄豆，要么说着话，要么安然地看着不断驶过的重型卡车。他们或许没有更好的去处吧，他们或许还要靠这些运送石粉的重型卡车生活，他们或许已经习惯了这种场景。

我加快脚步走出村庄。村庄以北不远处，大概也就两三公里远吧，就是沥河的入河口。太阳几乎落下去了。路边的野草被一层灰厚的粉尘盖住。我两手抓住双肩包的包带，开始用均匀的速度，向河口的方向小跑起来，我低下头的时候，能看见我的鞋已经变得灰白了。那些重型卡车在我身边的道路上行驶。我并不在意它们。它们在按照自己的节奏运转，我在按照自己的节奏生活。

太阳就要隐没的时候，我终于站在沥河进入缠河入河口的河岸边了。这里不像一般的入河口那样，显出一种原荒的景象，这里现在是一个繁忙的石粉码头，各种重型卡车来回穿行，码头旁挤满了装运石粉的货船，码头上的大喇叭在不停地大喊大叫，指挥着带编号的货船进港、离港。附近几座标志性的峡石山几乎已经被炸平,山脚下粉尘滚滚,碎石机震耳欲聋的噪声仿佛永无止息。

我站在码头临水的水泥地上,望着沥水进入缠水的地方。阳光已经消失了,夜的大幕已经拉开了,码头上的巨灯已经亮了。我想,我今晚应该会住在这个粉尘飞扬的大村庄里了,如果这个大村庄还有旅店的话。如果这个村庄没有旅店,我会离开这个叫峡石嘴的村庄,向东偏南方向继续步行大约五公里,在当晚8时左右,到达一个叫缠河的小镇,因为那里是一个镇级行政机构的所在地,人员来往稍微多一些,所以那里一定会有哪怕是简陋一点的小旅馆。这些都是在今天的行走之前或行走之中就谋划好了的。

因为有已定的计划,我并不慌张,也不急着要走,只是站在码头上看河、看水、看船,感受随机而来的现状。粉尘和噪声对我好像没有什么影响。我觉得我很能随遇而安。我想,这是必须的,人生没必要挑挑拣拣,所有的生活都是好生活,不好的生活只是因为我们心情不好。

洇河:从源头到入海口

河流都是从山区或高地发源的,平原上的河流也是这样。平原上的河流大多发源于平原周边的山地和高地,少数发源于平原内部的低山或高地。发源于平原周边的山地和高地的河流,流域面积会比较广宽，发源于平原内部的河流，流域面积则会比较有限。

洄河就是发源于大平原边缘低山区的一条河，它有着河流典型的源头、上游、中游、下游和入海口等几大部分。五月，我们到洄河源头所在的南北溪镇去。南北溪是一个古朴的山区小镇，只有一条主街道，主街道其实就是穿镇而过的省道。街道两边是统一盖成的两层或三层商业门面楼，这些门面楼都是下店上宅的形式，即楼下的门面做店，楼上当住宅使用。楼下的店面有各地常见的饭店、理发店、百货店、家具店、杂货铺，更多的却是山货店、茶叶店和竹编店。山区盛产茶叶、山货和毛竹，因此周围群山里的山民，在不同的季节，要把不同的山货，运到建设在谷地小平原上的南北溪镇来出售，再把日常生产、生活需要的物品买回山里去。

洄河源头山区的农事是清晰的。在农作物方面，谷冲里逐级降低的梯田里，一年种植一季水稻；各种山间隙地则分时种植玉米、山芋、黄豆、蔬菜等。山区的大宗经济作物是茶叶、竹木和林果，茶叶的忙季在春末夏初，竹木和林果的忙季则在秋冬。

山区和平原的状态有很大不同。山区经济对人口的承载能力很有限，因此山区的人口总是很少的。在中国中东部地区，一个平原县的人口，最少也在100万，顶级的甚至接近200万；而一个山区县的人口，一般也只有三四十万，少的只有十几万。这种情况的出现，是由于平原相对于山区，能种出更多的粮食来，而山区看上去面积大，但绝大部分为山岭而不是农田，不能养活更多的人口，在看不见的生物本能的调节下，山区人口的一般出生水平与土地能养活的人口之间，就总能保持一个大体的平衡。

　　河流与平原有直接、密切的关系。地球上的平原大多是河流冲积成的平原，少部分是侵蚀性的平原。由于人类的生物特性，人类必须逐水而居，因而河流带来人流，人流带来物质流，物质流带来交通流，交通流带来民族流，民族流带来生活流，生活流带来语言流，语言流带来信息流，信息流带来思想流，文明就是这样逐渐积累起来的。在河流中下游的堆积或冲积平原上，由于人口密集，交通便利，因此人们的交流沟通十分频密，合作的程度也更高，竞争也更激烈。这正是人口密度与文明程度成正比关系的道理。一般来说，人口密度越大，文明程度就越高，而人口密度越低，文明程度也就越低，这就是社会学界所谓文明不上山的理论。所以法国历史学家布罗代尔说，文明可以沿地平线传播，但无法垂直传播，哪怕一两百米都不行。大致而言，与平原地区相比，山区的思想、创新、科技、信息水平总是较低的，或总是滞后的，当然，反过来说，这还是由山区人口密度低、交流不充分、竞争不激烈决定的。

　　洄河的源头在南北溪镇东南方五公里的蜈蚣岭上。出南北溪镇，北行数十米，右拐，很快就走出山乡的小镇，进山了。初夏时节，刚下过几场雨，山里到处都湿漉漉的。山路沿山谷往前，一边是山岭、山坡，另一边是大树和一条叫洄溪的溪流。由于山区的潮湿，溪旁的大树和巨石上，长满了厚长的苔藓，如果弓下身细细观察，除了大量的苔藓，还能在树缝里、石缝里，找到"肢节"如米粒般的石斛,这样的石斛又叫米斛,在山外是极其珍贵的饮品,但在当地,却寻常多见。

石斛正是要生长在这样几种独特的环境里的:一是山谷,山谷里湿暖;二是水旁,水旁润泽;三是石上,石上无涝渍;四是林下,林下阴湿。石斛的名字,大约就是由斛生石上这种特性而来的。原生态野生的石斛,都喜欢生长在山谷里、溪水边和树荫下的石头上,和苔藓、松树皮、湿润的石屑以及肾蕨等古老的孢子植物生活在一起,组成一个个小型的植物群落,千万年来,默默地,也是自在逍遥又不受打扰地生生灭灭着。我猜想,中国古代的有道之人,见到石斛的这种欢喜,不由也打内心里起了大欢喜,便就地为这种仙草起个名字,叫它石斛。

石斛的"斛"字,或许又是从石斛的形状来的。石斛各个肉质的"肢节",和古代称量粮食的容器斛极其相似,当了地方官的儒生,喜欢进行社会干涉,下乡劝农或收取赋税时,在林下石上,见到仙草般的石斛,又不知道它姓甚名谁,只道它与收粮用的斛器酷肖,便为它命名石上之斛,简称石斛。米斛的"米"字,则必定是从米粒的形状来的,米斛肉质的"肢节",像极了一粒粒饱满的米,山人砍柴耕作时,见到石斛,不知道如何称呼,便运用联想的手段,与常见的米粒类比,再为新发现的事物命名,叫它米斛。

山坡上有一些粉红色的映山红,正在大片大片地开放,映山红的旁边,有位山人正在挖竹笋。我们走近去看他挖。山里的土肥厚,腐殖质多,挖起来是轻松的。只见他先挖开竹笋周围的山土，又小心地把一棵叶子对生的小草拨到旁边，然后抡起长嘴锄，只一锄，就把嫩笋挖出来了。他放在旁边的布兜里，已经搁了几根大竹笋了。我们问他这要怎么吃，他说，这是要拿到南北溪卖掉的。我们问他能卖多少钱一斤，他说，在山里卖不上价的。我们又问卖不完咋办，他说，那就拿回家吃掉。我们问当天不吃不行吗，他说，当天不吃也得焯出来，不焯出来它连夜长，那就长老了。我们七嘴八舌地问竹笋烧什么最好吃，他说，烧有肥有瘦的五花肉最好吃。我们问为什么，他说，笋子刮油。我们听明白了，都说，怪不得山里没有胖子，原来油水都被笋子刮掉了。有个细心的问，刚才你挖竹笋，为啥把那棵野草往旁边拨一拨，像是怕碰到它的样子。他说，那是黄精，长大了是要当药材用的。我们都"噢"了一声，都听得明白了。

我们爬到当地叫落鹊岭的一道山脊上，洞溪的源头就在山脊最顶端的一些巨石缝里。原来落鹊岭是一道分水岭，从这些巨石缝里流出来的泉水，如果从东边的石缝流出，就东南流入东海了，如果从西边的石缝里流出，就先北再东，流入黄海了。当地人都告诉我们，从这些石缝里流出来的泉水，从来就没断过，曾经有生产矿泉水的商家，带着技术专家来化验过，这里的泉水富含人体需要的矿物质，不过人家把生产矿泉水的厂子，设在下面的清泉镇上去了，其实那里哪有什么清泉。

银铃家就在落鹊岭下的鲜花台上。鲜花台是这个只有五六户人家的小山村的村名。银铃家有一栋三间两层的小楼，楼前有一块不小的平地。刚刚又下了一场雨，雨后的鲜花台，天清气爽。

银铃搬了一个小方桌放在门外的平地上，又把昨晚刚炒制出来的新芽茶拿出来，泡给我们喝。据说新茶都是上火的，但谁又能架住新茶和洄溪水甘香的诱惑呢？喝几杯甘甜的香茶，再去路边折几根嫩生生的蕨芽在嘴里嚼一嚼，小火自灭，还营养丰富。银铃家屋前的平地没有遮挡，远远看去都是一重重山。这时有人讲，据说能看到三重山，就能交上好运，看到的山越多，好运就越多。大家都抬头往远处看，看能不能数出三重山来。数来数去，有的人数出了四重山，有的人数出了五重山，没有人数出了六重，不过都超过了三重。银铃的父母正在自家的山坡上采花。我们说是去帮他们采一些，但实际上只是去玩，拍一些视频传到网上去，算是直播带货了。有人发现茶园旁边的石崖上架着一个蜂箱，就问银铃的父母这是做啥用的。原来这是招蜜蜂用的。春天蜜蜂会来这里占巢，秋天冬天就能割取蜂蜜了。有人担心地问，那要是被别人拿走了咋办，又不能时刻在这里看着？银铃的父母说，那不会的，这里家家都有十几箱蜂，都不稀罕。

洄溪从源头流下，跌入一个叫九岭潭的深潭，再沿九岭谷，一路流至南北溪镇，从镇东穿过，进入野蜂峡、竹哨沟、母子崖、佛息岭，蜿蜒近百里，一路接纳小溪流水，河面变得开阔起来，水量也越来越大，小一些的峡谷已经束缚不住它了，它由南而北再哗哗流过枫杨坞、散花畈、清泉镇、太平尖、青枫岩，再由西南而东北过竹笤甸，最终由听风口流出山区，进入微丘岗地。洄河在山区的这一段，就是洄河的上游。

到竹笤甸时，已经是小傍晚了。这里是山区和丘陵岗区的交接地带，沿洇河驱车而下，逐渐又进入低山的幽深处。晚凉慢慢地洇了上来，人的疲困也渐渐消退了些。山路右手是蜿蜒曲折、流水潺潺的洇河，河边是或宽或窄的砂石河滩；左手山冲间时有时无的小块平原，偶尔见得着衣着朴素的山民、山妇，沉静地在山间平地上做事，拔草或斫柴，但听不见半星人声，只感觉到山间愈来愈浓的深幽。几辆车上的人都默着，凉意还在愈益浓厚地洇上来，车上人的眼光却慢慢都转移到右手洇河时宽时窄的砂石河滩上了，只见河滩上一种叫枫杨的树越来越多，越来越抢眼；它们大的或有一两搂粗，小的也有盆口粗细，它们粗壮弯曲的根由于汛期洪水的冲刷，都暴露在砂石河滩上，看上去虬结扭动、悲壮苍凉。众人大惊，忙停了车下来细看。原来沿洇河的泄洪滩上，生长着无数棵巨大的枫杨树，它们的根虽然由于洪水的冲刷部分暴露在外，但它们仍能扎根地泉、竞望蓝天、枝繁叶茂！它们有着超强的适应能力。

　　洇河奔流出听风口，北行，又东北行，又东行，先进入微丘岗地，后进入海拔较高的纯平原地区，这一段就是洇河的中游。在洇河中游段，洇河的多条一级支流汇入，加上地势越来越宽阔、平坦，落差越来越小，洇河的水量也变得越来越大，河面变得越来越宽，流速则变得越来越缓。在洇河源头和上游山区常见的林果谷物，譬如板栗、茶叶、石斛、竹笋、兰草、映山红、蕨类、箬竹、野樱桃、毛竹、核桃等等，逐渐递减或消失不见，取而代之的则是葡萄、酥梨、柿子、藕荷、菱角、芦苇、蒲草以及大面积种植的杨树、水稻、油菜、玉米、花生等等，进入纯平原区后，地表作物变成了冬小麦的天下，广大无边的平原上，冬小麦无边漫野，成为洄河中游地区的标志性作物。

中游的行蓄洪区也多起来，在洄河主干的南北，一个挨一个，一直延续到洄河的下游。所谓行蓄洪区，是行洪区和蓄洪区的统称。行洪区是汛期洪水借道通过的地方，行洪区不蓄水，但通过增加河道的办法，减少干流水量，降低干流水位。蓄洪区是储蓄汛期洪水的地方，面积由数平方公里到数十、上百平方公里不等，通过对汛期洪水的分蓄，达到减少干流水量和减少干流水位的目的。

河流的行蓄洪区本来是自然河流汛期行蓄洪水的地方，但由于那些低洼地土地广阔，肥沃无比，又无人管理，因此成为农人争相开垦的地方。为了方便在行蓄洪区进行农事活动，农人又在河流的行蓄洪区垒起高台，在上面搭屋居住，这样的高台当地人称为庄台。庄台有大有小，小的面积有限，只能住几户或十几户人家；大的比较高大，能容纳几十户甚至几千户人家居住。在庄台居住和在行蓄洪种地，有着很大的不确定性和危险性，汛期洪水较小或来得较晚，对庄稼和庄台影响不大，但洪水来得较早并且较大的话，地里的庄稼就不保了，庄台也有可能被洪水淹没，造成人员和财产损失。

暮秋时节到蓄洪区的操台子去。操台子是洄河中游蓄洪区里最大的一个庄台，住着数千户人家，是一个镇级政府的所在地。很多年以前的一个冬天，我到过操台子。当时操台子的十字街口，有一家小饭馆，叫"操台牛肉汤"。那里的牛肉锅贴蛮有水平；

牛肉汤也很好吃，小碗3元，大碗4元，肉虽然不多，但味道却够，略麻，稍辣，热气腾腾的，有气氛，在降温的冬天，与洼地原野里呼啸的西北风，互为阵势。当晚住在一座简陋的小客栈"信息旅社"里，两房之间，有一架共用的空调挂机相互连通。小半夜时，间壁来了两位本地的客人，他们一边洗脚，一边吸烟，还一边说话。听他们说话的内容，他俩大小还是个干部，他们并不顾忌"隔墙有耳"，说操台蓄洪区水灾款的发放，说哪个村的哪个人不好处，哪个村的哪个村干部有点不干净，说东家闺女西家儿。

我就在这种气氛中酣眠了去。第二天早上，又在这种气氛中悠然醒来。我看看手机，才清晨5点，间壁的他们已经开了灯，抽着烟，我能闻到新鲜的香烟味，他们调小了电视机声音，正在继续他们昨晚的谈论。我想，这倒和这个信息旅社的名称极为相类。当天夜里落了小雨，清晨起来去看洄河和操台蓄洪区。洄河和操台蓄洪区都正湿润、安然着，视野里不外乎青麦、薄雾、已经落尽树叶的杨树林。一位勤快早起的老太太，身裹棉袄，头包粗布围巾，把一只黑羊、两只白底黑花羊、三只紫头白身羊和一群全白的羊，都赶在麦地里啃冬麦，这年的冬天暖和，小麦有点疯长，在春天小麦拔节之前让牛羊泛泛地啃一啃，有利于冬小麦的越冬。

多年以后，再到操台子，没想到那个信息旅社还在，操台子十字街口附近，还有它的一个新招牌。操台子是回民的集中聚居区，集镇当地，也有数千名回民，他们大多住在操台子南街上。南街上有一座线条简洁的清真寺，青砖，小瓦，木门窗，依然保留着古代伊斯兰建筑风格。清真寺房屋不高，面积也不大，但整洁干净，院里树木苍劲。这里是当地回民的礼拜中心、文化中心、活动中心和会议中心。除宗教活动外，有事无事，人们都会到这里来，有事议事，无事交流，增加感情和凝聚力。

这天我们到操台子清真寺的时候，清真寺院里已经坐满了老人、妇女和小孩。在我的眼中，这些回族民众，有着很好的宗教文化规范，他们一般穿戴整齐，讲究卫生，心性平畅，温润待人。当地回族食品多为传统面食，特别是油炸的零食，花样繁多，美不胜收。但也有枣糕一类，用糯米制作，可见南北饮食文化的交流互动。操台子大酒店餐桌上的清真菜，自然以牛羊肉为主，不过都是用小盆送上的，看上去十分惊人，只见牛骨沉沉，羊蹄俨然，令人振奋，如果喜欢吃牛羊肉的话，就会食欲大开！和我们交流的回民，大多是男人，或者男性长者，可见回民文化中还沉淀着许多传统观念。习武也是回民文化中不可缺少的一项内容，南街村的村主任已经过了六十岁，却还能舞刀弄棒，拳脚相加，让人大为惊叹。

操台子依偎在洄河的一道大河湾里，河湾的对面，一河之隔，就是另一个省了。操台子出产一种罕见的特产，叫洄河蚬子。说它罕见，是说它在洄河的其他地方，很难见到。这种洄河蚬子，只生长在河底的硬泥地上，有淤泥的地方，就不适合它了。操台子的这一段河湾，由于弯度大，河床表面的淤泥都被冲走了，因而适合蚬子生长。蚬子是当地人引以为傲的美食，在当地也发展出了多种烹饪方法，可清蒸，可蒜蓉，可清汤，可浊汤，可淡烧，可浓烧，不管怎么烧，都味美无比。不过由于蚬子数量少，又要有人潜到河底去挖，因此卖得很贵，一般人都吃不起，留给饭店卖给外地来的人。

  操台子附近的大平原盛产泡桐树，这是一种玄参科泡桐属落叶乔木，但如果生长在热带地区，则成为不落叶的长绿乔木。泡桐生长迅速，但木质松软，于是操台子当地人用它制作各种观赏性的碗、盘、挂件、摆件、饰物等。操台子蓄洪区里又到处都生长着一种叫杞柳的灌木，这是一种多年生的柳属灌木，它发达的主根可在松厚的土壤中深扎1米多，能有效防止水土流失。每年夏秋时节，当地百姓把杞柳条割下，剥皮晒干，用来编制篮筐等各种器物和各种工艺品。操台子街上有大大小小柳编厂上十家，三三两两的中老年妇女，散坐在厂区的各处，一边说话，一边手里用杞柳条编制各种物件，显得淡然而悠闲。

  洞河进入下游后水量更大，河面也更宽阔。像所有河流一样，洞河下游的水面，也显得丰厚而且饱满，总像是要鼓出河面似的，圆润的波浪翻滚而下，永无止息。无例外地，洞河的下游出现了更多大水结、湖泊和一望无际的湿地。河流下游水中富含各种有机物，河底砂石和淤泥较多，河水相对比较混浊，这些地方是各种鱼虾以及湿生或水生植物的天堂。

  从平缓的堤坡上往浅水湿地里看，有一个健壮的中年男人，穿着紫红色连体橡胶服，身上背着一组电瓶，用一根竹竿绕上电线，在水里电鱼，用另一根竹竿绑上丝网，在水里打捞触电昏迷漂浮到水面上的鱼。他看上去很是辛苦，冷风还没退尽，穿着冬衣还有些凉意，他却下到小腿深或半腰深的水里，全神贯注地在水里电鱼。但我却反感他。我想扔一块碎石击中他的头部，等他抬头察看的时候，我早已跑得看不见人影了。可我已经过了恶作剧的年龄了。我想过去跟他谈一谈，不过他不会听我的，做实事的人不会接受别人的空谈，哪怕是智者的空谈。

河流下游直至入海口常常会形成巨大的河流三角洲，平坦而无比宽阔，一眼望不到边。除了丰富的鱼虾和湿生、水生植物外，这里也是各种水禽的天堂。河流下游及河口三角洲大多地势低洼、毛细血管般河网密布。河流好似大自然不知疲倦的搬运工，会持续不断地随水携来上中游各种泥沙和杂物，在入海口附近填海造陆。

洄河下游的湖湾和浅水湿地里，生长着大量芦苇，仲春以后，这种根系发达的挺水植物开始萌芽、生长，起初是一片浅红的芽头，然后整个湿地变得一片嫩绿，到暮春时节，无边的芦苇都变成了老青。

洄河的转弯处有时会出现一片蒲草沼泽。蒲草是多种香蒲的泛称，一般包括香蒲、小香蒲、水烛、长苞香蒲等。蒲草是多年生的草本，孟春后期，蒲草陆续从浅水或湿地里萌芽，伸出它们剑刃一样的尖叶，初夏刚到，它们就迫不及待地结出酱紫色的蒲棒了。这些蒲草独自或混合形成沼泽或湿地的植物群落。蒲草的叶由于能够编织各种蒲包、蒲席而变得非常有名，蒲棒上密集的毛绒是蒲草的种子，是过去人们填充枕头的好材料。

菖蒲常与蒲草等共同组成湿地的植物群落。菖蒲的根状茎短小粗壮，叶子扁厚，一般能长到一米左右，高的可以长到近两米。家养的菖蒲要使用无底孔盆，配上卵石、铜钱草，放置在案头，显得雅致、清高。湿沼里的菖蒲药味更浓，端午时节，人们从水边采集菖蒲，用来驱赶蚊虫、除毒辟邪。

在湖泊和湿地里，水生植物有着明显的生长分布规律。在靠近陆地和湖水边缘的外圈浅水地带，生长着芦苇等挺水植物；往里的浅水区和半深水区，生长着全株都沉没在水中的眼子菜等沉水植物；再往里的深水区，生长着浮萍、水葫芦等浮水植物，以及菱和芡实等根着型浮水植物，但浮水植物往往不受水深的影响而在各水区任意生长。

毛芋头在河网地区被大量种植，人们在浅水里用淤泥堆积出一块块大小不等的高田，仲春时种下毛芋头块茎，生长季大量追施沤肥，并从田块旁的水泽里舀水灌满，秋季天干物燥时，即可从地里将毛芋头拔起，收获毛芋头的地下块茎食用。

水芹在浅水边缘或湿地里蔓延极快，它的匍匐茎延伸到哪里，就在哪里生根发叶。水芹是一种多年生草本植物，由于它的茎叶略有辛辣气味，因此被归为辛辣蔬菜一类。水芹极耐割剪，将大片水芹的嫩茎叶剪割后，它很快又会萌生大量新茎叶，将潮湿的地面覆盖。

但是这种种群密度效应，受最后产量恒值法则约束。这就是说，在一定范围内，当条件大致相同时，植物的最后产量总是基本相同的，不管种群的密度如何。这也就是说，在水芹生长的这一处地方，不管水芹蔓延得快还是慢，它们的最终产量总是差不多的。如果蔓延得快一些，覆盖的面积大一些，看起来产量可能提高了；而如果蔓延得慢一些，覆盖的面积小一些，个体产量却更高。因此这两者最后的产量总是基本相等的。

秋深时到洇河下游的一处湿地去，那里生长着众多根状奇特的池杉树，它们粗壮的水生根扎在浅水里，露出水面的那一部分膨胀起来，像一个个放大了数十倍、上百倍的浑圆的瓶子，看上去十分奇特。这些池杉树是二十世纪七八十年代，当地为了阻滞洪水，而从国外引进的一种湿生树种。随着时间的推移、基础设施的完善以及观念的变化，池杉阻滞洪水的作用已经消失，在实用价值方面，池杉已经完成了它的历史使命，变成一种无用之木，二十世纪九十年代，当地人甚至把它砍来当柴烧。但正是这些无用之木，成就了池杉湖湿地的独特景观，也吸引来无数只珍稀水鸟，在这里繁衍生息。我们乘一叶扁舟，穿行在池杉树巨大的瓶形树根之间。周围和附近的树枝上，苍鹭、牛背鹭、夜鹭、鸬鹚、灰雁和赤麻鸭，你来我往，啼鸣声不绝于耳。小船绕行在巨根的丛林间，水中有林，林下见水，水林交融。我的眼前逐渐恍惚起来，只觉得鸟休于林间，鸟又食于水中，鱼游于水里，鱼又游于林间，林扎于水下，林又矗于鸟中。因而阳光沐浴，湿地和谐，万物生长。

芦竹生长在湖岸、湿地和洇河入海口的海岸上。芦竹成片丛生，分节明显，长得高大健壮。你站在湖岸或海岸上细细观察就能发现，当飘风持续刮过时，成片成片的芦竹紧攒在一起，都在尽最大努力抵御强风。风刮得愈持续、愈强劲，对成丛芦竹形成的压力就愈大，而芦竹就显得愈拼命、愈抵抗、愈抗压。有时眼见着狂风大作，湖岸或海岸上成丛的芦竹就要抵抗不住了，它们同时倒向一边，快要被压服到地面了，但狂风稍减，它们又弹回到接近大风前的状态了。感觉它们真了不起。真的要学习它们顽强抗压的能力。

水竹是莎草科莎草属的多年生草本植物，又叫伞草，这是因为它细长的叶片簇生在茎的顶端，活像一柄柄倒置的雨伞。在洄河下游的河汊里、湖湾里、湿地里，有时能看到水竹的身影。但水竹并不是中国原产，而是原产于非洲，在洄河流域见到的水竹，一定是有人带入后的结果。水竹会聚生在河湾的湿地和浅水里，只要气温不是太低，它就四季常绿。小船停靠在水竹聚生的地方，静下心来观察水表下面，不多时就能看见小鱼和小虾出没，小鱼们常常会在聚生的水竹茎秆上啄一口，也许那里附着各种小水虫吧。

河湾的湿地和浅水里还常有荻和芒生长，到秋天，荻和芒开出白色或略带灰色的花序。当秋风从一个方向吹过荒湾湿地时，数个平方公里的荒湾湿地里，白茫茫一片花序指向同一个方向，煞是壮观、悲怆。荻和芒同属禾本科芒属，都是多年生草本，都喜欢生活在湿地沼泽或河岸附近。略有不同的是，芒叶中肋明显，花色灰白，花期一般在孟秋和仲秋；荻叶长形，花色较白，花期一般在仲秋和暮秋。

暮春到洄河的入海口去。到耦耘镇时已经是傍晚了。地上都是沙土，这是黄河多次泛滥留下的脚迹。沙土地里除大量种植小麦外，还大量种植大蒜。走到镇外的农田里，随手拔出一棵大蒜，就能见到大蒜超大的紫皮球根。如果清晨早早开车从公路驶过，还能看到许多睡眼蒙眬的短期农工聚集在路边，种蒜的大户很快就把他们领走，一天紧张的劳动就开始了，按劳付酬，一天一结，对打短工的蒜农来说，这样的合作有很大的灵活和便利性。

耦耕镇宾馆坐落在耦耕镇西郊，都是平房，一排一排的，门前都带有走廊，看来这里大风、雨水较多，建有这样的走廊，对房间有保护作用，人也不会出门就遭风淋雨。平房每一排都相距甚远，可能这个宾馆建设时，这里的土地不值钱，要么这座宾馆的前身是国营身份，不然不会留这么大的间距，也不会有这么大的场面。傍晚在宾馆房间里住好，就走出房间，在宾馆的超大厨房、酒店和各处溜达溜达。

这里的厨房、酒店也都是平房，都超大。接待我住宿的小姑娘正在厨房帮忙，给忙碌不已的大厨打下手。她告诉我说，晚上酒店有婚宴，你就在婚宴上一起吃，省事。当然，伙食费还是要付的，不过只按一菜一汤一饭付即可，当晚厨房没工夫为我一人另烧饭菜。

天还大亮，饭点还早。我继续在超大的宾馆里溜达。溜达到花园旁边一间无门的弃房时，我看见十几位休息的民工，正围坐在水泥地上打牌，四个人在中间捉对厮杀，其余的人坐、蹲或站在周围看，都兴致正浓，还有几个人蹲在门口吸烟。

我对打牌也是感兴趣的，因为是在等饭的空闲时段，不由就站在人堆后面看起来。

看了一气，没看出门道来。这四个人捉对厮杀，说他们打的是"跑得快"吧，他们用的是两副牌，"跑得快"从来只是用一副牌的；说他们打的是"红五星"吧，在他们手里红桃五并不特殊；说他们打的是"炒地皮"吧，他们不炒牌；说他们打的是"斗地主"吧，他们不是三打一，是捉对厮杀，两两对家。在他们出的牌里，既可单出，也有对子，还有杂花顺子，还有同花顺子，还有三带俩，还有四个炸，还有五个炸，还有六个炸，还有七个头，还有双飞，还有百搭牌，还要一直打到出现末游才进行下一局，还要进贡，还要还贡。

一直看不出这是一种什么打法，看得憋闷，不由走到门口，向两位蹲在门外吸烟的民工请教。

"这打的叫什么牌？俺看了半天，看不懂。"

"这叫'掼蛋'。"

"'掼蛋'？在别的地方却没见过。"

"在别的地方自然见不到，这是俺们这里刚搞出来的。"

"哦哦，刚搞出来的？"我发现当地人说话喜欢说"搞"字。

"就是刚发明的！"他俩肯定地说。

"那为啥叫'掼蛋'？"

"'掼蛋'就是打到最后，鸡蛋碰石头你也得拼，你不拼，你就输掉了，你拼一拼，搞不好你还会赢。"

"搞不好还会赢？"

"搞不好还能赢！"

"哦哦，这就叫'掼蛋'？"

"爱拼才会赢的。"他们又叮嘱般地强调一句。

晚上的婚宴十分热闹,结婚的仪式办得一点也不比城里差,也有新娘新郎出场,也有主婚人证婚人讲话,也向双方父母三鞠躬,新娘新郎也互相表白,也交换戒指,也喝交杯酒,主持人插科打诨,十分卖力,虽然俗得过了点,但很有乡土气息,大家都很开心。

酒店安排我坐婚宴大厅最后面的备桌,备桌另外还有三个人,一个三十多岁的女的,肩上挎一个片刻不离身的包,她是男方家收红包的人,随时要起身离桌,参与各种事务,还不时有人拿红包过来交给她。另两位是来参加婚宴的人,他们在备桌上坐了一会之后,就分别被男女方家人发现,被请到前面去了。

大部分时间我一个人独占一桌,我开心地大笑,认真地听主婚人和证婚人的讲话,也有人来给我送喜糖和香烟。备桌的菜有些缩水,因为大部分时间只有我一个人在吃,但也很丰富,开头我猛吃几分钟后,战斗力立刻就垮掉了。后来,我就离开婚宴大厅,到外面空旷的大院里溜达溜达,然后回房间睡觉了。

耦耘镇离洄河入海口只有十几分钟的车程,如果步行的话,则要大约一个小时。路是简易的河堤路,上面长满野草,这样的路虽然不怎么上档次,但很实用,哪怕下过大雨,路面也不会稀烂。

越接近洄河入海口,迎面扑来的海风越大,凉意也越来越浓,地面上的荒草也越旺盛。洄河河堤尽头面海的深草丛里停着一辆皮卡,起初我以为那是一辆被废弃的车,但当我从车旁走过时,驾驶室里突然有一男一女坐起来,吓了我一跳。惊慌中我没能看清他们的面貌和模样。我像做了错事一样赶紧从车旁走过去。待我走出二三十步以后，我听见身后有发动机的声音，回头一看，那辆皮卡缓缓地在堤上拐了个弯，开走了。我心里想，这里荒无人烟，一个人都没有，人家就是图这个清静的，没想到还是被人撞见，只得再换个地方。

洄河入海口附近的弧形防浪堤上，生长着一丛丛高大粗壮的芦竹，从海面刮来的大风不时把它们压向陆地的一侧，但是风势一减，它们就又弹回原来直立的状态和形状了。洄河河口的海面上浊浪翻滚，一些白色的海鸟或在海面上的乌云底下展翅飞翔，或贴近海面掠飞，或降落在海浪上，随波浪起伏。

我站在防浪堤上，居高临下看着无尽的洄河水翻滚入海，看了很久以后，我突然看见浊浪里还站着一个人。不仔细看，以为他是浊浪里的一块浪花，灰浊的颜色；仔细看时，才能看见那是一个人，穿一身泥灰色的胶皮衣，和浊浪是一个颜色。他站在齐胯深的水里，撒出渔网后，慢慢地往回拽，要很长时间才能把网拽回来。

我看了很久很久。他终于从海水里走上来，走到防浪堤上来了。原来是位健壮的中年男人，他的网里网着一条八九斤重的大鱼。他费力地提着渔网，我惊叫着走过去看那条鱼，他就把渔网放在深草丛里，让我看。

"我拍张照片可不可以？"

他点头后，我用手机给大鱼和他拍了照片。

"搞了一早上，就搞到这一条。"他一口当地腔。

"不搞了?"

"不搞了。"他说。

"是搞回家吃,还是搞到城里卖掉?"

"自然是搞到城里卖掉。"

"搞到城里卖掉,能卖多少钱?"

"一家老小,一天伙食费够了。"

"哦哦,那值得搞到城里卖掉。"

"那是自然的。"

说着,他转身去了那一大丛芦竹后面。

我以为他要去撒尿,心想,他还挺讲究,男人之间,转过身不就撒了。却没想到,他转身到芦竹丛后面,推出一辆简易版高架摩托车来,车上啥都没有,只有两个车轮,一个车头,一个汽油发动机,连车瓦车灯都没有。车后轮上系着一个大鱼篓,他把鱼放进去,把渔网捆到一起,扎在鱼篓上,向我摆摆手,骑着直冒烟的简易摩托走了。

河堤海边现在真的一个人都没有了。洄河的淡水仍然一刻不停地翻滚入海。海风也从不减小,吹得我搂着臂膀,脸都有些木凉了。

在涨河对岸

那一年初冬,我到涨河和澡河交汇的涨河镇走亲戚。当晚的清炖鸭、泥鳅挂面和涨河小刀鱼真好吃!清炖鸭用的大白鸭,都是在涨河和澡河里扎猛子、捉小鱼、吃螺蛳长大的，肉质鲜美得不得了；在制作方法上，只有清炖最能体现出涨河大白鸭肥美不腻的品质。泥鳅挂面是涨河、澡河这一带的传统美食，泥鳅是涨河和澡河里的特产，又以澡河产的泥鳅最佳。这两条河里的泥鳅有一个共同的特点，就是身材短小、身体浑圆、色泽清淡，这与涨河、澡河澄澈的水质有关，如果河水比较肥厚、混浊，长出来的泥鳅个头就大，色泽也会深暗许多。涨河澡河流域又盛产小麦，当地人以面食为主，因此把挂面和泥鳅结合起来，有荤有素，营养丰富，成为当地经久不衰的传统美食。

当地还出产一种多年生草本植物，叫茵草，全株有气味，属辛辣蔬菜一类。饭店上凉菜时，或家庭做凉菜时，都要掐几片茵草的叶子，用清水冲一冲，放在凉菜上，夏天有驱除苍蝇虫子的功用，吃下去以后能提神醒脑、健体强身，冬春则有祛瘟避疫、提鲜和养胃的功用。但茵草只在涨河、澡河附近生长，为当地人食用，离开了涨河、澡河地区，就见不到这种神奇的植物了。

涨河小刀鱼盛产于涨河和澡河，但由于涨河河流较大，澡河水面较小，是涨河的支流，因此都用涨河小刀鱼来称呼涨河和澡河共同出产的小刀鱼。涨河小刀鱼的特点是长不大，最大的涨河小刀鱼长到半拃长，就不再长了，它们成群结队在涨河和澡河的浅水里、河岸边嬉游、觅食，它们喜欢见到人，如果有人到水边了，它们立刻会游过来，摇头摆尾，感觉如果它们不是鱼，而是陆地动物，它们马上就会被驯化跟人回家似的。涨河小刀鱼肉质香厚，煎炸了放在盘子里，热了冷了都好吃，没到吃饭的时间，肚子又饿了时，伸手到盘子里捏一只，放在嘴里慢慢嚼，醇香无比，在当地饭店里，客人刚到包厢坐下，服务员总会端上一小盘酥炸小刀鱼放在茶几案上，当作拌嘴的零食。

晚上吃得丰盛，见到许多新鲜的人物、听到许多新奇的故事，晚上又睡得好，第二天早晨醒来，头脑特别清醒。起来洗漱后，坐到院里的小方桌边吃两个现炸的糖糕，喝一碗用碱面子煮得稀烂的豇豆稀饭，就一碟雪里蕻肉丝小菜。吃饱喝足，太阳已经升到院里大枣树的枝丫上了，我跟亲戚打声招呼，说到河边遛遛，就离开亲戚家，心满意足地慢慢晃着，晃到镇外，晃到涨河与澡河交汇处的大桥下手的河坡上。那里面对南方的太阳，河坡上的草地半枯半鲜，干燥柔软，我不由就在草地上半躺下了。

从我半躺的地方，能十分清楚地看见对面的涨河镇的高低建筑，能清楚地看见对面河堤上的大路，能更清楚地看见右手的涨河大桥，能清楚地看见大桥那边进入涨河的澡河河口，还能更清楚地看见河坡下的涨河河水。

所有从镇里街道出来，经过对岸河堤大路，再经过涨河大桥远去的人、畜或车，都全程在我的视野里。初冬的太阳正面晒在我身上，晒得真暖和。我想，我这是在做纪录片吗？而且还是自然主义的。我的眼睛是镜头，我的大脑是存储器，它还能做一些必要的编辑工作。不过这样真的挺好的。难得能有这种走亲戚的机会，现在谁还会对走亲戚这么感兴趣？难得在初冬的阳光下这么心静。难得找到这么一个绝佳的位置和契合点。

有一个男人的头发先冒出来，脸又冒出来，脖子又冒出来，上身冒出来，下身冒出来，他全身都冒出来，是一位五十来岁的普通农民，走路显得很结实；他全身都到了涨河河堤大路上，然后他向他的左手拐，一步一步地，每一步都清清楚楚，像他的人生一样；他顺着河堤走两百米左右，再往他的右手拐，拐上涨河大桥，他一步一步走过涨河大桥，一直向南走，直到在大路边的一片夹竹桃后面消失不见。

又有一个人的黑头发冒了出来，脸又冒出来，脖子又冒出来，是个三十岁左右的女的，扎着两根辫子；她上身从下面的街道上冒出来，她身边又冒出来一个小孩子的头发，她下身冒出来，小孩的头和上半身也冒出来了，原来她手牵着一个小女孩，小孩子大概三四岁，一边往上冒，一边一蹦一跳的；她们全身都冒出来了，她们开始往她们的左手转，小女孩一直欢蹦乱跳的，有可能嘴里还唱着儿歌；她们顺着河堤大路走了两百米左右，一步一步地，每一步都走得清清楚楚，连女人右脚底下硌了一个小石子，右脚往右偏了一下，我都看得清清楚楚；她们走到涨河桥头，往她们的右手拐，拐上大桥；可能是应孩子的要求，她们走到大桥的护栏旁，伸头往桥下的河水里看，又往河流的远方看，手指指点点的，她们肯定也能清楚地看到大桥不远处河坡的草地上，半躺着的一个人；她们又顺着桥往前走，直到走下桥，走到路边绿化带里的夹竹桃后面，走出我的视线。

先是听见汽车喇叭声急躁地响着，接着看见一辆黑色的小汽车从下面的街道冒上来，先是车头，再是前车身，再是后车身；小汽车时不时地响起刺耳的喇叭声，有时是短促急躁的声音，有时是较长时间的声音；它有些不耐烦地开上涨河大堤上的大路，然后向左转，仍然不停地鸣着喇叭，催促路上的行人、电动三轮车、架子车闪开；他真的有什么急事？还是平素就养成了这种习惯？还是有先天的优越？喇叭声一直没有停息，在安详的乡村显得十分刺耳、不耐烦和浮躁；小汽车开始右转、上桥，桥面稍微宽敞一些，但仍然有一些"障碍"，于是小汽车时不时还要鸣笛催促；它终于过了桥，一阵焦急的马达声后，它快速地消失在夹竹桃后面，天地间的平静得以恢复。

一位头发梳理得规整有致的男人从堤路后的街道冒上来，他个子不高，腰板挺拔，走路矫健精神，相貌儒雅；他上身穿一件黑色对襟中式外衣，下身穿一条黑色的灯笼裤，右手握一把纸折扇，时不时习惯性地一甩手，折扇就甩开了，他扬起折扇往身上扇两下，或在大腿上拍两拍，再一甩手，又把折扇折起来了，仍在手里拿着；他上了堤上的大路后，和大多数人一样，照例往左手拐，往大桥的方向走；碰到一个熟人，从大桥的方向往涨河街道里去，两人对面遇到，对话的声音都听得一清二楚。

"老三，上哪去？"

"三缺一。打牌去。"话音里听得出来一些戏腔。

两人对着话，脚步并不停，对话完了，也就各奔东西了。

这位儒雅的男人我认得，昨天亲戚在家里摆家宴，也请了他来，他跟我家亲戚有亲戚，这不是主要的，主要的是两人处得非常好；他看起来大概有五六十岁，实际年龄已经七十二了；他是当地泗州戏的传承人，也是当地泗州戏剧团曾经的台柱子，在当地流行泗州戏的十几个县里，没有人不晓得他；因为他在家里兄弟间排行老三，因此当地人都叫他老三，反而没人知道他的大号；他一路走到涨河桥头，不右拐上桥，却径直前行，往澡河汇入涨河的入河口那里去了，我亲戚家就住在那里，说不定他们上午按惯例就要摸两圈呢。

这时我突然想到，人与国家，还有所谓的文明、文化，大都摆脱不了一个规律，就是年幼的时候模仿学习，青年中年争功创利，到一定年岁后自我完善。年幼的时候不模仿学习，以后就只能走一条野路子了；青年中年不争功创利，就荒废没血性了；到一定年岁不自我完善，人家就不尊重你了。到底要怎么做，只有你自个看着办了。我翻身从裤子口袋里摸出纸和笔，赶紧把刚才想到的这几句话记下来。又在纸上记下时间和地点，并自认为这是这天上午在涨河边晒太阳看风景时，最有闪光点的一些想法。

我接着想到，缄默知识真是十分厉害的。所谓缄默知识，就是说不清楚的知识，是无法开口言说的知识，那种知识明明是存在的，但是却说不清道不明；缄默知识是一种隐性知识。与隐性知识相对应的，是显性知识；显性知识是我们已经明了的知识，是我们已经掌握了规律的知识；我们学习驾驶汽车，都是同一个师傅教的，但有人学得很快，有人却怎么都学不会，这就是缄默知识在作怪、在起作用；同样是作家，有的作家文学感觉好，写出来的作品就有灵气，有的作家文学感觉不太好，写出来的作品就缺少文气，这也是缄默知识在支配。

我突然又想到，我现在躺在河滩的草地上晒太阳，一言不发、一事不想，这应该是生活的最高境界了吧。我现在虽然一言不发，但我反倒觉得此刻语言最饱满，有无数的语词可以随时奔涌而出。我现在虽然一事不想，但我反倒觉得此刻思想最活跃，画面最清晰，思维最缜密。

　　一架花圈慢慢从堤后升上来，在所有的事物中，花圈总是最刺眼、最吸引眼球的，因此人们总是能第一眼就看见花圈。花圈慢慢地从对面河堤路下升上来、升上来，全部升上来以后，却只能看见一架很大的花圈，还有花圈下面有规律行走的两条腿，扛花圈那个人的脸和上半身，统统都看不见。这人有亲朋去世了，我第一时间这样想。花圈一路往涨河大桥的方向走，既不快，也不慢；既不着急着要去，也不拖延着不去。因为行走的花圈十分显眼，面积又大，因而堤路上行走的人，三轮车、摩托车，甚至小汽车，都成了它的背景，显得虚化不清晰。我不愿意猜测去世的是什么人，不管是什么人去世——大人，小孩，男人，女人，普通的人，有头脸的人，生病的人，出事故的人——都会有人伤心。花圈到桥头后往右手拐，上了桥，往桥南行走。还是只能看见花圈和两条腿在行走，看不见扛花圈人的头、脸和上半身。花圈走到夹竹桃后面，就消失看不见了。

　　我的思绪开始飞舞。我想起一本古书里说到的一些事情。古书里说，那时候的人，一般不过活到六十来岁，大多都在六十岁以下去世，少数能活到一百余岁，那已经十分少见了。一个人只能活五六十岁，一个国家大概只能活一两百岁，一个王朝顶多活四五百岁，可是一个天和一个地，能活多少岁呢？没有人见过天和地的死亡,可见天和地都能活得很长久。如果一个人死了,在坟上立一块石碑,上面刻上一行字:"这里面埋葬了很多钱财、美玉、宝器、绝品。"这个人就能因此而长久吗?肯定不能。但什么样的人才能长久?古书里没说,但我一直在想,只要有时间我就会想到这个话题,却一直没有合适的结论。但此刻我似乎忽然有了结论。我的结论是:能永远活着的,是那些从不想着留名,却天天想着把自己的智慧都呈现出来的人,因此,呈现智慧的人才能永垂不朽。不知道我的这个结论对不对。我再次从裤子口袋里掏出纸笔,把刚才的结论记下来,以后再慢慢推敲。

一辆农用三轮车突然蹿上了涨河河堤,因为它蹿上来的速度太快,有些超出常规,因此吓了我一跳;这还不算,它还一路蹿上来,一路带着嚎叫声;我连忙定睛看去,原来是一辆运猪崽的农用三轮车,三轮车上用钢筋自行焊了个笼子,笼子里挤挤挨挨塞了十几头黑色的小猪崽;由于车开得快,小猪崽们又沉不住气,因此一路小猪嚎叫。这辆三轮车还有出人意料的地方,它一下子蹿上河堤后,本以为堤路上人多车多,它要么减速慢行,要么就要撞到人或车,可是它非但不减速,反而加速行驶,眼看要撞到人和车了,它却往它的右手一拐,拐到和大桥相反人车稀疏的堤路上,加大油门,一路往西狂奔而去;感觉它真是有创意的!我的惯性思维总觉得人和车是要往大桥方向走,要过桥的,却没想到往相反方向的堤路,也会有人去走,虽然往那个方向走的人很少。三轮车"嘭嘭嘭"超大的发动机声和小猪们的嚎叫声混杂着,一路远去。

一辆摩托车后座上载着一个少妇跃上河堤，驾车的应该是丈夫，后座上的应该是妻子；妻子什么时候都是能干的，就算她不驾车，除了头脸，她的身前身后也塞满或挂满了各种物件：一大卷塑料纱网，五个塑料鸡用饮水壶，一大卷农膜，一网袋苹果，一串花花绿绿的气球从她和驾车的男人之间升起并随着风飘动、抖动，她背后还背着一个双肩包。摩托车跃上河堤的大路，也没有往他们的左手拐，而是往右手一拐，拐往人车稀少的那个方向去了。现在，这种情况已经不会出乎我的意料了。摩托车开始加速行驶。车子一颠，从驾车的男人和后座的女人之间，露出一个小孩毛茸茸的头来。原来这里还有一个，怪不得那一串气球从两个大人之间升起呢。摩托车更快地加速驶去，家里肯定有一堆活计等着他们。

一个老太婆慢慢从堤路后面的街道上冒上来，慢慢地冒上来，慢慢地全身都出现在河堤的道路上了；她个子不高，精瘦精瘦的，看上去年龄不小了，走路却有精神。她胳膊弯里挎着一个小篮子，里面可能有一点东西，不过看上去不沉；她上了堤路后就往她的右手拐，顺着河堤上的路，往行人稀少和大桥相反的方向走去。当她越走越远时，从街道里冒上来一辆电动三轮车，一个少妇驾车，车上坐着一个年龄大的妇女，还有两个正全神贯注吃东西的小孩；电动三轮车也拐往行人稀少的方向，并且很快追上了徒步行走的老年人，我远远地看到，电动三轮车停了下来，驾车的少妇下来把老太婆扶上车，电动三轮又开走了。

当天晚上，老三叔在涨河镇街里的梗记酒楼请我家亲戚等几家（也包括我）吃饭。人一上席话就多。在席上大家都七嘴八舌，你一言我一语，我这才知道，涨河当地的名门望族，历史上一直都是姓梗的这一族；梗这一姓，在百家姓里都查不到，全国统计下来，也不超过十万人，约一半住在涨河镇方圆二十公里范围内，东北、河南、贵州各有一些分布，河南是历史上梗家先人当官留下的一支，东北和贵州都是梗家人领兵打仗留下来的。老三叔自然也姓梗，涨河、澡河这一带，是梗家的地望。春秋战国时期，梗家就有先人在当时的楚国、齐国做大官。梗家的堂号叫三车堂，是从宋朝传下来的，地球上所有姓梗的，都得认这个堂号。相传宋朝梗家的祖先在涨河这里生活，有一位祖先到京城汴梁做官，被人构陷后贬官回乡，家财被没收充公，靠自制的三辆板车，给人拉货运物谋生，聚起万贯家财，于是就兴教倡文，读书做官，造福乡里，在当地留下了绝好的口碑。

晚宴热闹得不得了，酒过三巡之后，在众人的起哄下，兴致甚高的老三叔，站起来唱了泗州戏经典剧目《拾棉花》中的一段经典唱段。泗州戏的特点，是曲调悠扬，接地气，极富生活气息，甚至土得掉渣，在涨河、澡河大平原这一带，粉丝爆棚，人气特别高旺，小孩子都能随口哼几句。

老汉俺今年五十八
勤勤俭俭种庄稼
肩膀背个粪箕子
铜头烟袋腰间插

手上拿个镰刀头

一去割草二去看瓜

俺走过小桥拐个弯

来到俺的瓜棚下……

这时，看那一桌人，有的击掌，有的敲碟，有的打节奏，有的跟着哼，有的摇头晃脑，有的闭目享受，有的拍照，有的用手机全程录像，连门口的服务员都能跟着哼。

电鱼的男人

这是公历7月下旬的一天。

天很热。因为这是一年里最干热的时段，每天都有白花花的太阳直射大地，气温会蹿升到40摄氏度，人即使躲在屋里，也觉得酷热难耐，甚至喘不上气来。

下午四五点钟，丰堆叔骑着"电驴"（当地人对摩托车或电动车的俗称），从县城偏僻的城郊地带，穿过粉红色的工业炉渣铺成的简陋小路，进入那个只容得一人通行的一人巷，"咣当"一声，直接用摩托车撞开院门，骑进了自家小院。

丰堆叔是个健壮的中年汉子，他上身穿一件淡紫色的旧背心，下身穿一条灰旧短裤，他的胳膊和腿又粗又壮，都叫太阳浆得紫红。他把摩托车停在靠墙不碍事的地方，一条腿着地，熄了火，另一条腿跨下车，把车支起来，从摩托车后座上卸下电瓶、鱼篓等一干什物,都扔在地上。然后,他甩了脚上已经裂了口子的破拖鞋,又脱了背心和短裤,露出全身紫红色的皮肤和筋肉,大步走到院墙的一个水池旁,开了水龙头,大把大把地撩起水来,冲洗着头脸、大手、胳膊、胸脯、阴部和大腿、小腿。

屋里传来一个女人的尖利叫声。

"省点水!水不要钱呀!"

丰堆叔好像是习惯了这套程式化的流程和操作。

"俺知道。"

他在嗓子眼里咕哝了一声,屋里的女人未必能听到,但是他要流程式地回应女人一声。如果他不回应一声,每天几乎固定的生活模式就打乱了,就不完整了。

"强还没家来?"

"现在哪能放学!"屋里的女人尖声冲他道。

丰堆叔并不觉得讨了个没趣。

"花今天可家来?"

"今天才礼拜四,花咋能家来!"屋里的女人又尖声冲他。

男人并不觉得屋里的女人是在冲他,因为这是几乎每天都上演的一出程式化的活剧,台词都是固定的。花是他们的女儿,在县城一所中学住校读九年级,强是他们的儿子,在附近一所小学读六年级。

"噢噢。"丰堆叔好像明白了,"俺忘啦,今年要到8月份,学校才放假。"

他哗啦啦洗好赤裸的全身,用力甩了甩手上的水,用眼打量一眼自己强健的身体，然后大步流星走进屋里。

屋里的光线比明亮的室外略微有点暗。女人像每天一样，正在窄小的厨房里忙活晚上的餐食，热得一头一脸都是汗。她上身穿一件花布小背心，下身穿一条褪了色的猩红色三角裤头，头上用红皮筋扎一个独辫子，她个子不高，但腰身细长，显得小巧玲珑。

照往常惯例，健壮的男人走进屋，听见厨房里有动静，便径直去了厨房。他靠在厨房破旧的门上，从背后看着正忙活个不停的女人。看到女人的时候，他的下身立刻膨胀、舒张起来，并且照例精准地对准着女人的背影。

"回来啦？"女人即使不回头，也知道身后的状况。

"今天咋样？"女人接着说。

"搞到头十二三十斤。"

丰堆叔听到这个话题，有点兴奋，这是他今天一天的渔获，比往日要多不少。头十二三十斤，是当地的一种说法，就是一二十斤、又接近三十斤的意思，理解成"二十多斤、不到三十斤、但远超过十几斤"比较靠谱。

"噢，那今天是搞到不少！"女人闻说很是高兴，又带上一句说，"下学期开学，俩孩子要交不少钱。"

女人说着，忙里偷闲，回过头看一眼男人。

她一眼看见男人剑拔弩张的下身，忍不住扑哧一声笑出来。

"又来啦！"女人表面嫌弃道。

"俺不就好这口！"

男人疾步上前，从后面把女人连奶子带胸脯箍住，下身把女人抵得贴在厨柜上。

"得，得，俺把煤气关掉。"

突然，女人尖叫起来，比她平常的嗓门还高、还尖。

很快，男人抽身出去了，光裸着身子，大步流星地走到院里的水池前，开了水龙头，用水冲洗大汗淋漓的身体。女人手仍撑在小饭桌上，喘了一会儿气，像是想起了事情，赶紧直起身，用手捂着下体，像罗圈腿那样走着路，走进了窄小的卫生间。

"俺得赶紧把鱼去卖掉。"她自言自语地对自己说。

说话间，女人已经从卫生间出来，脸洗得干爽爽，头梳得利利索索，眼上画了淡眉，嘴上涂了口红，上身换了一件鱼肚白的干净短袖褂，下身穿上了一条老枣色长裤头，手里拎着一把遮阳伞。她一边急火火地出门到院里，把鱼篓里的鱼拎进一个小三轮车里，推着往院外走，一边回头对正在擦身体的男人说：

"听人讲有人往河里放生，还有放蟒蛇的，你下回小心点！"

男人心不在焉地"嗯"了一声。

"你可听见了！"女人不放心，临出门又回头厉声叮嘱道。

"俺知道。"男人说。

"给俺五块钱。"

男人已经穿上了裤头和短裤，一边用毛巾不停地擦头，一边用命令般的口气说。

女人愣了一愣，想起来这是几乎每天固定的程序，于是刹住三轮车，收了遮阳伞，从裤子口袋里摸出一个花钱包，在里面翻找，找到几张五元纸币，挑了一个破旧的，往院里的水泥地上一扔,再把遮阳伞撑开,用劲把三轮车蹬起来,头也不回地往菜市方向去了。

半小时后,丰堆叔穿着干净的背心、短裤和拖鞋,出现在县城城南洄河景观带大桥下乘凉的人群里。这里是两年前才建成的市民游乐地,以前县财政没有钱,这里就是靠近南城的一条荒河,这几年县里手头宽裕,就把这一段河岸建成了景观带,地上铺了透水砖,平坦的地方建了个小广场,方便大妈大姐跳广场舞。越河而过的大桥下面,搭了一些水磨石台子,供人们打牌、休息,夏天的傍晚,小县城没有比这里更合适的乘凉地了。

丰堆叔往人堆里一凑,就有牌友招呼他。

"老输,又来啦。"

叫他"老输",一方面是谐他姓名里"叔"这个音,但主要是说他"掼蛋"总是输,很少有赢的时候。这是牌友们给他起的外号。丰堆叔辛苦一天,也就每天晚饭前这一两个小时,好这一手,来大桥底下见见牌友,跟人说说话,放松放松。

不过,丰堆叔也是有分寸的人,他打牌是有底线的,大桥下打牌不准赌钱,大伙只图个娱乐,但茶钱要输家来付。丰堆叔手里只有老婆给的五块钱,每天无论输赢,就这五块钱。如果到饭点没输完,他就心满意足地回家,把剩下的钱交给老婆,他不烟不酒,口袋里装钱没用处。如果输完了,也到饭点了,他也挺满足,站起来,哼哼唧唧、优哉游哉地回家吃饭去,态度决绝,不黏不恋。如果钱输完了,还没到饭点,他就起身让别人打,自己站在旁边看,有时候还给人支着,被人家撑回去,他也不羞不恼。

如果这一天竟然破天荒赢了，喝到了输家请客的茶，他更是一路哼着当地流行的北路花鼓，回家把钱还给老婆，晚上高兴地多扒一碗饭，老婆看他那神态，早知道他赢了，脸面上却故意嗔他。

"喝人家几盅茶，也没见来家少吃一碗饭。"

"那不一样！俺这是凭本事吃饭！"丰堆叔脖子一梗反击道。

"好，好，你明个继续给俺赢。"老婆也不扫他的兴。

"嗯，那还得看俺手气可好。"他知道说话得给自己留余地。

"这话咋讲？"

"人算不如天算，手气好俺闭眼赢，手气不好，俺有透视眼都输。"

"噢，你这还是靠天吃饭。"

"那可不！哪个能犟过天！"丰堆叔振振有词。

但老输这个外号，在大桥底下这个语境使用有效，丰堆叔也认，你喊他老输，他不觉得有损尊严，有时还不自觉地应答，可如果换个地方，那就不流通，就要翻车了。几年以前，丰堆叔十年九不遇去接刚上学的儿子，学校门口都是接孩子的人，这时碰见一个牌友，不知深浅，当着许多女人的面，特别张扬地跟丰堆叔打招呼，好像熟得很，很显摆。

"老输，今天咋你来接孩子？"

丰堆叔顿时怒目圆睁，上去就是一拳，把那个牌友打得眼冒金星，鼻子出血，趴在人家接孩子的电动三轮车上，半天起不来。

……

丰堆叔骂过了，孩子也不接，骂骂咧咧地转身回家了。

从那以后,丰堆叔再也没到学校去过。他老婆也再没敢叫他去接孩子。

丰堆叔一来,桥下牌场的气氛就热烈了。每天这时候,牌友们都盼着他来。他一到,人们就不仅仅是打牌、争输赢了,还有了许多话题,也有了调侃对象。

"哟,老输驾到,让一个,让一个。"

"来,老输,俺让你。"

丰堆叔也不谦虚,磨屁股就坐上去了。他是个直爽人,知道自己就吃饭前一两个小时时间,他来就是来打牌的,不搞虚虚喳喳那一套。

"老输,今天收成咋样?"有人操话说。收成指的是渔获,牌友都知道丰堆叔是个电鱼的。

"还那样。"丰堆叔边打牌,边回话,不冷落人。

"电鱼违法啦。"人堆后面有人尖声开玩笑说。

"电鱼违法,俺不违法。"

"电鱼违法,你咋就不违法?"

"俺不电公家的鱼。"

"电私人养的鱼也违法。"

"俺不电私人养的鱼。"丰堆叔心平气和。

"那你电啥鱼?"

"俺电野河野沟里的鱼。"

"那也违法。"

"那违啥法?苇子法。"丰堆叔还挺幽默。

"老输,俺说不过你,没想到你口才还真好。"

"没火了。"丰堆叔懊恼地说。他把话题串到手里的牌上了。当地把"掼蛋"里的炸弹叫火或枪,如果说没火了,或没枪了,就等于说没炸弹了,那就只有眼睁睁地看着别人跑了,自己就输了,就得掏钱买茶请客了。

丰堆叔掏了钱,接着摸下一把。

"老输,网上有人放生,连大蟒蛇都放了,你可遇见过?"

"遇见过啥?"

"大蟒蛇。"看客里的声音说。

"啥大蟒蛇?"

"大蟒蛇就是大蟒蛇,花的,四五米长的都有。"

"俺没遇见过。"

"要是你遇见了你咋办?"

"俺没遇见过。"

"要是,要是你遇见你咋办?"

"俺遇不见。"

"俺是说要是,要是你遇见你咋办?"

"要是俺遇不见呢。"

"哎,你这人抬杠吧。要是你遇见了呢?"

"那还能咋办?"

"那你咋办?"

"俺又没火了。你看这熊牌!"丰堆叔甩甩手里的牌,抬起头,憋屈地向看客们求助。

"那怪老×！"看客们只有风凉话扔给他。

丰堆叔求助不得，只得认输，再摸下一把。

"那你咋办？"看客里的声音还记得上一段话。

"啥咋办？"

"要是你遇上大蟒蛇。"

"俺遇不见。叫你遇见去。"丰堆叔头脑清楚得很。

"这个人！真叫你遇见你咋办？"

"俺还能咋办？"

"俺问你咋办！"看客里的声音挺倔。但不是一个人发问，人人都能接上发问。

"俺不能咋办。"

"不能咋办是咋办？"

"不能咋办就是不能咋办。"

"哎，你这个老输。"

"俺就是叫你说输的。"

"又没火了？"

"又叫你说得没火了。"

"那就掏呗！"

众人哄笑。

丰堆叔掏钱买茶，又摸下一把。

"来火！来火！"

他一边用劲摸牌，一边嘴里念叨，期待多来几把火，好轰人家。

"老输，你是谁家的叔？"

摸牌这工夫，看客们又开始操话。

"来火！来火！"丰堆叔现在只知道来火，没有火，他又得输，再输，他差不多就得回家了。

"终于来火啦！哈哈。"看客们都欢呼起来，为丰堆叔高兴！

"来了几把火？"不跟丰堆叔打对家的那俩人故意问。

"来了三把火。"看客们故意说。

"你看看，你看看，你们把俺的枪都亮出去了。"丰堆叔嘴里这样说，其实并不生气，他知道大家只图个乐子。

"老输，你是谁家的叔？"看客接着前面的话头说。

"俺不是谁家的叔。"

"你咋不是谁家的叔！"

"俺就不是谁家的叔。"

"你敢说你不是谁家的叔！"

"俺咋不敢说俺就不是谁家的叔？"

"你要不是谁家的叔，你名字里咋就有一个叔？"

"那俺也不是谁家的叔。"

"俺问你，你是叫丰堆，还是叫丰堆叔？"

"你说俺叫丰堆，还是叫丰堆叔？"

"俺说你姓丰名堆，你不叫丰堆叔。"

"你咋恁能来？"

"那你说你叫丰堆，还是叫丰堆叔？"

操话人的意思，是说丰堆叔是丰堆的叔，这是变相骂丰堆叔和丰堆叔族人的，所以丰堆叔不能认可。但丰堆叔又有侄子，因而他又不能说自己不是别人的叔叔。

"俺有火,俺就叫丰堆叔。"两路话,已经岔到一堆去了。

"你到底说,你是谁家的叔?"

"俺是你家的叔。"

"你爹还真会起名字来,见人高一辈。"有人插话说。

"俺有火!俺见人就高一辈!"这两句话,说的是两件事。

丰堆叔终于赢了一把。

他高兴得把牌摔光,喝了茶,抬起大汗淋漓的脸,看看天光,觉得时间不早了,就站起来把位置让人,又站在人后看了一局,才哼着地方戏,从洄河大桥下转回家去。

这也许是众人最后一次见到丰堆叔,也或许是听到他亲口说的最后一些话。

据当地公安机关通报,7月26日下午4时,有人在洄河附近的浅水湾,发现一个电鱼的人躺在浅水里。那人身材中等,体格健壮,上身穿一件淡紫色旧背心,下身穿一件灰色旧短裤,水边有两只长筒胶靴,相距六米左右,呈无规律散放状。发现电鱼人的是三位钓友,当时他们开两辆车,前后相跟着,从两公里外的另一处河岸,转场来到事发现场。据公安机关通报,电鱼人被发现时,已经因窒息死亡。

从此以后,县城洄河大桥下的牌场,就再也没见丰堆叔出现过。

那几天,大桥下的牌友传得邪乎。

有的说丰堆叔是被自己电鱼的家伙电死的。

"他干这行都干十几年了,还能电死自己?"

"那不一定,人都有失手的时候,淹死的都是会水的。"

有的说丰堆叔是被蟒蛇缠死的。

"是叫大蟒蛇缠死的。"

"你猜的呗?"

"网上都这么说。"

"网上消息你能信?那都是骗流量的。"

"公安局不也这么说?"

"公安局咋说的?俺咋没看见?"

"哎,公安局通报,你咋没看见?"

"通报说叫大蟒蛇缠死的?"

"死者被发现时,已经死亡,是窒息而死。窒息而死,你懂不懂?那就是叫大蟒蛇缠死的,不然咋能叫窒息而死!"

"你看你能得!被水憋死了,喘不上气,那叫啥?那不叫窒息而死?"

很快,大桥下的市民,就像他们扎在不同的堆里一样,分成了几派。

打牌的都是男人,大多觉得出了事虽然很遗憾,但丰堆叔不听劝,违法电鱼,自己要承担很大责任。

跳舞的大都是女的,又以大妈居多,因此总体倾向,是觉得他老婆和孩子可怜,从此没人照料,生活会变得很难。

景观带有好几个舞群,最大舞群的组织者是个中年女性,开婚纱影楼的,是县城旗袍协会会长,热心公益,就借跳舞的平台,张罗着捐款捐物,给死者家里送过去。打牌群里有人闻听消息,也捐了些钱物。

微信、微博上的舆论和留言一边倒,都是谴责电鱼行为的。网上的人来自四面八方、五湖四海、国内国外,他们的这种态度能理解,因为他们和死者的物理距离远,所以只认理性。

平原上的国家

夏天我常到朱集村去，在那里度过小学和初中的暑假。我一到朱集村的二叔家，第一件事，就是甩掉书包，甩去凉鞋，脱掉背心和长裤，背上粪箕和铲草的铲子，跑到麦场旁的牛棚里，和小伙伴们一道，把牛都牵出来，吆三喝六地，骑在牛背上，骑着牛下湖，边放牛，边玩去了。

当地的所谓湖，一般就是指村外长着各种植物的农田和原野，但湖同时也指原野里的洼地。村庄东边的田野里，离村庄近的是农田，夏天的庄稼都长得绿葱葱的，有玉米，有大豆，有芝麻，有红芋，有的高，有的低，一望无际。离开村庄越远，地就越低洼，再往前走，就见不到庄稼，只能见到青草了。湖洼地里的青草也不稠密，那是因为那里太洼了，夏天几场暴雨一过，洼地里就积满了水，浅的地方能没了脚脖子，深的地方，能淹没人的大腿；淹的时间稍长点，被淹在水里的草都死了，但如果有那么十天半个月不下雨，湖洼地里的水慢慢又干了，草又很快能长出来一些。

夏天下过暴雨以后，小伙伴们最喜欢到湖洼地里撩水洗澡去。夏天的暴雨，一般都是过了晌午酝酿，云层变厚，云速加快；紧接着，又乌云翻滚，狂风呼啸，十分骇人；下午两三点钟，电闪雷鸣，暴雨倾下，万物莫见；半个小时，或一个小时以后，暴雨骤停，云开风息，雨过天晴，彩虹满天。雨一停，我们在各处躲雨的小伙伴，立刻又在原野里出现了，就好像原野里的各种小昆虫、小动物一样，遇到大自然翻脸时，谁也不知道它们躲在哪里，但风平浪静时，它们又出来活动了。

雨一停，一眨眼我们又从各处跑到湖洼边了。那时，湖洼里水天一色，不知道有多少里宽，有多少里长，湖洼的对面，只能隐隐约约看见利民河河坡上的几棵大杨树。但我们都知道湖洼里的水不深，小伙伴们把牛放开，让它们在湖洼边大口大口地吃鲜嫩可口的青草，我们都跑到水里撩水，洗澡，在水里疯跑，你追我赶，跑着跑着，忽然在水里绊倒了，咕嘟咕嘟，喝了几口有些混浊的雨水，也顾不上了，爬起来再跑。

跑着跑着，有时候不知不觉蹚过了一整个湖洼子，从湖洼子的西边，跑到湖洼子的东边了。小伙伴们相跟着跑到湖洼和利民河之间的土坡上，土坡上的那几棵大杨树端庄地站立着，树叶在雨后细微的小风里抖动。雨后上涨的河水里，冲过来一条比木盆大不了多少的小船，被枯树枝钩在利民河的河湾里，动弹不得，只能在原地随着波浪的起伏而上下左右地晃动。小伙伴们想把小船拽到河岸上，但是我们够不到，又不敢下到水里去，够了半天，我们才刚刚能碰到小船的边沿，最后只好放弃。

我们离开河岸，跑到土坡上那几棵大杨树下，向利民河对岸指手画脚。现在，因为刚下过暴雨，利民河水面很宽，水流很急，水也比较混浊。其实平常大多数时间里，利民河都不太宽，能看见河对岸的树林、田地，还有远处的树林，有时候还能影影绰绰地看见农民在地里耕田，还能看见人在田野里走动，只是看不太清楚罢了。

　　利民河在我们的心中很神秘，也有些让我们害怕，因为我们小伙伴们，没有一个人到河对岸去过，朱集村也没听说哪个大人到利民河对岸去过，平常利民河这里也没有人来，显得很荒凉，这次要不是有一二十个小伙伴一块，大家也不敢来。有时村里婶子吓唬小孩，就尖声大嗓、咋咋呼呼对小孩说："再闹人，就给你扔利民河那边去！"小孩就吓得不敢哭了。

　　我们在土坡上看了一会利民河对岸，又找一块半干的平地，分成几伙，玩了一会五子棋。忽然，我们发现太阳快落到湖洼对岸的树林里了。小伙伴们都害怕起来，大家扔了用作五子棋棋子的砂姜，都飞快地跑向湖洼子，扑进水里，哗啦哗啦，向对面隐约能看见牛的方向蹚去。大家都吓得一声不吭，说不出话来，一时间，只能听见"哗啦哗啦"的蹚水声，还能听见小伙伴们吓得"呼哧呼哧"的喘气声，小伙伴说话的声音却一声都听不见。

　　忽然，有个落在后面的小伙伴吓得号啕大哭起来，其他的小伙伴一下子被他的哭声吓坏了，顿时哭的哭，嚎的嚎，有的跌倒在水里，呛了几口浑水，有的坐倒在水里，两手在水里直划，却就是不挪一步，有的在水里直打扑腾，却原地不动。好不容易蹚到湖洼地对面，吃草的牛看得越来越清楚了。看见体形庞大而又熟悉的大水牛大黄牛以后，小伙伴们胆又肥了，利民河也离得很远了，小伙伴们互相看一眼，都哈哈大笑起来，指着别人大叫："胆小鬼！胆小鬼！"大家都倒在浅水里滚着，向别人撩水、泼水。太阳就要落下去时，也玩得尽兴了，小伙伴们才爬上牛背，由着牛怎样走，慢慢逛回朱集村去。

上高中，特别是上大学以后，暑假我再到朱集村，就不再和小伙伴们一起放牛玩了。一方面，小伙伴们都长大了，有的已经结婚成家了，天天干活挣钱养家，忙得见不到人影；另一方面，牛早已分给私人，生产队也不存在了，集体牛棚也早不见影子了；再一方面，我正在大学上学，放暑假到乡下来，喜欢一个人，穿个短裤、背心，背着个粪箕，里面放着一本《文学概论》、一个笔记本、一支笔，到处跑跑、遛遛。常常吃过早饭以后，太阳蹿上来，气温也开始上升，我坐在二叔家小院枣树下的小方桌旁，看一会书，抄几段书上的文字，写一段读书笔记，有点乏了，我就背着粪箕，里面放一把铲草用的铲子，做样子的，还放上一本书、一个笔记本，出门进行文学采风加田野考察去。

我赤着双脚，光着头，穿一条灰短裤，一件蓝背心，离开朱集村，走向村东的湖洼地。盛夏时节，时间还早，但阳光已经十分酷烈了，这是阳光给我们的馈赠，是在给我们补充能量呢。我走到湖洼子边，湖洼里水势浩大，苍茫一片，前两天才下过暴雨，湖洼地里的水还没蒸发完。我像当年和小伙伴们在一起一样，没有犹豫，直接走进水里，向湖洼子对面的利民河蹚去。湖洼子里积的水，已经被早晨的阳光晒得有点温了，脚蹚在水里，既柔和，又适意。浅水底下的泥地和野草都看得一清二楚，因为湖洼地蓄水才两天，因此水下的野草都还挺立着，绿茵茵的。

　　湖洼地的水面没有任何遮拦，似乎一望无际。我一边蹚水，一边四面远望。除了阳光，天地间静悄悄的，既看不见人，也看不见动物，更没有什么多余的声响。我蹚到湖洼地的对面，从水里上来，走到湖洼子和利民河之间的土坡上。乡村的变化总是十分缓慢的，有时候许多年过去了，地形、地貌和地表的附着物，都还是老样子。我走到土坡上那几棵大杨树下，树荫里，我和小伙伴们用砂姜在地面上画的五子棋盘还在，基本上还是老样子，只不过被暴雨冲得模糊了一点，我们用来当棋子的砂姜散乱地扔在地上，被后来的暴雨溅起的泥星子封糊着。

　　利民河河湾里那只被水冲来的小小船，仍然歪斜在水岸边的枯树枝上，模样还是那个模样，只是色泽更灰淡了一些。我跑过去，就像是事先计划好的一样，我跑到河岸边，把小船推进水里，然后我先把粪箕子扔进船舱，自己再跳进船舱，顺手从水里捞起一块半朽的木板，向河对岸划去。

　　阳光把水面照得明晃晃，利民河现在风平浪静，但河面仍然十分宽展，河水幽深、暗蓝。我用半朽的木板慢慢划着水。不知怎么的，虽然我并不害怕，但我身上却阵阵发紧，头皮也阵阵发麻。四野无人。我不时看着对岸，心里也一阵一阵兴奋起来，以前总是听村里人说，利民河对岸也是大片湖洼地，但没有人亲眼见过，我就要成为那个亲自到过对岸的第一人了。

　　小船慢慢泊到岸边。我从小船上跳上岸，把小木船拉到岸上，把那块半朽的木板扔在船舱里。和那边一样，这边利民河河岸上也是一个土坡。我走上土坡,土坡上也有几棵大杨树,大杨树的树荫下、地面上,也有几个随手画的五子棋棋盘。土坡外是一望无边的稻田,明烈的阳光照晒着正在旺长的稻苗,长势强旺。我从粪箕里拿来笔记本,从背心上拔下圆珠笔,记下渡河过程和登岸的过程、见闻。

有几个人正站在坡下的水稻田头说话,还有一个稻农模样的人,手里拿着一把稗草,一只脚站在干地上,一只脚踩在稻田的泥水里,另一只手指点着稗草,正不停地说着什么。我看见有人,就走过去,想和他们说说话,问问当地的一些情况。稻田里和稻田边的人,正说着话,看见有一个陌生人,赤着脚,背着粪箕子走过来,像是同行,就停止了说话,都看着我。那位一只脚站在水里,一只脚站在田埂上的人,率先和我打招呼。

"来啦。"

我回答他说:"来啦!"

"怎么称呼?"

"叫俺辉好了。"我说,"先生怎么称呼?"

"俺叫咩。"一只脚站在稻田里的人说。

他又指着一位衣着讲究的人说:"这位叫呀,是当地浪河里的里长。"

他又指着一位偏黑壮的人说:"他叫哞,小麦专家。"

他又指了指一位个子矮的人说:"这位叫哇,舟船专家。"

他又指了指一位中等身体精干的人说:"这位叫鸣,著名工匠。"

他又指了指一位较丰态的人说:"这位叫喧,民俗专家。"

呀则指着咩说:"咩先生是著名水稻专家。"

"哦呀,幸会,幸会!"我连连拱着手。

这时,我已经仔细观察了他们一番,看咩、哇和哞粗手粗脚的貌相,感觉他们和朱集村的人没有什么区别,大概也都是长年务农交通,在田野河流里跑的,我就从粪箕里拿起笔记本,从背心上拔下圆珠笔,边实地记录,边和他们聊起大天来。

"请问,这是什么地方?"

"俺们这里叫实在国,是一个农业国家。"呀说。

"这种的什么?是水稻吗?"

"是水稻。"咩说。

"实在国种水稻有多少年了?有什么技术?"

咩说:"实在国种植水稻,已经有近七千年历史了,积累了丰富的经验。俺们这里的水稻,大致分成两类。一类是黏的,叫糯稻,打出来的米,叫糯米;一类是不黏的,叫粳稻,打出来的米,叫粳米。"

"嗯嗯,那怎样种呢?"我问。

"种稻要先浸种,"咩指了指稻田里的秧苗,"浸稻种的日期,最早在春分以前,最晚在清明前后,早了,或太晚了,都要减产。稻种长出一寸高时,才叫稻秧,稻秧长到30天后,就要拔起分栽。栽秧时,稻田里干旱,或积水过多,都不能插秧。育秧期过了,仍不能插秧,稻秧就会变老长节,这种稻秧即便栽种,也结不了几粒稻米。一亩秧田育出的秧苗,能移栽25亩稻田。"

"哦哦，专业呀！"我感叹道。

"稻秧栽种后，早熟品种70天可以收割，最晚熟的，要200天才能收割。"咩继续说，"稻田收割以后，如果当年不再种植其他作物，就应该翻耕晒茬，让稻根稻茬烂在土里，这样可以相当于一倍的粪肥；如果拖到第二年春天翻耕，土地肥力不够，收成就会减少。如果当年按时翻耕了，此后又翻耕第二次，甚至第三次，肥力就会均匀地分布到泥土里，收成还能增加。"

"那翻耕这么多次，收成的确能够增加，但人力劳作，恐怕受不了呀。"我提出了问题。

"这确实是一个需要认真对待的问题。如果用人力翻耕，就要用两个人在前面拉犁，一个人在后面掌犁，十分辛苦，翻耕的效率也比较不高，一天的劳动只抵得上一头牛的劳动。如果使用牛力，当地只有两种牛力可用，一种是水牛，一种是黄牛。水牛更适合在稻作区使用，黄牛更适合在北方麦作区使用。水牛的役力，要比黄牛大一倍，但畜养水牛，也比畜养黄牛更费草费力，冬天要给它盖屋子御寒，夏天要有水塘给它降温，它的食量比黄牛大许多，饲养成本更高。"

"嗯嗯，真是个问题呢。"我忧虑道。

"对于不富裕的家庭来说，到底是使用牛力，还是使用人力，要好好盘算盘算。比如有牛的人家使用牛力种20亩地，贫穷人家使用人力只能种10亩地，但养牛有病死和被盗的风险，冬天还要为牛准备大量饲料，如果只用人力的话，这些费用都省下来了。另外，使用耕牛还有一些情况，一定要注意，比如，春分以前牛在田里干活会出汗，此时最忌淋雨，快下雨时，要赶紧把牛赶到有遮挡的地方去，等过了谷雨，牛就不怕雨淋了，再大的雨，也不会使牛生病。"

"哦呀，这水稻种起来，倒有不少操心事呀。"我说。

"其实种惯了，就没有那么复杂了。水稻种植没什么特殊要求，只要每年更换田块，就好了。另外，选择稻田，要尽量选在水源上游，好地孬地不论，只要水清，水稻就长得好。在种植时间上，农历三月种植，是上等时令；农历四月上旬种植，是中等时令；农历四月下旬种植，是最末等的时令。稻种种下去三天之内，都要安排人员，在秧田里守候驱鸟。杨树和柳树生芽时，稻秧开始长出，这之后八十天，水稻开始孕穗，孕穗后七十天，水稻就会成熟。到收割的时候，要看好节气，霜降时收割，就割得太早，米粒是绿色，不坚实，但要是太晚，稻穗又会落粒，会减少收成。"

说话间，太阳已经斜升到半空，天快晌午了。呀抬头看了看天，道："辉先生，不如咱们边走边看，边看边聊，晚上就在船栈歇息。"

我也抬头看了看天，时间是快到小晌午了，于是，我收了笔记本，说："那也好，不如咱们边走边聊。"

咩从稻田里上来，一行人跟着呀，迤逦地往前走。转过一片土坡，突然面前画风大变，田原里的稻作景观，一下子变成了麦作和旱田景观，只见正在成熟的小麦，漫天遍野，铺天盖地，麦原里点缀着高高低低的各种旱粮。

大家走到麦地边，欣喜地看着正在香熟的小麦。哞走到麦地边，掐下一朵麦穗，放在手心里搓了搓，然后把手掌伸平，嘬起嘴，对着手掌吹口气，麦鱼子随着气流飞走了，麦粒都留了下来。哞把平摊开的手掌伸给众人看。"今年又是个丰收年，是个大年！"他肯定地说，众人都面露喜色。

我连忙从粪箕里拿来笔记本，打开，从背心上摘下圆珠笔，记下他们的话和表情，又向哞请教道："请问哞先生，这是什么麦？"

哞说："这是小麦中的宿麦。"

"为什么叫宿麦？"

"宿，就是隔年的意思，宿麦又叫冬小麦，就是秋种夏收，要经过一个冬天的小麦。"

"哦哦，既然有小麦，那可能还有大麦，既然有冬小麦，那可能还有春小麦，难道麦子还有许多种吗？"

"是的，麦子有许多种。"哞说，"有一种叫大麦，麦芒长；有一种叫赤麦，麦粒既红且肥；有一种叫旋麦，三月播种，八月成熟；有一种叫黏麦，很软很黏；有一种叫穬麦，穬指的是有芒的谷类，穬麦是指一种黑色的麦，后来穬麦就专门用来喂马了。虽然麦的种类很多，但现在做主粮用的，主要是小麦中的宿麦，其他的大麦、春麦等等，大都用作杂粮或饲料。"

"噢，原来是这样。那小麦都在咱们这里原产的吗？"

"那倒不是，"哞说，"小麦原产于实在国西方7000公里的大海边，什么时候引进来的，就不知道了。"

"那小麦要怎样种？"

"大小麦种植前,都要先翻耕土地,让太阳晒透,这在当地叫烤田或烘田,一方面杀灭病菌,一方面增加土壤肥力。"唪说,"翻耕以后,再上耙把土耙细,这样翻晒过的土壤,就会通水透气,有很好的墒情。下种有三种方法。一种方法是随犁下种,随下随埋,这样用去的种子可以省下三分之二,长出来的麦子,棵丛较大,产量较高;第二种方法是犁后撒种,这样用去的种子较多,还疏密不均,也不如随犁下种的麦子耐旱,产量也较低;第三种方法是用耧下种,这种方法要先耕耙田地,再用麦耧下种,虽然麦耧下种法费工费时,但小麦出芽率高,行距固定,锄草方便,通风好,产量高,收割时浪费少,所以现在都使用麦耧下种法种植小麦。"

"喔喔,有很多讲究呀!"我惊叹道,"那冬小麦什么时候种植最好?"

"冬小麦都在秋天种植。"唪说,"阴历八月中旬种植最好,八月下旬次好,八月底九月初是种植冬小麦最迟的时间,再迟就不能种了。小麦最适宜种植在地势较低的农田里,因为小麦需水量相对较大,种植在较低的农田里,浇灌比较方便,正像一首民谣唱的:小麦种在高高地,有气无力不结穗,就像男儿在他乡,家丁不旺空欢喜。"

"哈哈,见识啦!见识啦!"我忍不住欢喜、赞叹道。

"小麦出苗后,冬天要用酸枣树的树枝拖曳一遍,以便把土覆盖到小麦的根部。冬天下大雪后,要用木锨或木磙把雪压实,这样雪就不会被风吹走,雪留在地里,小麦就能耐旱,麦粒结得也实在。正月和二月，麦地都要锄一锄，并且同时把麦沟整平，三月、四月要再锄，锄过地的冬小麦，长势好，草害少，收成可以增加一倍。小麦收割后，可用三种方法脱粒。一种方法是晒干后，用手握住麦束，用劲摔打，麦粒会自然脱落，这种方法适合少量小麦的脱粒；另一种方法叫劁麦，就是把小麦割倒后，铺成薄薄的一层，顺风放火烧燎，火一掠而过，即用扫帚扑灭，然后脱粒，这样得到的麦粒，整个夏天都不会生虫；还有一种方法，就是把大量割下的小麦，放在平坦的地方暴晒，晒干后，用一种牛拉或驴拉的石磙碾轧，让麦粒从麦壳里脱出，这种方法适合大量小麦的脱粒。"

"哦哦，受教啦！但麦为什么叫麦？"

"麦是有芒的谷类，它一般要秋种厚埋，也就是秋天下种，用土厚厚地埋上，所以叫麦。"

"好呀！那最后一个问题，水稻和小麦，需要灌溉了，水从哪里来？"

"正好我们要到浪河边乘船，"呀说，"可以顺便到那里去看一看灌溉站，请鸣先生做些介绍。"

"那好呀！"

我一抬头，原来前方已经到了一条大河边。大河边有一座码头，码头上停着一些船只；离码头不远，是一个船厂，河岸边有一些船只正在建造中；码头的这边，是一个灌溉站，直立着或大大小小或高高低低的抽水装置。

我们跟着呀和鸣，径直走去灌溉站那里，去看矗立在那里的灌溉装置。

一头大水牛正拉着一座大转盘转动。鸣指着水牛和转盘说："这叫牛力转盘车水装置。先在岸上竖两根粗木桩，两根粗木桩上绑一根粗直木，粗直木下面固定住一个平放的大转盘，大转盘上有一些均匀的短直木，相当于机械的齿轮；另有一根长直木，长直木一头有一些短直木，也相当于齿轮；再有一架水车，下半部分在河水里，上半部分在河岸上。牛拉转盘转动时，转盘上的短直木拨动长直木，长直木拨动水车上的短直木，带动水车上的水轮，源源不断地把河水汲上来，倒进河岸上的沟渠里。"

"哇，精密的机械呀！"我惊叹起来。手里一刻不停地把鸣的话记到本子上，还偷空简单地速描出牛力转盘车水装置的图形。

"这是踏车抽水装置。"鸣指着附近一架抽水装置说。

那架抽水装置上正有两个农人，站在上面汲水。我们走过去，就近观看。

鸣说："这架踏车抽水装置，由两大部分组成，一部分是岸上装置，由一些粗木制成，下端的粗木安装两个可以转动的踏轮，上端的粗木作为人的扶手；另一部分是抽水装置，由一架水车组成。需要抽水时，两个农人站到岸上装置上，手扶粗木，两脚用力踩转踏轮，踏轮转动后，带动水车里的水轮，源源不断地把水抽上来。"

"这个抽水装置比较简单呀。"我说。

"简单是简单一些，不过使用起来十分方便，出水量属于中等水平。"呀说。

"还有出水量更小的汲水装置呢。"咩说。

"还有更小的？真的吗？"我说。

"那是浇菜园地用的，叫桔槔。"哞说。

"看，那边就有一个。"呀指着前方不远处说。

我们走过去，果然看到一架汲水装置，有一个菜农，正使用那架汲水装置汲水，把水一桶一桶地倒进河边菜园子里的小渠里去。

鸣说："辉先生你看，这个叫桔槔的汲水装置，更加简单，先在河岸上竖一根粗直木，在粗直木上绑一根长直木，长直木不是两头一般长，而是靠岸的一头长、近水的一头短；长直木靠岸的一头，用绳子拴一个适当重量的石块，平时由于石头重，因此石头总是落在地面上的；长直木近水的一头，用绳子拴一个水桶，平时不汲水时，木桶就放在河岸上；汲水之前，菜农已经在河水近岸处，挖了一个陡直的深井，里面储满了河水；到需要汲水时，农人走到河井旁，稍微用点力往下拉，把水桶放进河井里去，另一端的石块则吊在空中；水汲满后，根据杠杆原理，农人稍微用力提起水桶，由于杠杆另一头石块的自重，汲满水的水桶就会较容易地从河井里提升到河岸上，倒进菜园的沟渠里。"

"啊呀，真是一个巧妙的设计呀！"

"辉先生，请你再往河里看。"鸣指着前方河流转弯处说。

我抬头看去，只见河流转弯处的河水，流得有些湍急，有一架大水车矗立在离岸较远些的河流里，湍急的流水推动水轮不停转动，水轮不断舀满河水，再借助水流的力量，把水轮里的水端到半空中的水槽旁,倒进水槽里,水再顺着水槽流到河岸旁的沟渠里。这种汲水装置不需要人力和畜力,也不用人管理,它借助不断流淌的水力转动、汲水,是全自动的。

"喔哟,这个厉害呀!全自动的。"

"这个汲水装置,叫筒车汲水装置,全自动,不用人力,汲水量也非常大。不过它好是好,就是条件要求高,一个要求是河流的水量够大,水流够急;另一个要求,就是前期投入大,没有雄厚的资本,很难建造起来。"

"嗯嗯,这倒是的。"我边记录着,嘴里边回应着。

呀看我们这段话说完了,及时插话说:"好了,水车看完了,时候真不早了,咱们赶紧上船吃饭吧。"

"上船吃饭?"我很好奇。

"今天的午饭,咱们就在船上随便吃一些。"呀解释说,"吃过饭,咱们顺流而下,傍晚就能到浪河里。"

"浪河里,是个什么地方?"我问。

"浪河,是这条河的名字;里,是一级行政单位。浪河里,就是一个叫浪河的集镇。"呀很有耐心地对我说。

我点点头,算是默认了。我心里想,今天可能回不了朱集村了,明天回去吧。于是我把笔记本扔进粪箕里,把圆珠笔在背心前面插好,跟着大伙往码头走去。

上了游船,船头有一个很大的遮阳敞篷,下面摆着一圈矮几,几旁各铺一领座席,各人在几旁坐下。

这时,只见下舱的船工从船舱里伸手用瓢从河里舀水进去,我看见了，觉得很好奇，就问呀："舀这些水是做什么的？"

"是做水煮鱼的。"呀说，"从浪河里捉上来的鱼，掐肚去腮，丢几颗麦黄杏进锅里去，撮少许咸盐，直接用浪河里的水煮熟，就可以食用了，味道鲜香无比。"

"里长说得我口水直流呢！"

正说着，船员送上茶水。大家也都渴了，一边喝茶，一边居高临下观看风景，正好看得见河面上停泊的大小船只，也看得见前面船厂造船的场面。船厂正在建造一艘大船，几十位工匠正在船上船下忙活。

"那是在建什么船？"我指了指船厂正在建的大船，向哇提问。哇是舟船专家，里长呀介绍过的，这我没忘。

"噢，那是漕船，专门漕运粮草的。"哇说。

"哟，这么大的船，这一船得运多少粮草！"

"嗯嗯，这船深三尺八寸，后头的断水梁长九尺，比船底高四尺五寸，船底长五丈二尺，船底板厚二寸，船头长九尺五寸，船尾长九尺五寸，船底宽九尺五寸，船底前部宽六尺，船尾宽五尺，船上有大梁十四根，支撑桅杆的使风梁长一丈四尺，船尾的断水梁长九尺，船上的两个粮仓都宽七尺六寸，共能运载粮食三千石呢。"

"哦哟，请教，用作计量单位的这个'石'，到底读 shí（石），还是念 dàn（旦）？"

"哦哦，据说在你们那里，汉朝以前只有 shí（石）这个音，那自然念 shí（石）。汉朝以后，因为一石大约等于一担，因此民间也把石念成担。"呀插话说。

"这都知道哟！"我敬佩地看着呀，同时把他的话记在本子上。

"做官的，什么都得知道。"呀说。

这时，船工从下舱把水煮鱼端上来了，一人一大盆，汤汁白嫩，鲜香气顿时弥漫在整个浪河的河面上。船工又给每人端上来一盘油酥烧饼，那烧饼里酥外焦，油还嗞嗞在叫，卷一个咬到嘴里，不用就菜，一口气也能吃下去三五个。

大家也都饿了，不多客气，各自埋头吃喝起来。汤足饼饱，天气炎热，瞌睡也跟着上来了。于是迷迷糊糊，各找个场子，倒下身子睡去。

睡了不知多少时候，忽然一阵大风吹过，游船猛烈晃荡起来。我睁开眼，原来我是卧在利民河的小小船上，不知什么时候睡着了。只见天空已经乌压压黑了一半，远方电闪雷鸣，近处风狂浪翻。我连忙跳下小小船，脱下背心，把粪箕里的笔记本和《文学概论》卷裹起来，又从河边找到一片水流冲下来的塑料片，把它裹在背心外面，搂在怀里，然后冲进湖洼里，往朱集村方向蹚去。

豆子大的雨滴噼里啪啦砸了下来，眼界里很快什么都看不见了，大湖洼也顿时迷蒙一片，水天莫辨了。这时我反倒不急了，我也不害怕，不慌张，心底里享受起来。我怀抱着书和本子，慢慢地往村庄的方向蹚。嗯嗯，我想，如果不是这场暴雨，还不知道那位叫鸣的著名工匠，还有那位叫喧的民俗专家，会给我讲多少精彩的故事呢。

我收了思绪，慢慢地往湖洼的最深处蹚去。一时间，只能听见"哗啦哗啦"的蹚水声，偶尔还能听见小伙伴们吓得"呼哧呼哧"的喘气声，小伙伴说话的声音却一声都听不见。我有些恍惚。忽然，似乎有个落在后面的小伙伴吓得号啕大哭起来，其他的小伙伴一下子被他的哭声吓坏了，湖洼大水里顿时哭的哭，嚎的嚎，一片嘈杂，小伙伴们有的跌倒在水里，呛了几口浑水，有的坐倒在水里，两手在水里直划，却就是不挪一步，有的在水里直打扑通，却原地不动……

雨势逐渐滑落下去，雷声也渐渐稀疏了，闪电到很远很远的地方闪耀去了，湖洼尽头吃草的牛看得越来越清楚了，身后的利民河也离得很远了，看见体形庞大的而又熟悉的大水牛大黄牛以后，我在水里停了下来。暴雨过后的空气显得十分清凉，绿树围裹的村庄也显得青翠欲滴。我不知道我的那些亲人还在不在村庄里。村庄现在显得很神秘。我不知道我眼前的朱集村是真的，还是假的，因为我不知道我此刻的思想，是真的，还是假的。

2020年3月5日惊蛰始于合肥南艳湖竹柏簃
2020年8月7日立秋完成于合肥南艳湖竹柏簃
2021年春改定于合肥南艳湖竹柏簃

后记

  这本书里的文字都是互文的。《平原的四季》以后的各篇大多是对《平原的四季》的细化和详述。各篇之间相互补充、相互拓展、相互仰赖、相互支撑、相互说明、相互深化；也有零星的文字相互重叠，有时是无意的，多数是有意的。

  这本散文集里的所有文字都对同一个审美、同一个趣味、同一个思想、同一个印象、同一个感受反复述说，以便在这本书里形成一种有个性的审美和价值，形成一种有意味的认知和观念，形成一种有特色的散文风味，形成我觉得好的一种生活方式。

  这本书里有一两篇是叙事性的散文，例如《平原上的庄周》和《电鱼的男人》。但毫无疑问，它们都是纪实性的散文，它们的内容没有虚构，《平原上的庄周》是《庄子》内容的重新拼接，《电鱼的男人》是淮北一条生命的真实记录。

  这本书里的所有气息都是相互贯通的。

许辉
2020年6月13日合肥南艳湖竹柏簃